O MUSEU DO SILÊNCIO

Yoko Ogawa

O MUSEU DO SILÊNCIO

Tradução

Rita Kohl

3ª edição

Título original: Chinmoku hakubutsukan (沈黙博物館)
© 2000 by Yoko Ogawa
Publicado originalmente no Japão em 2000 por Chikumashobo Co., Ltd., Tóquio
Direitos da edição em português acordados com Yoko Ogawa por intermédio do
Japan Foreign-Rights Centre / Ute Körner Literary Agent, S.L., www.uklitag.com
© Editora Estação Liberdade, 2016, para esta tradução

Preparação	Edgard Murano e Fábio Fujita
Revisão	Vivian Miwa Matsushita
Assistência editorial	Gabriel Joppert
Editor de arte	Miguel Simon
Imagem de capa	"Detalhe de Grande Buda", Templo Todaiji, Nara, Japão/Marisa Vega/Getty Images
Coordenação de produção	Edilberto F. Verza
Editor responsável	Angel Bojadsen

CIP-BRASIL. CATALOGAÇÃO NA PUBLICAÇÃO
SINDICATO NACIONAL DOS EDITORES DE LIVROS, RJ

O28m

    Ogawa, Yoko
        O museu do silêncio / Yoko Ogawa ; tradução Rita Kohl. - São Paulo : Estação Liberdade, 2016.
        304 p. ; 21 cm.

    Tradução de: Chinmoku hakubutsukan
    ISBN 978-85-7448-269-9

    1. Ficção japonesa. I. Kohl, Rita. II. Título.

16-32668   CDD: 895.65
                CDU: 821.521-3

28/04/2016   29/04/2016

Todos os direitos reservados à Editora Estação Liberdade. Nenhuma parte da obra pode ser reproduzida, adaptada, multiplicada ou divulgada de nenhuma forma (em particular por meios de reprografia ou processos digitais) sem autorização expressa da editora, e em virtude da legislação em vigor.
Esta publicação segue as normas do Acordo Ortográfico da Língua Portuguesa, Decreto nº 6.583, de 29 de setembro de 2008.

Editora Estação Liberdade Ltda.
Rua Dona Elisa, 116 | Barra Funda
01155-030 São Paulo – SP | Tel.: (11) 3660 3180
www.estacaoliberdade.com.br

沈默博物館

1

Quando cheguei à vila, trazia comigo apenas uma pequena mala. Dentro dela havia somente algumas roupas, material para escrever, um kit de barbear, um microscópio e dois livros, *Museologia* e *O diário de Anne Frank*, nada mais.

Minha cliente dissera por carta que me receberia na estação, mas como eu não havia falado nada sobre a minha aparência, estava preocupado se ela conseguiria me encontrar. Desci a escada da plataforma e passei pela catraca. Ninguém mais desembarcara na estação.

— Bem-vindo.

Uma mulher que se encontrava na sala de espera dirigiu-se até mim.

Ela era muito mais jovem do que eu imaginava, praticamente uma menina, porém seus gestos eram polidos e elegantes. Confuso, não consegui retribuir o cumprimento.

— Vamos?

Sem se incomodar com isso, ela me levou até o carro e se dirigiu ao motorista.

— Podemos partir.

Era o começo da primavera, o vento ainda estava gelado, mas a menina não vestia nem mesmo um cardigã, limitando-se a um vestido leve e rodado de algodão. No céu límpido algumas nuvens leves corriam ao sabor do vento, e nos trechos ensolarados cresciam narcisos, flores de açafrão e margaridas.

Seguimos pela avenida em frente à estação, passamos pela praça central e logo estávamos em uma área rural. À direita da estrada havia um bosque, à esquerda uma plantação de batatas e, ao longe, um pasto. Ainda mais distante, no encontro das colinas com o céu, erguia-se um campanário. A luz do sol se derramava igualmente sobre todas as coisas, como se quisesse terminar de derreter o resto de inverno que se escondia sob as plantas rasteiras.

— É muito bonito aqui — eu disse.

— Fico feliz que tenha gostado.

A menina olhava para a frente, com as costas eretas e as mãos sobre os joelhos. Somente ao falar comigo ela inclinava levemente o pescoço, baixando os olhos para os meus pés.

— Sinto que, em um lugar assim, o trabalho vai caminhar bem!

— Sim, creio que seja isso o que mamãe deseja também.

Finalmente entendi que ela era filha de quem me contratara. A cada curva o cabelo despencava sobre o seu rosto, escondendo a metade do seu perfil. Caía sobre os seus ombros tão solto e natural como se nunca houvesse visto uma tesoura na vida.

— Mamãe é uma pessoa bem hostil. Por favor, não se assuste — disse ela, num tom meio confidencial.

— Não se preocupe com isso.

— Várias pessoas já largaram o trabalho no meio por causa de desentendimentos pessoais.

— Pode não parecer, mas tenho uma carreira considerável nesse ramo. Não faria uma coisa irresponsável dessas.

— Sim, dá pra ver pelo currículo que o senhor enviou.

— Meu trabalho é resgatar o máximo possível de coisas que caíram das margens do mundo e tentar dar o sentido mais profundo possível para a dissonância que emana delas. Todos os clientes que já tive eram pessoas bastante difíceis. Chego a pensar que seria bem mais interessante catalogarem eles mesmos. Enfim, um pouco de hostilidade não me assusta. Fique tranquila.

Tive a impressão de ver um leve sorriso no rosto da menina, mas que logo desapareceu sob uma expressão séria e bem-comportada.

A estrada mudara de asfalto para cascalho em algum momento, e estava mais estreita. O carro parecia estar se afastando da vila rumo ao oeste. Os arredores eram cobertos por vegetação baixa, e um pequeno animal — um esquilo ou uma doninha — atravessou o mato correndo. As peças do microscópio se chocavam ruidosamente dentro da mala.

Cruzamos uma ponte de pedra sobre um riacho e subimos uma ladeira suave, em cujo topo se erguia um grandioso portão de ferro. O portão estava totalmente aberto e, sem diminuir a velocidade, o carro entrou. Um caminho estreito e coberto de seixos serpenteava na penumbra, os enormes álamos que cresciam de ambos os lados filtravam a luz do sol. De vez em quando os pneus faziam voar um pedregulho, que acabava acertando o vidro da janela.

— Desculpe a demora. É ali — disse a menina, apontando para fora da janela.

De repente a vista se abriu e a mansão surgiu do outro lado da planície. O dedo pressionado contra o vidro da janela era branco e delicado, tão tenro que chegava a ser comovente.

Fizemos a entrevista na biblioteca. A cliente estava sentada em um sofá de veludo no meio do cômodo. Originalmente a cor daquele sofá deve ter sido bege, mas sua tonalidade atual era deprimente, graças a inúmeras marcas de suor, de mãos, saliva, poeira, bebidas e comidas gordurosas. As almofadas estavam se desfazendo e o estofo de algodão era visível nos braços rasgados.

Minha cliente era excepcionalmente pequena. Seu corpo era seco e magro como se todos os nutrientes houvessem sido extraídos, e suas costas encurvadas formavam quase um ângulo reto. Se eu estendesse os braços, poderia envolvê-la inteira junto ao peito. Ela ia muito além do termo "pequena" — diria até que ela era a própria encarnação da miudeza.

Não sei se por sua constituição física ou por seu estilo peculiar, suas roupas eram difíceis de descrever. Ela usava um chapéu de pele e, dali para baixo, cobrira o corpo de qualquer jeito, ignorando qualquer noção de equilíbrio com trajes floridos, listrados, xadrezes. Era como se ela mesma fosse uma das manchas do sofá.

Mas o que mais me surpreendeu foi que ela era velha demais para ser mãe da menina que me recebera. Era certo que já tinha quase cem anos. A idade a corroera por completo. Era inimaginável que um corpo murcho assim tivesse concebido aquela menina.

Por algum tempo, ninguém disse nada. A velha, de ombros encolhidos e rosto baixo, sequer tossia. Parado assim, seu corpo parecia encolher ainda mais, evidenciando sua senilidade e sua fraqueza.

Talvez seja um teste, pensei. É do tipo de entrevista em que se tenta observar em silêncio a personalidade da pessoa. Ou será que já fiz, logo de cara, algo que indispôs a velha? Talvez seja porque eu não trouxe nenhum presente, ou talvez tenha escolhido a gravata errada...

Havia muitas possibilidades. Buscando socorro, olhei para a menina, que estava sentada diante de uma grande janela. Mas ela nem sequer sorriu. Estava muito concentrada alisando uma dobra na barra do seu vestido.

Uma criada entrou para servir chá. O tilintar das xícaras sobre os pires aliviou a tensão por um instante, mas o silêncio logo se espalhou novamente. A biblioteca, de pé-direito alto, estava gelada. O dia lá fora estava tão bonito, mas aqui dentro grossas cortinas barravam o sol, as lâmpadas eram fracas sob as cúpulas empoeiradas e todo o cômodo estava na penumbra. Uma estante repleta de livros ocupava toda a parede norte, impregnando o ambiente com seu odor característico de couro e papel.

Pelo que eu vira, a coleção era abundante. Claro que não poderia afirmar nada sem uma avaliação mais cuidadosa, mas no hall de entrada, na escada e no corredor havia alguns quadros e esculturas dignos de atenção, e na biblioteca também havia peças interessantes, como um relógio de mesa, vasos, luminárias e enfeites de vidro.

O problema era que o estado de conservação não era muito bom, e preciosidades e bugigangas estavam misturadas, sem ordem alguma. Ao lado de um castiçal de prata em forma de veado, que devia ser do final do século passado, havia um cinzeiro que parecia ter sido afanado de algum restaurante barato. Trazer tudo isso à luz, catalogar e restaurar cada peça... era um empreendimento considerável. Mesmo comparado a projetos em que eu já trabalhara antes, sem dúvida seria um trabalho bastante complexo. Sem aguentar mais, quebrei o silêncio:

— Tenho certeza de que será um ótimo museu.

A velha levantou o rosto de repente e me encarou pela primeira vez.

— Como coleção particular, é de alto nível. Considerando não apenas as obras de arte e de artesanato, mas também a mobília, o jardim e a própria mansão, acredito que conseguiremos criar um museu respeitável.

— O que você disse?

Mais do que seu tom ríspido, foi o volume possante e autoritário da sua voz, que não parecia ter sido produzida por um corpo tão franzino, que me fez titubear.

— É, bem, claro que tudo isso depende das intenções da senhora. Eu só quis dizer que existem muitas possibilidades. Poderíamos fazer uma seção no prédio da prefeitura e exibir a coleção sob o seu nome, ou mesmo construir um museu novo dentro dessa propriedade extensa, são diversas as...

— Eu perguntei o que foi que você disse.

— Agora há pouco... Há, o que foi, mesmo? De qualquer forma, era sobre museus...

— Ah, que irritante! Que memória péssima você tem, que não consegue repetir o que você mesmo disse agora há pouco? Desse jeito fica difícil acreditar que seja você é um especialista em museus. Se tem uma coisa que eu não suporto é gente lerda. Que sujeito enrolado! Se não for capaz de cuidar de tudo com precisão e eficiência, vai ser complicado. Porque, como você pode ver, eu não tenho muito tempo de sobra.

A boca da velha, afundada para dentro da mandíbula, projetava cada uma das palavras, que se espalhavam por toda a sala. Como se acompanhassem a vibração desse som, seus dedos, ombros e joelhos tremiam.

— Não me lembro de ter te mandado colocar a tralha dessa casa num museu. Não fique falando o que bem entende. Quem é que quer ver essas coisas que meus antepassados, cansados de ter tanto dinheiro, compraram por aí?

Ninguém! No máximo vão dizer "puxa, que diferente", "puxa, que pena", deixar as digitais engorduradas nas vitrines e ir embora.

A velha se curvou ainda mais e me encarou levantando os olhos. Suas faces eram encovadas, as sobrancelhas quase apagadas, e na testa estreita que espiava por baixo do chapéu de pele havia uma pereba inflamada. Mas o mais impressionante em todo seu rosto eram as rugas. Elas escondiam seus olhos, narinas e boca. Profundas e juntas como as pregas de um tecido, me trouxeram à mente a pele das múmias de um museu de história natural onde eu trabalhara.

— Não há uma única peça, em toda a decoração dessa casa, que eu tenha conseguido com meu próprio esforço. Tudo isso foram meus antepassados que arranjaram como bem entenderam. Então por acaso eu preciso dar um rumo pra essa tralha toda? Sinto muito. Eu não faço nada que poderia ser feito por outra pessoa. Esse é o princípio mais importante de todos. Já te disse duas regras de ouro que você não pode esquecer. Repita pra mim.

Antes de responder, abri um botão do terno, baixei os olhos para o chá e me preparei.

— Resolver as coisas sem demora, e fazer o que as outras pessoas não fazem.

Não sei se a resposta estava certa ou errada. A velha só resmungou.

— O que eu quero fazer é um museu mais grandioso do que vocês jovens podem imaginar. Um museu que não existe em lugar nenhum do mundo, mas que é absolutamente necessário. Uma vez começado, não se poderá mais abandoná-lo. O museu vai continuar proliferando. Pode aumentar, mas nunca diminuir. Bem, digamos que seja uma existência digna de pena, presa a um dever eterno. Mas se nos apavorarmos com o crescimento contínuo da coleção e fugirmos, as pobres peças dessa coleção vão morrer pela segunda vez. Se tivessem sido deixadas em paz, elas apodreceriam discretamente, sem incomodar ninguém, mas foram arrastadas para a luz e expostas ao olhar de todos. E então, depois de serem encaradas e apontadas até não poder mais, serão descartadas novamente? É uma história terrível, não é? Não podemos parar no meio, de jeito nenhum. Entendeu? Esta é a terceira regra de ouro.

A quietude voltou de forma tão repentina quanto como fora quebrada. No instante em que se calava, ela voltava a ser uma velha tão pequena que parecia prestes a desaparecer. O tremor do seu corpo cessava, ela baixava os olhos e o silêncio engolia toda a energia que até havia pouco ela projetava junto com a saliva.

Eu não fazia ideia de como lidar com essa variação brusca. Se pelo menos a menina demonstrasse algum sentimento, voltasse ao menos um olhar em minha direção, pensei que talvez meu desconforto diminuísse, mas ela continuava escondida no canto da sala.

Mesmo através da cortina, dava para ver que o sol começara a baixar lá fora. Podia ouvir o bosque se agitando com o vento que ganhava força. O ar frio que subia do chão intensificava ainda mais o silêncio.

— Discorra sobre o conceito de museu que você estudou.

Sua dentadura ameaçou cair e os perdigotos voavam com ímpeto redobrado.

— Pois não.

Já estava claro que me esforçar para parecer agradável era inútil. Resolvi falar o que quer que me viesse à mente.

— É uma instituição estável, sem fins lucrativos, aberta ao público, que serve à sociedade e ao seu desenvolvimento, além de realizar estudos sobre as evidências físicas dos seres humanos e do seu ambiente para, em posse delas, preservá-las, trazê-las a público e exibi-las para fins de pesquisa, educação e recreação.

— Hunf, que tédio. Você está só recitando o regulamento do Conselho Internacional de Museus.

A velha limpou a garganta, espirrou uma vez e empurrou a dentadura de volta para o lugar.

— Escuta aqui. Pode esquecer essa definição limitada. Quando eu era jovem andei por todos os museus do mundo. De museus nacionais tão grandes, que não dava para vê-los inteiros em três dias, até arquivos de ferramentas agrícolas feitos por algum velho excêntrico no galpão de casa. Mas nem um único deles me satisfez. Não passam de depósitos de tralha. Não vi neles nenhum resquício de paixão, da intenção de homenagear as sábias deusas. O que eu almejo é um museu que transcenda a existência humana. Que veja, até mesmo num pedaço qualquer de verdura apodrecendo na lata de lixo, uma evidência do milagre da vida. Um museu que englobe as riquezas deste mundo, desde seus alicerces... Bom, não adianta tentar explicar isso pra um sujeito que tem a pachorra de me dizer "uma instituição estável, sem fins lucrativos". Que dia é hoje? Trinta de março? Mas é o dia de azar da lebre! Ah, não, onde estou com a cabeça! Hoje tenho que comer coxa de lebre, ainda com a articulação. E já está escurecendo. Vou embora.

Apoiada na bengala, a velha se ergueu. Fiz menção de ajudá-la, mas ela me afastou agitando a bengala e saiu da biblioteca num andar vacilante. A menina a acompanhou. Olhei-as partir em silêncio. O lugar onde a velha estivera sentada ficou ligeiramente afundado.

***

Naquela noite fiquei hospedado em uma casa pequena e elegante, atrás do quintal. Eram dois sobrados simétricos e geminados, e no do lado viviam o jardineiro e sua esposa. O marido era o motorista que nos trouxera da estação, e ela a criada que servira o chá na biblioteca. Quando nos encontramos na porta de casa, o jardineiro me cumprimentou com simpatia.

— Você é o novo funcionário?

— Sim, mas acho que não vou pegar o emprego. A entrevista foi um desastre.

— Você não sabe ainda.

— Não vejo como ela poderia ter gostado de mim.

— Não adianta tentar fazer aquela mulher gostar de você. Bem, não se preocupe com isso. É melhor dormir logo pra descansar da viagem longa.

O jardineiro tinha o físico robusto de quem trabalha com o corpo há muito, e das mangas dobradas de sua camisa saíam braços queimados de sol. A mansão era grande demais, a filha era jovem demais e a senhora, velha demais. No meio desse caos absoluto, a aparência saudável e a discreta gentileza do jardineiro foram um consolo.

Quando o sol se pôs, o mundo fora da janela se tingiu imediatamente de negro. Por mais que eu piscasse, não enxergava sequer uma luz tênue. A mansão, escondida além do bosque, tornara-se uma massa escura perdida no fundo da noite.

Comi o jantar trazido pela criada, e depois disso não tinha mais nada para fazer. No primeiro andar ficavam a sala e a cozinha, no segundo, o quarto e o banheiro. Os móveis e utensílios eram funcionais, de boa qualidade, tudo mais organizado do que na mansão. Entretanto, pensando que provavelmente deixaria aquele lugar no dia seguinte, me esforcei para não tocar em nada além do necessário.

Deixei a mala fechada ao lado da cama. Temendo sujar o banheiro, usei apenas uma toalha para limpar o corpo e enxaguei a boca. No criado-mudo havia um pijama passado e dobrado, de aparência confortável. A criada devia ter deixado preparado para mim. Hesitei por um instante, mas por fim decidi não usá-lo e me deitei vestindo apenas a roupa de baixo.

A única coisa que tirei da mala foi *O diário de Anne Frank*. Havia anos eu tinha o hábito de lê-lo antes de dormir. Não importava qual trecho, ou quantas páginas. Abria o livro ao acaso e lia uma passagem em voz alta — uma, duas páginas, ou as anotações de um dia.

Já não me lembro por que comecei a fazer isso. *O diário de Anne Frank* é um objeto que guardei como recordação da minha mãe. Ela morreu quando eu tinha dezoito anos.

Sei que muitas pessoas leem a Bíblia antes de dormir, apesar de nunca ter conhecido alguém assim pessoalmente. Sempre que encontro uma Bíblia nos criados-mudos de hotel, penso que o sentimento dessas pessoas deve ser semelhante ao meu. Claro que minha mãe não é Deus. Sinto apenas que esse processo de tranquilizar a alma conversando com algo distante, logo antes da consciência deixar o corpo, é parecido.

A capa e as páginas estão totalmente desbotadas e amareladas. Os cantos estão gastos, a fita marca páginas desfiando, e em vários pontos as páginas quase se soltam da encadernação. Portanto é preciso cuidado ao manejá-lo. Deve-se erguê-lo com ambas as mãos e, sem força excessiva, abri-lo delicadamente.

No verso da capa há uma assinatura da minha mãe. Ela escrevera seu nome rapidamente, sem grande importância, apenas para marcar o livro como seu, certamente sem imaginar que no futuro seu filho iria guardá-lo como uma verdadeira recordação.

O nome está cada vez mais claro, conforme a tinta evapora ao longo dos anos. É muito assustador pensar que um dia ele irá desaparecer por completo. Não é apenas a tristeza de pensar que a memória da minha mãe fica cada vez mais distante, sinto que será um golpe decididamente mais profundo. Um temor como se este livro, marcado pelas digitais dela e pelas minhas, fosse ser estraçalhado com uma faca ou lançado ao fogo.

Lembrei-me de repente das palavras que a velha dissera de tarde: morrer pela segunda vez. "Uma existência digna de pena, presa a um dever eterno"... Mas logo sacudi a cabeça, afugentando sua voz.

Abro na página do dia 17 de fevereiro de 1944, uma quinta-feira. A passagem em que Anne lê para a senhora Van Daan e para Peter uma história que ela mesma escreveu. É um trecho importante, quando o amor de Anne por Peter começa a brotar, e gosto dele. "Só para esclarecer, não estou apaixonada, em absoluto" — esta linha está grifada. O grifo também já está totalmente desbotado e parece que um mero sopro o faria desaparecer por completo.

Então, mais do que ler em voz alta, apenas sussurro em direção ao pequeno espaço escuro no fundo dos meus ouvidos. Sinto as palavras de Anne Frank se infiltrando na escuridão, como o sereno. Com seu ar calmo e puro, o quarto é perfeito para uma leitura em voz alta. Mesmo sendo um lugar novo, acho que conseguirei dormir bem.

Acordei no dia seguinte e já me preparei para a viagem de volta. Só precisei lavar o rosto, vestir a mesma roupa do dia anterior e guardar o exemplar de *O diário de Anne Frank* de volta na mala.

O sol matinal brilhava ofuscante e a névoa que vinha do bosque desaparecia rápido, engolida pela luz. Com certeza faria um tempo bom hoje. Eu não havia notado na noite anterior, mas o quintal em frente à casa era uma antiga pista de equitação. No centro do quintal havia um poço e um bebedouro, e no lado oposto à casa um imponente estábulo de pedra. Na face leste do estábulo ficava um jardim ornamental, onde flores coloridas balançavam ao sol da manhã.

Estiquei a colcha sobre a cama e olhei ao redor para checar se não tinha esquecido nada. Estava incomodado por não saber o horário do trem. Pelo aspecto daquela estação, o expresso não deveria parar ali mais do que uma ou duas vezes ao dia.

O melhor é perguntar ao jardineiro da casa ao lado, ele com certeza deve saber, pensei. No instante em que me ergui para fazer isso, alguém abriu a porta.

— Bom dia! Ainda está deitado?

Era a voz da menina. Ao me encontrar segurando a mala, ela me olhou desconfiada.

— O que houve?

— Pretendia me despedir de sua mãe e partir, mas como ainda está cedo, estava aqui sem ter o que fazer.

— Por que você se preparou pra partir?

— Vendo a fúria da sua mãe, já ficou claro que não passei na entrevista.

— Mamãe não estava brava. Aquilo é o tipo peculiar de timidez que ela tem diante de pessoas que acaba de conhecer, é normal. Eu te disse pra ficar preparado, que ela era uma pessoa hostil, não foi? O senhor passou na entrevista.

Vai construir um museu aqui. Não precisa voltar pra lugar nenhum.

A menina falou passando as mãos sobre o cabelo. Deve ter vindo correndo da mansão, pois seu rosto estava corado e as canelas sob a saia úmida estavam cobertas de orvalho do mato. Fiquei confuso, sem saber se deveria ficar feliz por ter passado ou não, mas de qualquer forma, meio desajeitado, agradeci.

— Bom, o trabalho já vai começar! Primeiro você precisa ter uma ideia geral de como é a vila. Eu vou ser sua guia. O carro já está aqui em frente, você está pronto pra sair? Lembra da primeira regra de ouro da minha mãe? Ela não gosta de gente lerda.

2

O jardineiro nos deixou na praça central e retornou pela mesma rua.

— É uma vila pequena, então dá pra conhecer quase tudo a pé — disse a menina.

As lojas ao redor da praça ainda estavam fechadas, mas entre pessoas passeando com seus cachorros ou empregados apressados rumo ao trabalho, havia bastante gente na rua. No centro da praça havia um chafariz, com dois leões cuspindo água um de frente para o outro. Várias pombas descansavam próximas à água.

Cinco ruas convergiam para a praça. Uma era a avenida que vinha da estação, a outra era uma rua comercial coberta, e as três restantes eram largas o suficiente apenas para que dois carros passassem com certa dificuldade. Andamos por todas as ruas, sem exceção. Talvez a menina tivesse planejado tudo com antecedência, pois seguia sempre na direção certa, sem hesitar em nenhum cruzamento. Mais tarde, consultando o mapa, tracei com um lápis de cor o caminho que fizemos naquele dia. Ele formava um belo desenho de traço contínuo, começando e terminando na praça central.

A menina dissera que seria minha guia, mas não ficou discorrendo longamente sobre a origem dos prédios históricos nem nada do gênero. Pelo contrário, passamos muito tempo calados, concentrando toda a nossa energia em caminhar. Como no dia anterior, a menina não estava de casaco, vestia apenas uma blusa de gola bebê, e calçava uma sandália vermelha de sola de cortiça. Seus passos soavam cadenciados enquanto ela caminhava de queixo retraído, o cabelo balançando.

Fui ficando preocupado se apenas andar assim de um lado para outro era suficiente.

— Me avise se tiver algo que eu possa fazer — disse. — Como tomar notas ou tirar fotos para me preparar para o trabalho...

— Não precisa se preocupar. Você vai morar aqui por muito tempo, seria ruim não conhecer a vila, não é? Tem que aprender onde fica o açougue, o dentista... Se algum lugar te interessar, pode falar que eu paro, tá?

— Tem uma coisa que preciso perguntar, de qualquer jeito. Afinal, que tipo de museu sua mãe quer fazer?

— Tenho certeza de que ela vai te explicar isso pessoalmente em algum momento.

A menina chutou as raízes de uma árvore com a ponta do pé e enfiou as mãos nos bolsos da saia.

— Bom, vamos continuar.

A vila não tinha nada de especial. Havia uma sala de concertos, um hospital público, um mercado de alimentos e também um parque junto de um cemitério, uma escola, um banheiro público. A impressão era de que todo o necessário estava no local certo, nem mais, nem menos. Mesmo as ruelas mais decadentes eram limpas, flores cresciam sob as janelas das casas, os transeuntes eram tranquilos e bem-vestidos. Alguns pareciam conhecer a menina, e acenavam ao passar por nós.

Quando vi o mapa mais tarde, percebi que, geograficamente, a vila ficava em um vale cercado de montanhas por três lados. Havia pequenos lagos espalhados pela base das montanhas, e um rio correndo do leste para o oeste. O contorno de toda a vila tinha o formato de uma folha de bordo, com a estação central como caule.

Havia muitas ladeiras e de quase todos os lugares viam-se as montanhas. Conforme o sol subia, o vento que soprava delas ficava mais forte.

Em alguns lugares a menina parava e, olhando para baixo como se estivesse sem jeito, fazia algum comentário breve.

— Aqui é o jardim botânico. O prédio lá atrás é um centro de pesquisas de ervas medicinais, e também administram uma farmácia. Sempre compramos aqui o remédio para a gota da mamãe.

Ou então:

— Esta é a estátua de um agrônomo nascido aqui, que desenvolveu um novo tipo de batata. É uma batata de casca fina e que não desmancha ao cozinhar! Mas o nome no pedestal está desgastado, nem dá mais pra ler.

Seu jeito de falar era adulto, mas não havia como esconder a infantilidade que transparecia em seus pequenos gestos, de maneira que esse desequilíbrio a acompanhava o tempo todo. Ela se esforçava para ser uma companhia refinada, mas morria de vergonha se nossos olhares se cruzavam. Suas pernas eram longas e elegantes, mas calçavam sandálias vermelhas de aspecto infantil, com enfeites de flor.

Tive certeza de que ela era de fato uma menina quando encontramos estranhos buracos enfileirados em um muro atrás da prefeitura. Eram buracos idênticos, em forma de S, perfeitamente alinhados no meio do muro.

— Há muito, muito tempo, usavam esses buracos para selecionar os contribuintes de impostos. Eles acreditavam que apesar de as pessoas pararem de crescer eventualmente, a cartilagem das orelhas continuava crescendo pela vida toda. Então, se a pessoa conseguisse colocar a orelha dentro desses buracos e ouvir o som do que estava tocando lá dentro, ela ainda não precisava pagar impostos. Todos os anos, no dia 30 de setembro, quem ainda não era contribuinte se reunia aqui e era testado. Os funcionários da prefeitura ficavam do lado de lá do muro checando se as orelhas tinham entrado até o fim, e tocavam sinos, flautas ou liras. Quer tentar?

A menina encostou-se no muro e puxou o glóbulo da orelha para dentro do buraco com um gesto habilidoso.

— Assim, ó...

Sua orelha esquerda entrou inteira no buraco, como se tivesse sido sugada, sem grande esforço. Dava a impressão de que aquele buraco havia sido feito sob medida para ela.

Tentei imitá-la, mas era impossível. O buraco tinha apenas alguns milímetros de largura, e se eu tentava forçar a orelha para dentro, ela se dobrava e doía.

— Para que as orelhas não passassem deste tamanho, as pessoas chegavam a desbastar a cartilagem. Dizem que havia muitos médicos ilegais especializados em cirurgias de redução de orelha.

Com a orelha do outro lado do muro, a menina ria baixinho assistindo à minha situação.

O local mais animado da vila era o mercado. Lá estavam dispostos todos os tipos de alimentos em arranjos coloridos. As pessoas carregavam sacolas cheias de compras nas duas mãos. A menina passou pela padaria, quitanda, açougue e peixaria das quais era cliente, e me apresentou a cada um dos donos.

— Este é o doutor museólogo que vai trabalhar lá em casa.

Todos acenavam com um "olá" amigável, e um até nos deu uma maçã como presente de boas-vindas.

Não parecia ser uma vila muito interessante para turistas, mas havia algumas lojas de suvenires. Em meio aos cartões-postais e livros de fotografia das montanhas, a única coisa que chamava a atenção eram pequenos enfeites ovais decorados com padrões variados. Estavam apoiados em pedestais de design elaborado ou pendurados com fitas nas vitrines.

— São ovos esculpidos! É o único produto artesanal que ainda é feito aqui. Eles retiram o conteúdo do ovo, reforçam a casca com um produto especial e decoram.

A menina parou ao meu lado e aproximou o rosto da vitrine. No fundo daquela loja havia um ateliê, onde artesãos trabalhavam sobre um balcão coberto de um pó branco, provavelmente resíduos das cascas de ovos. Os produtos eram variados. Ovos com pedras preciosas incrustadas, ovos transformados em sininhos de mesa ou açucareiros, ou cujos padrões entalhados apareciam quando colocados sobre uma lâmpada.

— Certa vez houve uma seca muito longa e as galinhas pararam de botar ovos. Mas daí, no dia de um eclipse anular[1], todas as galinhas botaram ovos dourados ao mesmo tempo. As pessoas ficaram surpresas e guardaram com cuidado as cascas desses ovos para utilizar como enfeites no beiral das janelas. E então, finalmente, choveu e a vila foi salva, é o que diz a lenda. Mas hoje em dia não adianta nem rezar que a seca não vem. No outono chove sem parar, é muito chato.

---

[1] Também conhecido como eclipse anelar ou em anel, é um tipo de eclipse solar em que o Sol, a Lua e a Terra se alinham, deixando um anel de luz visível ao redor do sol. [N.E.]

Resolvi escolher um ovo para mim, contando para isso com a ajuda da menina.

— É, este aqui.

Depois de um longo tempo pensando e examinando cada um dos ovos, a menina escolheu um sem muitas decorações, com o desenho vazado de um anjo de olhos fechados.

Conforme nos afastávamos do centro, as ruas eram mais desertas e monótonas. Casas pequenas e aconchegantes com jardins em frente passavam uma após a outra, com um número de gatos cada vez maior, e vários tratores passavam por nós transportando verduras, adubo e feno.

O tempo todo eu sentia a presença da menina à minha esquerda, que chegava até mim de diversas formas — um suspiro que escapava casualmente, sua saia agitada pelo vento. Quando eu a olhava, de relance para que ela não notasse, o que eu enxergava eram sempre suas panturrilhas lisas e suas sandálias.

Indo em direção ao noroeste, até a ponta da folha de bordo, chegamos a um parque florestal. Casais passeavam de bicicleta e algumas pessoas pintavam em telas apoiadas sobre cavaletes, mas o ambiente era totalmente silencioso. Só se ouvia de quando em quando o bater de asas dos pássaros que voavam entre as árvores. Seguimos a trilha por dentro do parque até que a mata se abriu e surgiu uma construção redonda. Um estádio de beisebol.

Era um estádio rústico e antigo, cuja lateral não devia chegar a noventa metros. O concreto das paredes externas estava cheio de trincas, as linhas do placar estavam apagadas e em todos os números faltava algum pedaço.

Compramos um lanche no único furgão de cachorro--quente estacionado em frente ao estádio, e sentamos para almoçar na arquibancada do campo central, ao lado da primeira base.

— Estamos indo rápido demais? Com mais uma hora de caminhada durante a tarde já teremos visto a vila toda. — disse a menina, lambendo o ketchup dos dedos.

— Não, sem problemas.

As arquibancadas eram apenas alguns bancos de concreto, e não havia grande diferença entre a arquibancada central e a externa. Fora o pequeno toldo atrás das redes protetoras, nada bloqueava o sol, que iluminava todos os cantos do lugar. Mesmo um estádio pequeno como aquele parece amplo quando se está em apenas duas pessoas. Naquele dia ensolarado, o local era perfeito para um almoço.

Em contraste com a aparência velha do prédio, o campo era muito bem cuidado. Com a grama viçosa, diligentemente aparada, e sem o menor sinal de sujeira nas bases brancas, o jogo poderia começar a qualquer instante.

— Quem joga aqui? — perguntei.

— Vários times! Tem campeonatos juvenis, e também jogos como Consultores fiscais *versus* Artesãos de ovos decorados. Todo mundo na vila gosta de beisebol.

A menina acabou o cachorro-quente, tomou metade do refrigerante num só gole e atacou as batatas fritas. O bosque chegava quase até a cerca do campo externo. Se fizessem um *home run*[2] naquela direção, era improvável que alguém encontrasse a bola. Para além do bosque se estendia o céu e, ainda mais além, as montanhas envoltas pela névoa. O vento soprou percorrendo a curva da arquibancada e nos apressamos para segurar as embalagens dos cachorros-quentes.

---

2   No jogo de beisebol, o *home run* é a rebatida após a qual o rebatedor percorre todas as bases do campo sem parar. [N.E.]

— Se quiser, pode comer as minhas — eu disse, oferecendo as minhas batatas, que a menina pegou sem cerimônia e agradeceu baixinho.

— Você não vai à escola? — perguntei.

— Não continuei os estudos porque mamãe queria que eu ficasse perto dela. Mas faço um curso por correspondência.

— Não sei se vou conseguir atender às expectativas da sua mãe...

— Acho que você não precisa pensar muito sobre isso. A personalidade dela é daquele jeito que você viu, um pouco difícil de lidar, mas assim que você começar a pegar o jeito tudo vai correr bem.

— E que jeito é esse?

— Isso eu não sei explicar, afinal eu sou filha dela. É um caso diferente do seu.

— Me desculpe se for uma pergunta indiscreta. Ela é sua mãe mesmo, e não avó?

— Biologicamente, não. Quando ela me adotou, já era tão velha quanto hoje. Ninguém acredita que somos mãe e filha de verdade. Mas não se preocupe, você não foi indiscreto. De qualquer maneira, você foi bem na primeira etapa. Pelo menos prestou atenção de maneira sincera ao que mamãe disse e aguentou o desconforto sem deixar transparecer. Isso é o bastante. Por isso ela te contratou.

— Mas vieram outros candidatos além de mim?

— Mas é claro. Muita gente! E de todos eles, você foi o único escolhido.

O bosque verde escuro nem se movia, por mais que o vento soprasse. A terra do campo tinha uma aparência macia, levemente úmida, ainda com marcas de vassoura. Seria tão bom sair correndo à vontade por ali, pensei.

— Só quero deixar uma coisa bem clara... — continuou a menina, ainda olhando para dentro do saquinho de batatas. — Minha mãe não é uma pessoa má, de jeito nenhum. Não é bondosa, nem gentil, mas não é má. Ela está sempre olhando pra longe. Com os olhos bem abertos, os dentes apertados, ela olha para um futuro muito, muito distante, que ninguém jamais viu. Não presta atenção nem no seu próprio corpo decrépito. Imagine então nas pessoas que estão ao seu lado, ela não tem tempo a perder com isso... Bom, deixa isso pra lá, não quer me contar sobre os museus que já fez?

A menina enfiou a última batata na boca e piscou os olhos devagar, ainda com os dedos sobre os lábios. Fios de cabelo se enroscavam em seu pescoço suado. De repente, fiquei preocupado se o ovo que acabara de comprar não se quebrara, e toquei de leve o bolso da calça.

Como sobremesa, comemos a maçã que ganháramos no mercado. Contei várias anedotas sobre os museus onde trabalhara. Sobre quando fui vítima de uma endemia[3] durante uma viagem para coletar documentos, sobre as técnicas para carregar o esqueleto de uma baleia-azul para dentro de uma sala de exposição, o desenvolvimento de tipos de iluminação que provocam menos alterações químicas, o mendigo que vivera por um ano na sala de conservação do museu sem que ninguém percebesse, novas tecnologias para exposições, meu romance com uma moça especialista em restauração de peças de metal...

Ela ouvia com entusiasmo, fazia perguntas, concordava, ria. Eu nunca vira alguém tão contente em ouvir minhas

---

3 Doença infecciosa que incide com maior frequência sobre determinadas populações e regiões. [N.E.]

histórias. A maioria das pessoas, ao ouvir a palavra "museu", pensa apenas em um lugar melancólico, sem que a imaginação vá muito além disso. Mas ela estava encantada, como se os museus fossem um paraíso secreto de algum país distante. E continuava mordiscando a maçã, da qual sobrara apenas o miolo.

Quando terminamos o percurso da tarde e voltamos para a praça central, faltava pouco para as três horas. Havia mais gente na praça do que de manhã, mas não chegava a estar muito movimentada. Algumas pessoas tomavam sol sentadas nos bancos, outras conversavam calmamente tomando chá no terraço do café. O carro ainda não chegara para nos buscar.

Ao lado do chafariz estava parado um homem de aspecto muito diferente de todos. Vestia algo como um manto de pele branca, tinha os cabelos emaranhados e os pés descalços. No começo achei que era um pedinte, mas ele não tinha nenhum recipiente para receber dinheiro, e os transeuntes, ao perceber sua presença, o olhavam mais com respeito do que com compaixão.

— É um missionário do silêncio! — sussurrou a menina. — Ele pôde descer a montanha porque já estamos na primavera.

— O que ele faz?

— É muito raro ver um deles! Eu mesma só vi uma ou duas vezes...

O homem era alto e magro, de costas encurvadas, e aparentava ter uma idade próxima à minha, cerca de trinta anos. A pele que ele vestia, apenas um quadrado com um buraco no meio para a cabeça, cobria-o como um poncho. Era áspera, muito puída e manchada, sem dúvida com muitos anos de uso.

— Ele pratica a ascese do silêncio. Não pode mais falar, pelo resto da vida. O ideal deles é morrer em silêncio absoluto. É uma ascese bastante severa! Pelo que minha mãe me contou, tem um mosteiro no extremo norte da vila onde eles vivem todos juntos. Acho que poucas pessoas já foram até lá. A pele que usam é de bisões-dos-rochedos-brancos[4] e, de tempos em tempos, vêm pra vila pregar o silêncio.

O homem estava imóvel, com as mãos cruzadas em frente ao corpo e os olhos voltados para o chão. Os respingos do chafariz molhavam os seus pés, cujos calcanhares eram rachados e vermelhos. Parecia suportar uma dor terrível ou tentar decifrar algum símbolo especial diante de si, invisível para nós. De fato, pairava ao redor do homem um silêncio denso. Tive a impressão de que não era ele, mas sim essa atmosfera que ele irradiava, o que fazia as pessoas prestarem atenção.

— Bom, então ele não anda por aí pregando seus ensinamentos com palavras, anda?

— Claro que não. Só fica assim, parado. Mas não é proibido as outras pessoas falarem com ele. Inclusive, muita gente supersticiosa acredita que, se você contar um segredo importante a um missionário, o segredo nunca vai ser descoberto. Ah, olha lá aquela mulher!

Não tinha reparado, mas uma mulher de meia-idade caminhava hesitante em direção ao homem. Com um lenço na cabeça e uma sacola de compras nos braços, ela parou em frente a ele tentando obstruir o caminho do seu olhar até o chão. Depois de alguns instantes de indecisão, a mulher levou as mãos ao peito e inclinou a cabeça, como se rezasse. Assim, a distância entre eles diminuiu ainda mais.

---

4 Animal imaginário, que só aparece neste livro. No original, *Shiroiwa-baison*, literalmente "bisão-dos-rochedos-brancos". [N.T.]

Sua voz não chegava até nós, mas pelo movimento do nó do seu lenço eu podia ver que ela começara a falar. Nada mudou na aparência do homem. As mãos juntas, o manto de pele desgastado, a sombra projetada no chão — toda a sua silhueta continuou imóvel. Apesar disso, ele não parecia de forma alguma estar repudiando a mulher. Ele a acolhia dentro do seu pequeno mundo silencioso e guardava seu segredo entre as dobras do manto de pele.

A mulher continuou por muito tempo. Falava sem parar e os segredos continuavam jorrando, como uma fonte. Parados lado a lado na beira da calçada, eu e a menina observávamos o missionário. Não porque quiséssemos descobrir o segredo da mulher, é claro. Pousar os olhos naquele mundo silencioso era uma forma de nos certificarmos da materialidade do dia que havíamos passado juntos.

Depois de tanto andar, a sandália da menina estava completamente coberta de poeira. Uma pomba levantou voo do chafariz espirrando gotas d'água que reluziam contra o sol. Logo despontou do outro lado da avenida o carro que veio nos buscar.

Naquela noite, pendurei o ovo no beiral da janela antes de dormir.

O trabalho demorou muito para engatar. A velha era caprichosa e, quando eu pensava que finalmente teríamos uma reunião de verdade, ela dava alguma desculpa esfarrapada e voltávamos à estaca zero. Para começo de conversa, ela ainda não tinha nem mesmo esclarecido o que seria exposto no museu. Exibia uma energia tremenda para vociferar suas opiniões, mas sobre as questões principais era sempre evasiva. Sempre acabava se ofendendo, ou ficando com fome, ou com sono, e sumia para dentro da biblioteca. O chapéu de pele, as roupas desconexas, o rosto cheio de rugas, a voz possante, tudo era sempre igual.

No entanto, segundo a própria velha, ela apenas obedecia a um certo almanaque que ela criara, e todas as suas ações eram determinadas pela providência divina do cosmos. O almanaque ficava escondido atrás de uma porta secreta, em um canto da estante da biblioteca. Ela o mostrou para mim uma única vez. Desenroscou a ponta da bengala e tirou de dentro dela uma chave, com a qual abriu a porta escondida.

— Fica realmente muito bem guardado, não é?

— Óbvio que fica — respondeu a velha, golpeando ruidosamente o canto da estante com a bengala.

O almanaque era tão grande que ela não conseguia carregá-lo sozinha. Sua capa de couro marrom-avermelhado brilhava com a oleosidade absorvida de suas mãos ao longo dos anos. Dentro dele havia uma página dupla para cada dia, de 1º de janeiro a 31 de dezembro, contendo assuntos diversos: lendas e tradições sobre aquela data, ensinamentos morais, tabus, instruções e conselhos sobre agricultura e tarefas domésticas, fatos históricos, e também encantamentos, canções tradicionais e remédios populares, tudo escrito à mão em uma caligrafia belíssima. Pude ver ilustrações em alguns trechos, coloridas com tons delicados.

— Isto é incrível! — exclamei, completamente arrebatado, enquanto folheava.

— Fui eu que escrevi, todo ele — disse a velha, toda orgulhosa.

— A senhora fez as ilustrações também?

— É claro.

Aquele instante foi uma descoberta para mim. Não é que eu tenha ficado espantado pelo fato de a velha ter escrito algo tão elegante e refinado, diametralmente oposto à sua personalidade. O que de fato me surpreendeu foi a expressão do seu rosto.

    Desde o primeiro dia ela sempre fora autoritária e egocêntrica. Posso dizer que sempre estivera totalmente segura de si. Mas na sua expressão orgulhosa ao mostrar o almanaque havia uma certa valentia acanhada, e um desejo de ser elogiada. Descobri naquele instante essa faceta da velha.

    — É uma obra monumental. Nunca vi um almanaque deste porte em nenhum dos museus onde trabalhei.

    — Desde que tive a ideia e comecei a pesquisar, até terminar tudo, foram 23 anos.

    — Então foi por isso que a senhora falou, logo no meu primeiro dia de trabalho aqui, que precisava comer uma coxa de lebre, não foi?

    — Exato. Março é o mês da vida nova. Época de reprodução das lebres. As lebres são um animal honesto, que não tem outra forma de se proteger senão fugir. Dizem que comer coxa de lebre naquele dia é bom pra gota, mas só se ela tiver a articulação, senão não adianta. Esse detalhe é fundamental.

    Ao falar do almanaque, a velha ficava contente. Chegava a ter um ar ingênuo.

    — Ei! Não seja bruto! Você mexe desse jeito em artigos de museu? Te falta estudo mesmo, viu. Deixa cair uma caspa nele pra você ver... Está despedido na hora!

    A energia para xingar quem estivesse à sua frente, porém, continuava a mesma, e podia recair sobre mim a todo e qualquer instante.

    A razão pela qual a velha, mesmo dizendo não gostar de gente enrolada, não dava logo início aos preparativos para a construção do museu também constava no almanaque.

Segundo ele, não era apropriado buscar coisas novas porque estávamos na lua minguante. Era hora de podar árvores, tirar ervas daninhas, jogar fora coisas desnecessárias, não de plantar sementes. Para construir um museu destinado a expandir-se continuamente, era preciso esperar a lua começar a encher. Era essa a opinião da velha.

Fora o trabalho, minha nova vida corria muito bem. A casa que me cederam era excelente e o casal vizinho era muito atencioso. Pressentia que a convivência com eles seria boa. Também podia passear livremente pela vila com a bicicleta novinha em folha que me emprestaram.

Eu não precisava me preocupar com as tarefas domésticas, pois a criada cuidava delas. Almocei algumas vezes no solário da mansão, mas a velha e a menina nunca se juntavam a mim. Depois de andarmos pela vila durante um dia todo, achei que houvesse criado um pouco de intimidade com a menina, porém quando estávamos os três juntos, ela sempre tendia para o lado da mãe.

Todos os dias, às nove horas da manhã, eu me encontrava com a velha na biblioteca. Durante a manhã a menina ficava no quarto estudando para o seu curso por correspondência. Para mim, esse era o horário mais melancólico. Procurar uma maneira de extrair da velha suas ideias sobre o museu, enquanto tentava driblar seus ataques e apaziguar seu ânimo, era uma tarefa difícil demais para mim. À sua frente eu era igual à lebre, cujo único recurso é fugir.

É difícil explicar sobre o que, concretamente, conversávamos nessas reuniões. Na maior parte do tempo a velha vociferava sozinha. Mas quando eu menos esperava, ela se calava de repente e me mandava discorrer sobre algum tema. A casa em que eu morei quando criança, o primeiro museu em que entrei na vida, minha lenda preferida, as regras do beisebol, a evolução dos animais, a receita correta de bolo de frutas... Os temas eram muito variados, sem nada em comum. Entretanto, sempre que eu começava a falar, a velha escutava com muita atenção. Ou, pelo menos, fingia muito bem.

Depois desse tempo de conversa eu fazia pequenos serviços conforme a velha mandasse. Ajudava o jardineiro a adubar os canteiros de flores, recortava artigos de jornal e colava em um caderno, fazia compras de bicicleta. Tudo era muito mais agradável do que estar frente a frente com ela na biblioteca. Voltava para casa no fim da tarde, e o resto do tempo era livre. Às vezes os vizinhos me convidavam para um chá, mas a maior parte do tempo eu passava sozinho.

Montei o microscópio, como não fazia havia muito, e coletei larvas de mosquito no lago do jardim para observar seus cromossomos. Meu irmão, dez anos mais velho, que hoje é professor de ciências, me deu esse microscópio usado quando eu era criança. Está longe de ser um aparelho profissional, mas as lentes são de qualidade e continua funcionando muito bem.

A primeira coisa que observei num microscópio na vida foi o estame de uma trapoeraba.[5] Assisti inquieto enquanto meu irmão colocava o estame sobre a lâmina, adicionava uma solução de carmim acético, cobria-o com a lamínula e aquecia a preparação na lamparina.

— Falta muito? — perguntei, ansioso.

— É proibido ter pressa durante a observação no microscópio — respondeu meu irmão.

---

5 *Tradescantia ohiensis*, planta originária da América do Norte e apreciada como flor ornamental, cujos estames são muito utilizados para a observação em microscópio. [N.T.]

E então colocou a lâmina sobre a platina cuidadosamente, como se quisesse me deixar ainda mais nervoso, e ajustou os parafusos para acertar o foco.

— Pronto, pode olhar.

Jamais me esquecerei do mundo que encontrei além das lentes naquele instante e que atingiu meus olhos tão desprotegidos. As células reunidas como tijolos, formando um conjunto organizado, cada uma delas com seu núcleo, e as partículas se agitando no líquido ao redor como se tentassem fugir desesperadas (foi só mais tarde que meu irmão me ensinou o termo "movimento browniano").[6] Engoli a seco e, sem conseguir colocar em palavras os sentimentos que me enchiam o peito, agarrei com força o braço do microscópio.

— Está vendo os pelos do estame? Vê que as pontas são feitas de células pequenas e jovens, e as bases, de células grandes e velhas?

Meu irmão pousou a mão sobre o meu ombro. Aquele foi o instante em que estivemos mais próximos um do outro.

Havia um universo escondido naquele lugar desconhecido. Um universo belo e precioso. Abri os olhos o máximo possível para não deixar escapar nenhum pequeno detalhe e aguentei sem piscar até meus olhos começarem a lacrimejar e arder. Os contornos marcados por linhas curvas, as formas infinitamente regulares, a composição arrojada, as cores efêmeras. Tudo era novo e maravilhoso.

— Obrigado!

---

[6] Deslocamento aleatório de partículas em suspensão num meio fluido. O botânico escocês Robert Brown foi o primeiro cientista a estudar o fenômeno em 1827. [N.E.]

Finalmente, consegui pôr em palavras o mais importante. Para mim, era como se o meu irmão houvesse criado, ele mesmo, aquele universo.

As larvas eram gordas e saudáveis. Com uma lupa dava para ver bem a separação entre cabeça, tórax e abdômen. Quando eu pressionava com a pinça o quarto ou o quinto segmento, elas percebiam o perigo e se contorciam tentando fugir. Eu perfurava a cabeça com uma agulha e puxava. A cabeça se soltava facilmente, trazendo junto o canal alimentar, com glândulas salivares transparentes presas de ambos os lados. O corpo que sobrava ainda convulsionava por um instante, depois se acalmava.

Os cromossomos das glândulas salivares dos Dípteros são 150 vezes maiores do que o normal e podem ser observados até pelo meu microscópio. Será que foi o meu irmão, mesmo, quem me ensinou isso? Ou aprendi em algum livro de experimentos biológicos? Já não me lembro. Tingi as glândulas, cobri com a lamínula e pressionei delicadamente com um filtro de papel. Há pouco percebi que os meus gestos são idênticos aos do meu irmão. São muito parecidos, desde o formato das unhas e articulações até o fato de que os dedos de pontas grandes fazem cada pequeno gesto parecer pretensioso. Sempre que mexo no microscópio, lembro-me da sensação de sua mão apoiada em meu ombro.

De noite, quando deitei na cama e apaguei a luz, o ovo esculpido pendurado na janela brilhava levemente sob a luz da lua que, de tão fina, estava quase desaparecendo.

No dia seguinte, estava limpando os pés no capacho do hall de entrada para me dirigir à biblioteca como de costume, quando notei que a velha e a menina desciam as escadas juntas.

— Bom dia — cumprimentei.

— Vamos para a sala do acervo — disse a velha baixando os olhos para mim, apoiada na menina.

— Para onde?

— Não seja lerdo. Você não viu o céu ontem? A lua começou a encher — disse ela apontando com a bengala para o alto.

Pude ouvir a chave da estante secreta tilintando.

3

A sala que ela chamava de acervo era a antiga lavanderia, na extremidade oeste do porão. No instante em que a porta se abriu, senti o cheiro de tecido mofado, ou de plantas murchas, enfim, o cheiro que a matéria exala quando apodrece.

Era um espaço amplo, mas sujo e muito bagunçado. Coisas diversas (talvez as peças da coleção?) estavam espalhadas aqui e ali, sobre armários, cômodas e mesas, dispostas desordenadamente. Nada parecia estar no lugar certo.

Mas o que estava me incomodando não era a situação caótica da sala, era outra coisa. Demorei algum tempo para compreender o quê.

Andamos, os três, até o centro da sala. Era preciso prestar atenção a cada passo para não esbarrar em nada. Eu não queria nem imaginar como a velha esbravejaria se por acaso eu derrubasse ou quebrasse alguma coisa. O chão tinha um design moderno, com ladrilhos em padrão xadrez. Graças às janelas estreitas no alto das paredes, pelas quais se via o céu e as plantas do jardim, a iluminação era boa, apesar de estarmos no subsolo. Havia varais pendurados no teto, ferros de passar e antigas máquinas de torcer roupa caídos pela sala, vestígios do tempo em que ali funcionava uma lavanderia.

As salas de acervo, de qualquer natureza, costumavam ser lugares familiares para mim. Eu gostava de passar o tempo encarando os arquivos, fechado naquele cômodo absolutamente silencioso onde os visitantes não podiam entrar. Mas aquela era diferente de qualquer sala de acervo que eu conhecesse. Era como se cada objeto se impusesse livremente, segundo seus próprios caprichos, criando uma dissonância insuportável. Mesmo em depósitos muito desorganizados sempre paira no ar um senso de solidariedade entre todas as peças reunidas por um mesmo museu. Mas ali não havia nenhum vínculo, nenhuma união. Elas não tinham consideração suficiente nem sequer para voltar o olhar para os seus companheiros. Isso me deixava aflito.

Um carretel, um dente de ouro, luvas, um pincel, botas de alpinismo, um batedor de ovos, gesso ortopédico, um berço... Experimentei olhar com cuidado para cada uma das coisas próximas a mim, mas de nada adiantou. Só fiquei mais desorientado.

— São objetos de recordação dos mortos — disse a velha. — Todos deixados pelas pessoas da vila.

Sua voz ecoou muito mais próxima do que na biblioteca.

— Quero que você faça um museu para expor e conservar isso tudo.

Nesse momento finalmente percebi o motivo do meu desconforto. A velha não estava de chapéu como de costume. Por entre o cabelo branco e ralo que ainda lhe restava, espiavam duas orelhas minúsculas, pequenas demais mesmo levando-se em consideração sua estatura. Eram como duas folhas secas amarrotadas presas às laterais da cabeça. Tinham perdido completamente a forma de orelhas, eram apenas cicatrizes ao redor dos buracos dos ouvidos.

— Nossa, são muitos... — comentei devagar, tentando desviar a atenção das orelhas.

— Comecei a reuni-los no outono dos meus onze anos. Essa coleção tem uma história longa demais para ser narrada. E ela ainda continua, daqui pra frente.

A menina sustentava a velha com segurança, com o braço direito ao redor do seu ombro e a mão esquerda apoiada no quadril. Parecia já saber perfeitamente quanta força era necessária, e onde aplicá-la. As duas estavam unidas como se fossem parte uma da outra.

— Sempre que alguém da vila morre, recolho um único objeto relacionado àquela pessoa. É uma vila pequena, como você sabe, então não é todo dia que morre alguém. Mas não é fácil reunir esses objetos, algo que descobri na prática. Talvez fosse pesado demais para uma criança de onze anos. Mas, mesmo assim, consegui fazê-lo por muitas décadas. A minha maior dificuldade é porque não me contento com uma recordação qualquer. Nunca me contentei com algo fácil, uma roupa que a pessoa vestiu uma ou duas vezes, uma joia que viveu fechada no armário, uns óculos feitos três dias antes de morrer. O que eu quero são coisas que guardam, da forma mais vívida e fiel possível, a prova de que aqueles corpos realmente existiram, entende? Algo sem o que os anos acumulados ao longo da vida desmoronariam desde a base, algo que possa eternamente impedir que a morte seja completa. Não são lembrancinhas sentimentais, não tem nada a ver com isso. E claro que o valor financeiro também está fora de questão.

A velha engoliu a saliva e afastou, irritada, o cabelo que caía sobre a testa. Pela janela, vi um passarinho cruzar o céu alto. As recordações continuavam todas quietas ao nosso redor.

— Esta aqui é um bom exemplo.

A um sinal de seus olhos, a menina estendeu a mão, pegou um único objeto em meio à bagunça e me mostrou.

— O que é isso?

Era apenas um anel, simples demais para um acessório, frágil demais para ser uma peça de máquina.

— Há mais ou menos cinquenta anos uma prostituta de meia-idade foi assassinada em um hotel da vila. Além de ter sido esfaqueada, seus mamilos foram cortados e levados embora. Foi o assassinato mais sórdido da história da vila e, desde então, não houve mais nenhum caso de homicídio. Por causa de seu ofício, não apareceu nenhum parente, e eu fui a única pessoa que foi à sua cremação. Eu disse que era a sua única amiga e me deixaram participar. Claro que isso era só uma mentira para conseguir algum objeto dela. Depois que ela foi queimada, encontrei isso aí em meio às cinzas. Quando peguei, ainda estava quente, como se guardasse o calor do seu corpo. Decidi que essa seria a sua recordação. É um DIU[7], anticoncepcional. Bom, o próximo...

A menina guardou o DIU na estante e trouxe de outra prateleira um grande pote de vidro. Não sei se elas haviam combinado de antemão ou se usavam algum tipo de sinal que eu não compreendia, mas a menina encontrava imediatamente o que a velha queria.

Dentro do pote havia algo não identificado, algum tipo de matéria orgânica mumificada.

— Certo dia, uma senhora com pouco mais de oitenta anos morreu de pneumonia. Era uma senhora totalmente sem graça, sem nenhum talento especial. Depois que o seu marido, um eletricista, morreu, ela plantava no quintal um punhado de verduras, e vivia sozinha, de pensão. Não tinha profissão, não gostava de artes, não era uma pessoa extravagante, nem uma pária, nem uma louca. Apenas uma senhora que se dedicou a vida toda aos afazeres domésticos. A única coisa digna de nota sobre ela era o seu cachorro, um cão

---

7 Embora atualmente o DIU (dispositivo intrauterino) apresente a forma de T, os primeiros modelos tinham forma de anel. [N.T.]

ocre de pelo emaranhado que ela adorava. Ele tinha morrido no ano anterior, também de pneumonia. Talvez seja por causa desse choque que a mulher bateu as botas... Enfim, em seu testamento pedia que os ossos do cachorro, que fora enterrado no quintal, fossem sepultados junto com os seus. Então, na noite anterior ao funeral, me esgueirei para dentro do quintal, revirei toda a sua plantação e trouxe pra cá o cadáver do cachorro.

Olhando bem, dava para ver que em vários pedaços o pelo ainda estava grudado ao redor dos ossos. Ele claramente não passara por nenhum tratamento químico. As patas dianteiras estavam retorcidas em uma posição estranha, a mandíbula estava presa no encaixe da tampa do pote e as órbitas, dois buracos negros, fitavam intrigadas um ponto distante.

— Que tal? Deu pra ter uma ideia? — perguntou a velha.

— É, bom... Um DIU, um cachorro mumificado... — murmurei, tentando repassar mais uma vez o que a velha dissera. — Quer dizer, não são recordações do tipo que se recebe em uma distribuição de heranças legítima.

— *Legítima*? Pff, não me faça rir. Eu não expliquei agora mesmo a definição desses objetos de recordação? Pra conseguir um de verdade, autêntico, não tem isso de legítimo nem ilegítimo. Não que eu me orgulhe disso, mas não tenho nesta vila um único amigo ou conhecido do tipo que me deixaria de herança alguma recordação. Até tinha um ou outro, antigamente, mas já morreram todos. Pra executar esse meu projeto, não adianta fazer as coisas mais ou menos. Quase todas as recordações que estão aqui foram furtadas. É tudo roubado.

Ela tinha o mesmo ar orgulhoso de quando me mostrara o almanaque. Talvez a dentadura estivesse caindo, pois ela retorceu a boca, e se espreguiçou soltando um resmungo incompreensível. As costas encurvadas quase não se moveram ao espreguiçar. Somente as cicatrizes das suas orelhas tremeram um pouco.

— Por que foi que resolveu fazer tudo isso? — perguntei.

A menina devolveu a múmia de cachorro para a estante. A superfície do pote empoeirado ficou com a marca dos seus dedos.

— Olha só, uma boa pergunta! — disse a velha, excepcionalmente me fazendo um elogio. — No outono dos meus onze anos, uma pessoa morreu na minha frente. O jardineiro estava em cima de uma escada podando uma rosa trepadeira e, por algum motivo, caiu, bateu a cabeça em uma pedra do jardim e morreu. Era o bisavô do jardineiro que trabalha aqui hoje. Não havia ninguém por perto. Era a primeira vez que eu via alguém morrer, mas soube na hora. Soube que ele não estava mais ali. O jardineiro era um homem experiente, a escada não se quebrou, nem soprou nenhum vento forte, mas ele caiu, como se houvesse sido sugado por uma fenda no meio do ar. "Por algum motivo" é a única forma de descrever. Relutante, me aproximei. Achava que se não fosse cuidadosa, também poderia ser sugada para dentro daquela fenda. O rosto do jardineiro não estava contorcido de dor, nem ensanguentado, tinha apenas a mesma expressão de um instante atrás, de quem examinava se não havia nenhum galho muito comprido. Também parecia um pouco surpreso, como se não compreendesse por que estava naquela situação. Sua mão ainda agarrava firme a tesoura de poda, que se encaixava perfeitamente nos seus dedos, tão bem polida que reluzia num brilho negro. A lâmina estava um pouco molhada pela seiva da roseira. Em uma fração de segundo tirei a tesoura da mão do jardineiro e guardei no bolso da minha saia. Ela se soltou facilmente, sem resistência alguma, como se ela mesma entendesse que sua função estava encerrada. Até hoje não sei explicar direito por que fiz isso. Não é como se eu quisesse desesperadamente a tesoura. Talvez algum espírito tenha sussurrado para que eu fizesse isso ou alguma voz dentro de mim tenha me guiado... De qualquer forma, fiz a única coisa que precisava fazer naquele momento. Disso não tenho dúvidas.

Ela soltou um longo suspiro. A menina empurrou um lenço, que estava escapando, de volta para dentro da sua gola. O sol se movera sem que eu me desse conta e a luz agora brilhava sobre os nossos pés.

— E então, o que acha? — perguntou a velha me encarando com atenção.

— Bem, a primeira questão é que a luz do sol está batendo diretamente sobre as peças. Pelo que pude ver, as peças de madeira, principalmente, estão bastante deterioradas. Talvez haja muita umidade por se tratar de uma antiga lavanderia. Reformar o depósito seria...

— Seu cretino! Não é isso que eu quero saber! — cuspiu a velha, com ímpeto redobrado.

Ela agitou a bengala, perdeu o equilíbrio, enroscou os pés na saia que ia até o chão e pareceu prestes a cair. Mas a menina a segurou sem se perturbar, passando os braços por baixo das suas axilas.

— Quero que você me fale sobre como imagina que será o museu, é óbvio!

Eu já não me ofendia mais com os berros da velha. Aos poucos meu corpo foi se acostumando ao ritmo dela e, seja como for, naquele momento eu estava muito ocupado tentando compreender a essência daqueles objetos.

— Mas, afinal, pra que fazer esse museu?

— Pra quê? Então todo museu precisa ter um motivo

educativo pra existir? O desejo de deixar alguma coisa pra posteridade é um dos sentimentos mais primitivos do ser humano. Desde o Egito antigo as pessoas se deleitavam dispondo espólios de guerra em seus templos.

Senti que fizera uma pergunta particularmente ruim, pois seu tom de voz baixara de súbito. Ela coçou os cantos remelentos dos olhos, espremeu com as unhas um furúnculo na testa e continuou.

— Honestamente, eu sei bem que não será do tipo de museu que as pessoas fazem fila pra visitar. Mas exibir as obras não é a única função de um museu. A coleção, a conservação e a pesquisa são até mais importantes. Isso deve estar escrito nos protocolos do Conselho Internacional de Museus de que você tanto gosta — disse ela, e concordei com a cabeça. — Eu já estou velha, claro. É estranho, porque conforme a gente envelhece, parece que o mundo também vai ficando velho. Os mortos se acumulam rapidamente. Não posso mais depender deste corpo para, a cada pessoa que morre, me infiltrar nas visitas de um funeral fingindo ser uma amiga, ou invadir uma casa no meio da noite. A partir de agora, coletar as lembranças é o seu trabalho. Vamos reformar o estábulo atrás da casa para abrigar o museu. O jardineiro pode fazer esse trabalho de construção, sem problemas. E você pode usar a minha filha como ajudante, certo? Nosso museu será um local de repouso para este mundo envelhecido.

Sua voz, aos poucos, retomou o volume até ressoar por toda a sala com um vigor que fazia vibrar os varais presos ao teto. Seu rosto convulsionava, todas as rugas movendo-se a um só tempo, e dos seus lábios ressecados brotava sangue, que a menina limpou com o dedo.

***

A lua crescia mais um pouco a cada noite. Junto com ela crescia a luz que batia no ovo esculpido, até que a imagem do anjo se refletisse com clareza na vidraça.

De repente eu estava muito atarefado. O mais importante, por ora, era organizar os itens que estavam espalhados desordenadamente, designar um número de registro para cada um deles e registrá-los no livro tombo.[8] Este era o primeiro passo para dar sentido àquelas coisas que pareciam apenas um monte de tralha.

Havia um papel afixado em todas as recordações com a data de falecimento e o nome do dono, mas não ajudavam muito, pois a maioria estava rasgada, com a escrita borrada e indecifrável. A velha sentava-se em um banquinho no meio da sala para supervisionar o serviço. Quando eu encontrava uma peça de origem indeterminada, precisava mostrar a ela para pedir sua ajuda.

— Nove de maio de 19XX, um operário, morreu por causa de uma gangrena no pé.

— Vinte e nove de dezembro de 19XX, esteticista, *causa mortis*: obstrução intestinal.

— Seu idiota! Não consegue perceber o que é ou não um item da coleção? Isso aí é só uma rede pra lavar roupa! Joga isso fora!

A velha gritava, as rugas do seu rosto se retorciam. Eu anotava apressado os dados nas fichas provisórias e me esforçava para trabalhar o mais mecanicamente possível, sem me deixar abalar por sua energia excessiva.

---

[8] Livro onde se faz o inventário e o arquivamento de bens. A expressão provém do direito português e se refere ao livro guardado na Torre do Tombo, no Castelo de São Jorge, em Lisboa, Portugal. [N.E.]

A memória da velha era assombrosa. Eu podia pegar qualquer item que estivesse por perto e, com um único olhar, ela o identificava prontamente, sem refletir sequer um instante nem titubear. Era como se ela tivesse dentro do seu pequeno cérebro um livro tombo perfeitamente organizado. As respostas vinham tão rápidas que eu cheguei a desconfiar se ela não estava só inventando qualquer coisa.

A menina era uma excelente ajudante. Quando não entendia alguma coisa, não hesitava em me perguntar diretamente, mas também era ambiciosa o suficiente para querer colocar em prática suas próprias ideias. Ela prestava atenção no que estava acontecendo, tinha uma letra bonita e, acima de tudo, queria ser útil.

Primeiro, a menina tirava da prateleira um objeto, limpava o pó com um pincel e o entregava para mim. Eu examinava com rapidez sua condição física, tirava uma foto e perguntava sobre ele à velha. Anotava as respostas em uma ficha provisória, em seguida a menina copiava o número de registro dessa ficha em uma etiqueta e a prendia no objeto. Esse era o procedimento completo.

Eu e a menina nos dedicávamos ao trabalho calados. Apenas a voz da velha e o som da máquina fotográfica ecoavam na lavanderia. Em pouco tempo, o serviço já fluía tranquilamente. Só pelo movimento das suas mãos eu já sabia a hora certa de entregar os objetos ou de virar as fichas. Por mais excêntricos que fossem os objetos que iam surgindo (uma bola de canhão que a menina não conseguia sequer levantar sozinha, uma pelota de sujeira tirada do umbigo de alguém, uma marta[9] empalhada cheia de vermes, e assim por diante), esse ritmo entre nós não se quebrava. Mesmo os

---

9 Mamífero carnívoro de pequeno porte, da família *Mustelidae*. [N.E.]

xingamentos da velha e as batidas da sua bengala contra o chão eram como tônicas que modulavam a nossa cadência.

Os objetos de recordação brotavam um após o outro, sem cessar. Não importa quanto os organizássemos, eles continuavam a surgir de algum canto. Passamos dez dias confinados na lavanderia. Nesse ínterim, chegou uma frente fria, nevou um pouco, houve mais dias de sol e, por fim, choveu torrencialmente por um dia inteiro. Quando nos reuníamos na sala, às nove horas da manhã, a velha anunciava com eloquência os aspectos importantes daquele dia, segundo seu almanaque.

— É o dia do primeiro canto do cuco. Quem ouvir esse canto deitado na cama se verá em dificuldades, portanto tomem cuidado.

— Hoje é Quinta-feira Santa. É preciso lavar os capachos com água fervente e pingar sobre eles uma gota de óleo de lavanda.

— Um filhote de texugo deve aparecer hoje. Quem sair pra lugares distantes terá grandes tristezas. Fiquem quietinhos trabalhando aqui.

Ela terminava suas instruções, sentava-se no banquinho, e nós começávamos a trabalhar.

Ao meio-dia eu almoçava no solário, no andar de cima, e às três horas fazíamos um intervalo para o chá. A comida preparada pela criada era original, sempre bem arranjada nos pratos, e não dava para reclamar do sabor. O chá era sempre acompanhado de algum doce caseiro, como nozes caramelizadas ou cascas de laranja cobertas de chocolate. Eu passava esse intervalo sozinho, pois a menina e a velha se retiravam para a sala de jantar. Segundo a menina, sua mãe ficava extremamente incomodada em comer na frente de estranhos.

— É que ela está velha e fica constrangida por não conseguir mais comer com elegância. Não é que ela não goste de você — acrescentou.

Quando terminamos esse primeiro registro dos itens da coleção, a primavera chegara definitivamente no mundo exterior. O sol estava muito mais próximo do que quando cheguei à vila, as flores brilhavam com cores mais vivas. Ao acordar de manhã cedo e assistir ao sol nascer pela janela, eu quase podia ver a umidade da chuva, que caíra na troca de estações, escoando de dentro do bosque e sendo aspirada pelo céu como uma névoa.

Eu ainda tinha muito trabalho a fazer — restaurar os objetos deteriorados, organizar o espaço do depósito, revelar as fotos e fazer as fichas de catálogo definitivas. Porém, preferi sair da lavanderia por ora e conversar com o jardineiro sobre a reforma do estábulo.

— Que tal? É uma beleza, não é? — disse ele, orgulhoso, como se fosse o proprietário. — Dá pra criar cem, duzentos cavalos aqui, sem problemas.

De fato, o estábulo era uma construção imponente, à altura da mansão principal. A partir da entrada em arco que se erguia no centro, o estábulo se estendia para os dois lados, como asas abertas. Seu design também era elegante, com janelas em forma de semicírculos dispostas de cinco em cinco a intervalos regulares, os batentes esculpidos com folhas de videira. Porém, o prédio parecia estar abandonado havia muito tempo. A parede externa tinha desbotado para um bege claro e muitas pedras haviam se desgastado, perdendo a forma original.

O ar lá dentro era frio e meus olhos levaram algum tempo para se acostumar com a penumbra. A luz do sol entrava pelas janelas, é claro, mas não o suficiente para iluminar aquele espaço colossal. O teto era alto e de ambos os lados do corredor as cocheiras se enfileiravam a perder de vista escuridão adentro. No centro havia uma banheira redonda completamente seca, onde talvez se banhassem os cavalos, e eu também podia ver os locais para guardar e lavar os arreios. Contudo, não havia uma única ferradura, nem um único pedaço de palha como prova de que algum dia houvera cavalos ali.

— Até quando houve cavalos vivendo aqui? — perguntei.

— Hum... Desde que me dou por gente, já não tinha mais nenhum — respondeu o jardineiro, recostando-se contra a porta de uma cocheira e fazendo ranger a dobradiça.

— O senhor vive aqui desde criança?

— Desde que nasci, ali mesmo naquela casa atrás da mansão, sempre vivi aqui. Meu avô, e o avô dele, também foram jardineiros. Minha avó, e a avó dela, eram criadas. Nunca saí deste mundo. Tudo o que sei sobre o trabalho foi o meu velho quem me ensinou.

Lembrei-me da tesoura de poda, o primeiro item coletado pela velha. Ela surgira finalmente, no último dia do registro, do canto de um armário. Estava coberta de ferrugem e quase não era mais possível movê-la, mas a menina limpou a poeira com um cuidado especial.

Caminhamos até o fim do corredor. Olhei ao redor atentamente buscando algum pedaço seco de estrume ou qualquer coisa assim, em vão. Até mesmo o odor característico dos cavalos já se apagara havia muito. A escuridão, esquecida por tanto tempo, se agarrava às paredes, prendendo o ar. Nem o som dos nossos sapatos abalava esse silêncio.

— Reformar um lugar deste tamanho não vai ser uma tarefa fácil, vai? — comentei.

— Tudo bem. É só contratar uns três ou quatro ajudantes da vila — disse o jardineiro, que não parecia estar muito preocupado.

— Transformar as cocheiras em boxes de exposição seria a solução mais segura, mas, com essa disposição, acho que ficaria monótono demais...

— Eu nunca pisei num desses "museus", então não sei muito bem...

— Nunca?

— É... Tenho vergonha de dizer, mas...

— Imagine, não precisa ter vergonha. Pra maioria das pessoas, os museus não são um negócio particularmente útil.

Depois de andar por toda a ala esquerda, voltamos até a banheira no centro e fomos ver a ala direita. A disposição das duas alas parecia ser igual. Cocheiras do mesmo tamanho, uma após a outra, uma vala para escoar a água e, nas paredes, ganchos resistentes para pendurar as selas.

A luz que entrava pelas janelas incidia fraca sobre o chão. Olhando para cima, eu podia ver os raios de sol cortando o ar na diagonal. O jardineiro era uma cabeça mais alto do que eu e tinha os ombros tão musculosos que dava a impressão de ter uma corcunda. Trazia ferramentas — uma pequena serra, chaves de fenda, uma chave-inglesa — penduradas na cintura.

Tentei imaginar como seria aquele lugar renascido como um museu. A recepção, as vitrines, os painéis, as setas indicando o caminho de visitação, os inúmeros objetos contendo a memória dos mortos... Eu já dera conta de outros trabalhos bastante desafiadores. Já transformara o depósito de um velho centro comunitário em um centro de pesquisa sobre aquela vila e o oceano. Também fizera um museu do cogumelo em uma cabana que servia de abrigo para carvoeiros, perdida no meio de uma montanha. E no entanto, tendo à minha disposição um local e um orçamento tão amplos, não conseguia planejar uma sequência lógica e imaginar como seria o museu quando estivesse pronto. Era como se, em algum lugar, os circuitos dos meus neurotransmissores houvessem se enredado e não conseguissem mais voltar para o lugar certo.

— O que mais me preocupa são as luzes. Com um pé-direito como esse, a iluminação é complicada. A luz é a grande inimiga das peças de um museu, mas se for escuro demais, não dá pra ver nada, certo? De qualquer forma, provavelmente teremos que usar lâmpadas fluorescentes especiais, que emitem poucos raios ultravioletas e baixa radiação — eu disse, buscando assuntos mais concretos para tentar desembaraçar meus pensamentos.

— Vou procurar o quadro de distribuição pra ver como está a fiação.

O jardineiro se empenhava a sério nas questões que eu levantava. Movendo-se com agilidade, examinou o estábulo de cabo a rabo e até mesmo apontou novas possibilidades.

Ele era chamado de jardineiro por conveniência, mas na verdade era um faz-tudo. Tinha conhecimento técnico, com base em sua própria experiência, de todas as áreas – elétrica, hidráulica, alvenaria, projetos de reforma. De acordo com o seu diagnóstico, havia a energia necessária para as lâmpadas, poderíamos diminuir o número de cocheiras, alargar o corredor, enfim, tudo o que eu desejasse era possível.

— Tudo bem, tudo bem — essa parecia ser a sua expressão preferida. Batia a chave-inglesa contra a parede, dizendo: — Ahã, sem problemas. Deixa comigo que eu resolvo.

Conforme conversava com o jardineiro, a rigidez de meus neurônios foi se desfazendo, e eu também comecei a achar que, realmente, estava tudo bem. Aos poucos, podia ver o estábulo ressurgindo como um museu esplêndido. "É mesmo", pensei, "vamos colocar uma vitrine especial no local de maior destaque para expor a tesoura de poda do seu bisavô."

Aqui jaz a tesoura de poda que deu origem a este museu.

4

Aconteceu o que eu temia. Foi na manhã de uma segunda-feira, quando os álamos da mansão começavam a soltar suas sementes, brancas como algodão. As cotovias cantavam sem cessar.

Apesar de eu já saber que esse momento chegaria, desde a primeira vez em que a velha falou sobre o projeto do museu, no fundo desejava que ele demorasse muito ou, melhor ainda, que nunca chegasse. Meus pedidos, porém, não foram ouvidos. Uma pessoa morreu na vila.

Era um ex-cirurgião de cento e nove anos. Ele tinha quebrado o recorde de longevidade da vila, portanto sua morte foi noticiada, com foto, no jornal local. Nascido em uma família proprietária de uma clínica na vila havia gerações, ele continuara atendendo até depois dos cem anos, mas recentemente se afastara do trabalho, pois sua audição estava ruim, dizia a notícia. A causa da morte era velhice.

— Bom, é hora de ir — disse a velha, apontando com a bengala para além da janela. Demonstrando sua excitação, o furúnculo na sua testa estava inchado e vermelho, e as veias nas costas das suas mãos, sinistramente salientes.

— E então, que objeto eu deveria pedir? — perguntei, apreensivo.

— Pedir? Hunf! Não fale bobagem! Eu já te disse: a alma nunca vai estar nas coisas que eles te dariam. As recordações que nós devemos buscar estão sempre, sem exceção, encerradas em algum lugar difícil de chegar. Nossa missão é resgatar essas coisas. Não importa se para isso for preciso fazer algo perigoso ou desonesto. No instante em que o objeto estiver a salvo em nosso museu, já não importa mais se os meios empregados foram bons ou ruins.

Dizendo isso, a velha tossiu, lambeu os lábios e, coisa rara, parou para pensar. As rugas da sua boca tremeram.

— O bisturi — disse numa voz rouca. — O bisturi que ele usava nas cirurgias de redução de orelha. Não tem recordação melhor do que essa. Esse homem ganhava dinheiro fazendo cirurgias ilegais de redução de orelha. Era um médico ganancioso, o tipo de sujeito que, se houvesse dinheiro na mesa, desbastava tranquilamente uma orelha, um nariz, um crânio, o que fosse. Atrás da escada na sala de espera tem um quartinho com uma placa "Coleta de Sangue". Entre lá e empurre o armário onde estão as seringas. Na parede atrás dele deve ter uma portinhola verde-musgo, e depois dela uma escada que desce pro subsolo. Vai estar totalmente escuro, mas não tenha medo. É só descer até o fim. Lá é a sala de cirurgia secreta. Entendeu?

Assenti em silêncio.

— É uma sala quadrada, sem janelas, com uma maca no meio. Na cama deve ter um objeto esquisito de metal que serve pra segurar a cabeça no lugar e esticar as orelhas. Parece uma coleira de cachorro grande, ou um capacete improvisado. O bisturi está no armário de remédios, na quarta fileira de cima pra baixo, terceira gaveta da direita pra esquerda. Não vá confundir com o bisturi usado pra incisões. Procure aquele que é um pouco maior, com uma leve curva no cabo e com a lâmina esculpida. Essa é a recordação que queremos. O bisturi que cortou as minhas orelhas.

A velha coçou o furúnculo e limpou no casaco a saliva que se juntara nos cantos da boca. Suas orelhas, disformes e amarrotadas, continuavam escondidas em meio aos cabelos brancos.

A menina estava elegante em seu traje de luto. Feito de seda de boa qualidade, o vestido envolvia seu corpo com suavidade, e quando ventava a saia rodada se agitava revelando por um segundo seus joelhos. Sua pele parecia ainda mais clara junto ao tecido negro. Sempre que ela se voltava para mim, seus cabelos roçavam no vestido com um som seco.

— Pra ser uma ajudante eficiente, é fundamental que a roupa de luto fique bem em mim — disse ela, sorrindo.

Decidimos ir de bicicleta, pois o carro seria inconveniente por não conseguir manobrar com agilidade. Paramos as bicicletas na praça central e caminhamos até a clínica, onde acontecia o velório. Passando a rua comercial coberta, viramos em uma transversal na esquina do correio. A clínica ficava no final da rua e se destacava na escuridão, decorada com flores artificiais e iluminada por velas. Era uma noite quente sem estrelas, e a lua, turva pela névoa, parecia se dissolver no céu.

— Tudo certo? — perguntei à menina como para acalmar meus próprios sentimentos.

Ela acenou com a cabeça. No bolso do paletó que a velha me emprestara estava um canivete que o jardineiro me mandara trazer, dizendo que certamente eu iria precisar.

A fila de pessoas para oferecer as condolências se estendia portão afora. Conseguimos nos misturar a essa fila, passando desapercebidos. Seguindo pela lateral, ao lado da entrada principal do consultório, chegava-se a um jardim interno, no fundo do qual ficava a residência. O ex-cirurgião de cento e nove anos estava deitado na sala de visitas. Movíamo-nos com cautela, tomando cuidado para sempre conseguir nos comunicar com o olhar e não nos perder um do outro. Por sorte, a casa estava lotada de pessoas e nós não chamávamos a atenção.

— Velórios e enterros são um tipo de festa. A morte é um acontecimento que irrompe de repente em meio ao tédio do cotidiano, excita os nervos e desequilibra os hormônios de todo mundo, todos trocam os pés pelas mãos, perdem a razão e a serenidade. Nessas horas ninguém fica pensando sobre quem é a pessoa ao seu lado. É só estar vestido de luto que você será admitido como uma presença apropriada para aquele local. Entendeu? Não vá ficar ansioso. Não tente atuar. É só nadar calmamente pelo fundo da noite, como um peixe de águas profundas.

Recordei as palavras da velha, uma a uma. Repeti para mim mesmo as suas ordens. Até então eu estava cansado dos seus caprichos, mas quando chegou de fato a hora de coletar o objeto de um morto, ela se mostrou muito digna, até mesmo ponderada.

Chegou a nossa vez de acender um incenso. A foto do falecido mostrava um velho de branco. O caixão estava aberto. Entretanto, fora as flores e o tecido branco, só vi as articulações, muito protuberantes, das suas mãos cruzadas sobre o peito. A menina cerrou os olhos, juntou as mãos e rezou de cabeça baixa por um longo tempo. Não estava nem um pouco temerosa, nem tensa. Parecia totalmente entregue à dor de ter perdido um ente querido.

Depois disso, em silêncio, agimos conforme o combinado. Saímos da sala de visita e, em vez de voltar para a entrada, seguimos pelo corredor e passamos ao lado da sala de jantar. Um cheiro de comida vinha da cozinha, onde algumas pessoas de avental trabalhavam atarefadas. Depois de virar duas esquinas no corredor paralelo ao jardim interno, encontramos um banheiro à esquerda, um closet à direita e, à frente, uma porta cinza discreta. Para além dela estava a clínica. Sem nenhuma pausa, passamos pela porta com gestos rápidos e determinados, num movimento fluido, de forma a não levantar suspeitas.

A clínica estava deserta, a única luz vinha do sinal da porta de emergência. No instante em que fechamos a porta, a agitação do velório se distanciou. O esquema desenhado pela velha estava correto, desde a posição dos sofás até a cor dos chinelos. Graças a ele, encontramos sem dificuldade a sala de coleta de sangue.

Contudo, mover o armário de seringas foi muito mais difícil do que prevíamos. Ele era pesado, de aço, e a qualquer movimento descuidado as seringas, antissépticos e ampolas se chocavam produzindo um som agourento.

Escutando com atenção a respiração um do outro, para sincronizar nossos movimentos, deslocamos o armário pouco a pouco. Logo as palmas das minhas mãos estavam escorregadias de suor. Depois que meus olhos se acostumaram, eu podia distinguir a silhueta da menina apenas com a luz da lua. Conseguia traçar com clareza as maçãs arredondadas do seu rosto e o contorno úmido dos lábios.

Finalmente, como dissera a velha, uma portinhola verde-musgo apareceu. Coberta de mofo e poeira, ela obviamente não era usada havia muito tempo. Porém, a tinta verde-musgo, que parecia ter sido pintada por alguém inexperiente, conservava uma tonalidade graciosa, incongruente com o seu entorno. Empurrei a maçaneta e a portinhola se abriu com facilidade, levantando poeira. Acendi a lanterna.

A sala de cirurgia cheirava a remédios apodrecidos. Senti que, se ficasse parado, começaria a passar mal. Eu não sabia como era uma sala de cirurgia normal, mas certamente faltava àquele lugar qualquer tipo de ordem científica. As ferragens presas à maca resumiam a aparência do cômodo.

Era um objeto complicado, tirânico, deselegante. Várias placas de metal se juntavam formando uma curva para encaixar no crânio, acrescidas de tiras de couro presas por molas, grampos, parafusos, arames. Eu não fazia ideia de qual seria a função de cada um daqueles componentes. Talvez a intenção fosse que, ao inserir a cabeça, as orelhas fossem naturalmente puxadas para fora e esticadas, mas eu não conseguia descobrir uma lógica geral que desse equilíbrio e eficiência ao conjunto. A única certeza era a de que inúmeras pessoas haviam se deitado ali e exposto suas orelhas. Prova disso eram os vários fios de cabelo presos no interior das placas e as manchas de sangue nas tiras de couro.

A quarta de cima para baixo, a terceira da esquerda para a direita. Sem falar nada, eu e a menina contamos juntos as gavetas. "Agora falta pouco", pensei, para encorajar a mim mesmo. "Só mais um pouco e você vai ter o que busca."

Mas a gaveta estava trancada. Em vão, experimentei puxá-la em ângulos diferentes e agitá-la.

Olhei para a menina. Seus olhos me encaravam, transbordando de um negro mais profundo do que a escuridão que nos cercava. Sua respiração quente chegava até a minha mão que segurava a lanterna.

Tirei o canivete do bolso. Não reparara nele ao recebê-lo do jardineiro, mas quando fui usá-lo notei que era maciço, pesado, e o tranco da mola ao abrir a lâmina fez meus dedos fraquejarem.

Eu nunca quebrara uma fechadura na vida. O jeito era tentar da forma que eu imaginava ser a mais apropriada.

Enfiei repetidas vezes o canivete no vão da gaveta. A lâmina se chocava contra a trava com um som desagradável que arranhava os tímpanos. A menina assistia aos meus gestos desengonçados ajoelhada ao meu lado, pronta para ajudar em qualquer oportunidade.

De repente, a tranca se partiu com um som seco. O suor escorria pelas minhas costas. Foi a menina quem abriu a gaveta. Havia bisturis de todos os tipos, lado a lado, mas foi fácil saber qual era aquele que a velha queria como recordação. Era o único guardado em uma caixa especial, muito mais robusto do que os outros.

Com um bisturi assim certamente daria para cortar a cartilagem de uma orelha sem problemas. Examinei-o mais uma vez sob a luz da lanterna para ter certeza de que era o certo. Faltavam alguns dentes no serrilhado da lâmina e havia várias manchas de sangue. Talvez seja sangue da velha, pensei. E então guardei-o no bolso junto com o canivete e a lanterna.

Quando voltamos para a sala de coleta de sangue, a lua tinha se escondido atrás das nuvens. Fechamos a portinhola e começamos a arrastar o armário de volta para o lugar, no mesmo sistema de antes. Quem sabe por termos relaxado, depois de conseguir a recordação, ou porque o longo período de tensão deixara nossas mãos menos firmes, a sincronia entre nós, que antes era perfeita, agora estava estranhamente desajustada. Uma garrafa de vidro caiu dentro do armário e se partiu.

Talvez não tenha sido um barulho muito grande. Mas foi o suficiente para nos fazer estremecer.

— Está tudo bem.

Pela primeira vez desde que entramos na clínica, me dirigi à menina. Dava para ver que ela estava apavorada.

Agachada rente ao chão, continuava agarrada ao armário, de olhos semicerrados. A saia do seu vestido se espalhara num círculo, e sob ela se viam suas pernas elegantes dobradas.

Esperei que a reverberação cessasse por completo. Contei as gotas de remédio que pingavam do vidro — uma, duas, três, quatro... Elas eram a única coisa que se movia dentro da sala.

Passos soaram na sala de espera. Começaram como algo leve o suficiente para considerarmos que fosse apenas uma impressão, mas logo se tornaram, inegavelmente, sons de passos. E eles vinham em nossa direção.

Continuamos completamente imóveis. Talvez o melhor fosse nos escondermos, mas naquela quietude absoluta qualquer tentativa de mudar de lugar, por menor que fosse, seria perigosa. Prendemos a respiração, tentando não mover sequer um cílio.

O que fazer se nos encontrassem? Tentei pensar o que eu poderia fazer para não envolver a menina, evitar que a situação se complicasse mais, e ainda levar o bisturi comigo. Mas a minha cabeça não funcionava direito, eu só conseguia ver os ombros estreitos dela tremendo diante de mim. Queria desesperadamente abraçar esses ombros. Tinha a impressão de que se pelo menos eu pudesse tocar nela, nos seus ombros, nos joelhos, ou mesmo em uma orelha, ninguém iria nos encontrar.

O som dos passos era fraco e incerto, como se a pessoa também tivesse medo de que percebessem sua presença. Atravessaram o lobby, passaram pela sala de espera e se aproximaram do pé da escada. Dava para ouvir até mesmo a mão roçando no corrimão.

Será que é o ex-cirurgião, que voltou para fazer uma operação? Essa ideia me atormentou muito mais do que a possibilidade de sermos encontrados. O médico obriga a menina a descer para a sala de cirurgia. Deita-a na cama, escorrega os dedos para dentro dos seus cabelos, verifica onde estão as orelhas e coloca aquelas ferragens na sua cabeça. Puxa os arames, prende as tiras de couro, aperta os parafusos. Sua orelha, expressiva e vivaz como se fosse uma criatura autônoma. As veias aparecendo sob a pele branca, a luz incidindo sobre a leve penugem. Sem hesitar, o médico abre a pele num corte e apara a cartilagem com o bisturi. Lisa como um coral, ela escorrega em um átimo para o chão...

Finalmente os passos subiram as escadas e se afastaram no primeiro andar. Eu e a menina demos as mãos e fugimos do hospital, largando o armário e a garrafa quebrada como estavam. Lá fora continuava cheio de visitantes vindos para o velório. Corremos sem pensar em nada.

O vento morno envolveu o meu corpo. Quando voltamos até a rua coberta, já não havia mais quase ninguém ao redor, mas não diminuímos a velocidade. As lojas de portas fechadas, os postes, os cabelos da menina esvoaçando ao vento, tudo passava diante dos meus olhos. A mão dela era pequena, e desaparecia dentro da minha.

Chegamos à praça quase sem fôlego. As bicicletas nos esperavam pacientemente presas à cerca. Abracei a menina. Não havia outro jeito de acalmar o seu tremor.

Os faróis de um carro contornando a praça iluminaram os nossos pés e depois se afastaram. O chafariz estava desligado e as pombas que sempre o rodeavam deviam estar todas em seus ninhos. Eu queria confirmar que as orelhas da menina estavam bem. Contudo, abraçado com força a ela, não conseguia vê-las.

Naquela noite escrevi para o meu irmão pela primeira vez desde que chegara à vila. Já passava da meia-noite.

Depois de acompanhá-la até o seu quarto, desci sozinho para a lavanderia e registrei a nova recordação no livro tombo. A sala continuava desordenada, mas começava a ganhar o ar familiar de um acervo. Coloquei o bisturi na prateleira de um armário, sentei no banquinho da velha e me deixei ficar ali por algum tempo devaneando antes de voltar para o quarto. Apesar do cansaço profundo, não conseguiria dormir tão cedo.

... Peço desculpas por não ter escrito antes, meu irmão. Pretendia escrever logo, mas acabei demorando um pouco para me acostumar com a vida aqui. Porém, não se preocupe, por favor. Eu estou bem.
... Como vão as coisas na escola nesse novo semestre? Os alunos estão dando muito trabalho? Da próxima vez que eu voltar aí, gostaria de usar novamente o microscópio do laboratório. Creio que conseguirei lhe fazer uma visita durante o verão. A barriga da sua esposa deve estar começando a aparecer, não está? Estou muito ansioso para ser tio. Mal posso esperar. Por favor, diga a ela para cuidar muito bem da saúde.
... Creio que este novo museu será muito peculiar. A coleção tem um estilo único, nunca visto antes. Como não posso usar os métodos de costume, tenho encontrado várias dificuldades, mas isso torna o trabalho mais instigante. Por ora, está tudo em ordem. Os vizinhos são atenciosos, a ajudante é excelente e a minha chefe providencia dinheiro à vontade. A vila é calma, a casa agradável. É, está tudo correndo muito bem...

No domingo seguinte, a convite do jardineiro, fui assistir a um jogo de beisebol junto com ele e a menina. O jogo era entre os times da associação de avicultores e do sindicato dos produtores de máquinas de precisão. A criada preparou um monte de sanduíches para levarmos.

    Eu trabalhara duro durante toda a semana. Pedi para usar a sala de bilhar, também no subsolo, e com algumas adaptações transformei-a em um escritório. Além disso, pensando que não conseguiria registrar a verdadeira essência dos objetos de recordação usando o método tradicional, inventei novas categorias para a classificação e refiz todo o livro tombo. Também revelei as fotos e preparei as fichas catalográficas oficiais para cada objeto.

    Contudo, por mais que eu mergulhasse no trabalho, o fato de eu ter roubado o bisturi de um ex-cirurgião de cento e nove anos se recusava a ficar guardado, quieto, em uma gaveta da minha memória. Sentado em frente à mesa de trabalho, uma mesa de bilhar coberta com uma tábua, eu media as peças da coleção ou verificava se tinham marcas e danos, mas a sensação do instante em que eu pegara o bisturi não me abandonava nunca.

    De qualquer jeito, ele tinha sido usado em operações ilegais, e agora era inútil, então a família nem deve ter percebido que foi roubado, eu pensava, tentando em vão me consolar. O sentimento de culpa se sedimentara em grossas camadas e me atormentava como um cansaço profundo.

    Quando o jardineiro me convidou, na verdade não me animei. Concordei somente por não querer decepcionar alguém que era sempre tão gentil comigo. Também achei que assistir a uma partida de beisebol seria uma boa mudança de ares e talvez me ajudasse a espairecer um pouco.

    O dia estava lindo, sem vento. Os cumes das montanhas, sempre encobertos pela névoa, se desenhavam nítidos contra o céu. Era o clima perfeito para uma partida de beisebol.

Assim que entramos no parque florestal, percebi que a atmosfera estava muito diferente em relação àquele dia em que estivera ali junto com a menina. O caminho que levava ao estádio estava cheio de barracas de sorvete, algodão-doce e maçã do amor, fogos de artifício estouravam e, ao longe, se ouvia uma banda. As crianças seguravam balões coloridos, namorados se abraçavam. Era tamanha a movimentação que eu me perguntei de onde teriam vindo todas aquelas pessoas.

A menina nos apressava, impaciente. Ela vestia uma saia envelope e uma blusa com bordados de miçanga, e trazia na cabeça um chapéu de palha de abas largas. A figura séria e elegante que ela exibia no dia do velório desaparecera por completo, e ela voltara a ser a mesma menina de sempre.

Não era só ela. Todas as pessoas que seguiam rumo ao estádio eram banhadas pelo calor agradável da primavera, entusiasmadas com a iminente partida. Ninguém se lembrava mais do velho médico falecido havia alguns dias.

O estádio estava quase lotado, como dissera a menina. Finalmente encontramos três lugares livres na última fileira da arquibancada do campo externo, perto da primeira base. O jardineiro logo desembrulhou os sanduíches, comprou duas cervejas e serviu chá da garrafa térmica para a menina.

— Puxa, é um evento grandioso! — comentei com o jardineiro.

— É que hoje é a abertura do campeonato de primavera. E este ano já começa com uma partida e tanto logo de saída! Os avicultores são os maiores campeões, com doze títulos, incluindo cinco campeonatos consecutivos, e o time das máquinas de precisão é novo, mas reforçado por jogadores muito competentes, e conseguiram o primeiro título no ano passado. Vamos, coma à vontade, sem cerimônia!

— Muito obrigado. E então, pra quem devo torcer?
— Bom, você pode torcer pra quem preferir, mas eu e a senhorita somos dos avicultores, com certeza. Sempre fui fã deles, é assim desde o tempo do meu bisavô. Eles não têm muita força, mas são todos jogadores muito hábeis, de jogadas precisas. Umas jogadas boas mesmo de se ver.

O jardineiro encheu a boca de sanduíche e empurrou tudo para dentro com um gole de cerveja. Soou o sinal de início do jogo.

Pensando que era só um jogo amador, eu não esperava nada de mais, e me surpreendi com a qualidade da partida. O arremessador das máquinas de precisão era um canhoto de estilo clássico que lançava bolas de grande alcance, e o dos avicultores, apesar de franzino, era um arremessador lateral com bons lances. A defesa também era bem preparada e os rebatedores principais de ambos os times tinham um bom aproveitamento.

A partida começou tranquila. Cada um dos times conseguiu uma rebatida válida, mas, sem conseguir avançar, tudo continuava em zero a zero até a terceira entrada.

Com dois eliminados e um corredor na segunda, parecia ser uma boa chance, mas foi destruída por uma bola aérea no centro do campo. A menina se sentou decepcionada e virou-se para mim.

— Você não joga beisebol?
— Eu não sou muito bom em esportes.
— Não acredito que algum menino não goste de beisebol! Você não acha?
— Realmente, senhorita.

O jardineiro completou a xícara dela com chá-preto. Ela continuava comendo. Com os cotovelos apoiados nas pernas, devorava sanduíches de todos os tipos, um após o outro, sem se preocupar com o tomate ou o atum que escapavam do pão, quase caindo.

Mais à frente na arquibancada alguém soltou uma vaia, causando uma pequena onda de risos. Todos os espectadores ao nosso redor tinham algum lanche. Cerveja, frango frito, batata chips, todos enchiam a boca com alguma coisa. O terceiro rebatedor das máquinas de precisão entrou no *box*[10] e o arremessador lateral dos avicultores observou os sinais do receptor. Começou o primeiro turno da quarta entrada.

— Então como foi que você aprendeu sobre o funcionamento do mundo?

Pensei um pouco.

— Acho que foi com o microscópio — respondi.

A menina e o jardineiro demonstraram surpresa.

— E como é que se aprende sobre perseverança, humilhação, sacrifício ou inveja com um microscópio?

— Hum, é difícil de explicar... Mas é que dentro das células dos seres vivos, refletidas nas lentes, também existe sacrifício, existe inveja. Venha me visitar alguma hora. Eu te mostro.

— Jura? Vou mesmo, com certeza.

Assim que a menina terminou de enfiar na boca o último sanduíche de frango, houve uma rebatida simples para o meio de campo. Uma onda de suspiros e gritos de alegria misturados inundou as arquibancadas.

O sol estava bem acima das nossas cabeças, fazendo brilhar cada grão de terra revirada pelas chuteiras. Um balão, que talvez uma criança tivesse deixado escapar, atravessava o céu rumo ao bosque, já quase sumindo. O quarto

---

10 Áreas demarcadas no campo de beisebol onde devem se posicionar os rebatedores e receptores. [N.E.]

rebatedor foi eliminado por uma bola aérea do receptor, mas o quinto chegou até a segunda base, aumentando assim a diferença.

Entre comer, torcer pelo seu time e me perguntar várias coisas, a menina estava muito atarefada. Ela gritava palavras de apoio ao arremessador dos avicultores quando sua boca não estava cheia, batia palmas a cada *strike* e, ao encontrar uma pequena brecha, atacou a torta de maçã de sobremesa. A fita vermelha que prendia o seu chapéu de palha se agitava sem parar às suas costas.

O sexto rebatedor mandou uma bola rasteira para o interbase. O jardineiro soltou uma exclamação e, atento, se inclinou. O interbase fez uma boa tentativa, mas a bola foi fraquíssima e, infelizmente, não resultou num *double play*.[11] O corredor da terceira base terminou a corrida com facilidade e o time das máquinas agrícolas tomou a dianteira. Chateada, a menina mordeu a torta com ainda mais vontade. Eu e o jardineiro compramos mais cervejas e pipoca.

— Ah, é! Tenho que devolver isto — disse, tirando do bolso o canivete, que continuava comigo. — Muito obrigado. Foi extremamente útil. Se não fosse por ele, acho que não teria conseguido pegar a recordação. Estou preocupado se a lâmina não ficou estragada, porque usei pra quebrar uma fechadura...

O jardineiro abriu o canivete e examinou a lâmina contra o sol. Na sala de cirurgia subterrânea ele era apenas um pedaço pesado de metal, mas, visto à luz do sol, parecia um ornamento, majestoso e belo. O cabo era de prata entalhada,

---

[11] No beisebol, é o ato de fazer dois *outs* no decorrer de uma mesma jogada. [N.E.]

uma estrela de marfim decorava o encaixe, e a linha curva da lâmina tinha um equilíbrio perfeitamente calculado.

— Não, tudo bem. A lâmina não está marcada. Não é do tipo de faca vagabunda que estraga abrindo uma tranquinha de gaveta. Se quiser, te dou ele de presente. Não te dei nenhum presente de boas-vindas.

Ele recolheu a lâmina e devolveu o canivete para a minha mão.

— Tem certeza? Uma coisa valiosa assim...

— Não é comprado, fui eu que fiz. Então não se preocupe. Se machucar a lâmina, é só trazer que eu afio pra você.

Nessa hora, uma bola lançada para fora voou em nossa direção. A menina deu um grito e se encolheu junto ao jardineiro.

— Opa. Deixa comigo.

Ele ergueu o braço direito e a bola caiu delicadamente na sua mão, como se fosse um passe combinado. Ao mesmo tempo, o chapéu da menina caiu aos meus pés.

— *Nice catch*!

Os espectadores aplaudiram.

Sem jeito, o jardineiro lançou a bola para um funcionário no campo com um arremesso controlado e preciso. Eu guardei o canivete no bolso do casaco e coloquei o chapéu de volta na cabeça da menina.

O jogo continuou 1 a 0 até a sétima entrada. A potência das bolas do arremessador canhoto aumentava a cada entrada e os avicultores se esforçavam nas rebatidas, mas sem conseguir nenhuma boa oportunidade. No segundo turno da oitava entrada, o cansaço do arremessador lateral era visível e eles ganharam mais um ponto com um *walk*.[12] Para

---

[12] Também conhecido como "base por bolas", é quando o batedor recebe

completar, em um momento apertado, com dois eliminados e um jogador na terceira, o receptor deixou passar a bola, mas por sorte ela acertou o concreto acima da borracha, ricocheteou, e ele conseguiu um *tag out*[13] na quarta base.

— Que jogo enrolado...

O rosto da menina estava vermelho de sol, a boca suja de migalhas de torta.

— Se eles aguentarem firme, com certeza aparece uma oportunidade. Beisebol é assim mesmo. Está tudo bem, não se preocupem.

Pelo jeito essa também era a expressão favorita do jardineiro no caso do beisebol. Terminei a segunda cerveja e coloquei a lata sob o banco. Nossos pés estavam cercados pelas pipocas que caíram.

O número 1 foi colocado no placar do primeiro turno da entrada oito. Todos os 0 e 1 enfileirados no velho placar estavam tortos ou descascando. A sombra do telhado atrás da rede movia-se lentamente, mas o sol continuava brilhando sobre as nossas cabeças.

A essa altura eu também estava começando a gostar dos avicultores. Realmente lhes faltava um pouco de potência, mas eram íntegros e não dispensavam jogadas simples e discretas. Todos os jogadores tinham ombros e pernas fortes e uma percepção refinada que embelezava todas as jogadas. Gostei da confiança com que trocavam passes no *infield*[14] antes de entrar para a defesa, do carinho com que o treinador

---

quatro arremessos. É chamado assim porque o batedor tem o direito de andar para a primeira base sem estar passível de eliminação. [N.E.]
13 É quando o jogador da defesa toca a bola no corredor, que por sua vez não está em contato com a base, e este é eliminado. [N.E.]
14 Toda a região do campo em formato de diamante juntamente com a área ao redor, normalmente coberta por grama e poeira. [N.E.]

recebia no banco um jogador que tivesse feito boas jogadas, do jeito como limpavam a terra do uniforme depois de escorregar para uma base.

Já estávamos no segundo turno da nona entrada. O rebatedor avançou uma base por *walk*.

— Ó, é como eu falei. Não tem partida em que não apareça alguma oportunidade.

O jardineiro e a menina levantaram, e eu os imitei. Pelas minhas pernas bambas, me dei conta pela primeira vez de que estava um pouco bêbado.

Finalmente, na última entrada, o ataque dos avicultores estava ganhando ânimo. Os arremessos do canhoto das máquinas ainda não tinham perdido a força, mas o seu controle estava começando a oscilar. O último rebatedor, que vinha sendo eliminado com três *strikes*, fez um *texas hit* por cima do interbase, o seguinte conseguiu uma *walk*, e no final tínhamos um eliminado e todas as bases ocupadas. O jardineiro e a menina se revezavam gritando o nome do rebatedor seguinte. Este, um sujeito pequeno que jogava na segunda, depois de aguentar por catorze bolas mandou uma aérea baixa para o lado direito. O corredor da terceira anotou a corrida e finalmente conseguimos fazer um ponto.

Os dois fizeram uma algazarra como se tivéssemos virado o jogo. Ao pularem efusivamente, acabaram pisoteando as pipocas no chão.

— Queria que ninguém mais morresse... — murmurei.

Não disse para alguém ouvir. As palavras apenas subiram do fundo do meu peito e escaparam, quase inaudíveis.

— Não adianta pedir isso — disse o jardineiro, se voltando para me olhar. — As pessoas da vila vão continuar morrendo, uma após a outra. Está tudo decidido desde antes de nascer, ninguém pode mudar essa ordem.

Ele colocou a mão nas minhas costas para me consolar.

— Estou preocupado. Não sei se vou conseguir pegar um verdadeiro objeto de recordação da próxima pessoa, e da outra depois dela...

— Eu entendo. Acho que você não está acostumado ainda, só isso. Com essa coisa de se aproximar dos mortos desse jeito. Faz pouco tempo que você está aqui, é normal. Mas sabe, a maioria das coisas com que a gente se preocupa acaba se resolvendo muito mais facilmente do que a gente imagina.

O terceiro rebatedor fez um lançamento em curva alta. A bola passou por entre o terceira base e o interbase e seguiu em frente, cruzando entre o esquerdo e o central no *outfield*.

Eu podia ver a bola traçando uma linha reta sobre o gramado. Seu rastro era tão claro que dava uma pontada no peito. A mão do jardineiro continuava pousada nas minhas costas e a fita do chapéu da menina esvoaçou até o meu ombro. Naquele instante fui tomado por uma sensação de pertencimento, de que nós três, juntos, realizáramos um feito importante. Ajudando um ao outro, preserváramos uma prova de que o ex-cirurgião viveu.

O corredor da terceira terminou a corrida e o da segunda também disparou rumo à quarta base. A bola caiu quicando no *outfield*.

5

Segundo o almanaque da velha, junho é o mês mais vivaz do ano, hora de cortar o mato, fazer guirlandas e acender fogueiras. De fato, quando entramos em junho o verde-vivo das folhas novas aumentou rapidamente, e no vento que soprava das montanhas já se sentia o cheiro do verão.

O jardineiro começou a reforma do estábulo. Contratou três jovens da vila e, coordenando-os com habilidade, começou por derrubar algumas das paredes entre as cocheiras. Os três vinham da vila de bicicleta, a não ser nos dias de chuva, e trabalhavam calados. Abriam buracos na parede com uma furadeira elétrica, derrubavam-na com uma marreta, empilhavam o entulho em uma carroça e despejavam-no em um canto do jardim.

Construí uma câmara de fumigação dentro de um barril para esterilizar os itens da coleção no jardim, em frente ao estábulo. Usando como lenha galhos de tília que peguei no bosque, pendurava as peças com arame no interior do barril para fumigá-las. A câmara não tinha controle de temperatura, é claro, então era preciso vigiar constantemente o estado da fumaça.

— Por que usa tília? — perguntou a menina, desenroscando um rolo de arame.

— A tília tem pouca resina e sua seiva tem propriedades desinfetantes. Além disso, a sombra da tília sempre serviu de refúgio aos viajantes. É uma árvore que simboliza a pureza.

A canção "Viagem de inverno", de Schubert, trata exatamente a respeito disso, não?

— Ah, é mesmo?

Pelo jeito ela não conhecia "Viagem de inverno". No momento estava muito empenhada tentando decidir como pendurar, com o arame, uma coruja esculpida em madeira. Era uma coruja gorda, de asas abertas, e onde quer que a menina enrolasse o arame, ele escorregava e se soltava num instante.

— Mas por que a gente precisa fazer esse negócio chato?

A menina tinha sempre muitas perguntas. Umedecia os lábios, piscava os olhos e me fitava como se não pudesse viver sem a resposta.

— Quando lavamos os objetos, a superfície parece limpa, mas pode ser que ainda tenha insetos, fungos ou bactérias por dentro. E eles se proliferarem no interior do acervo é algo muito inconveniente. Então é preciso tomar todas as precauções.

Revirei as fichas catalográficas em busca do número de registro da coruja. Era a recordação do antigo diretor da Associação de Protetores de Pássaros Selvagens, que amava os pássaros mais do que a sua própria esposa e os seus próprios filhos. O símbolo da associação era uma coruja, e essa escultura ficava sobre a sua mesa.

— Quanto cuidado...

— Qualquer museu faz isso. Não é como se eu fosse mais meticuloso do que o normal. Na verdade, até gostaria de fazer um serviço ainda mais completo. Nas peças de metal deve-se aplicar resina plástica, fazendo uma membrana na superfície para bloquear o contato com o ar. Nas peças de madeira, toda a umidade deve ser congelada e depois evaporada de uma só vez para evitar que a peça envergue ou rache.

Ou então... Bom, há muitos métodos diferentes, mas aqui não temos as instalações nem as ferramentas. Não adianta ficar sonhando.

— Conservar as coisas é bem mais complicado do que eu achava.

— Claro que é. A maioria das coisas, se você largar como está, acaba virando um monte de pó. Insetos, fungos, calor, água, ar, sal, luz, são todos inimigos. Todos querem decompor o mundo. Não existe nada imutável.

— Existe a minha mãe! Desde que eu cheguei aqui, ela é velha daquele mesmo jeito.

— É verdade... Talvez ela seja.

Entreolhamo-nos com um sorriso e voltamos cada um para o seu trabalho. A menina conseguiu amarrar o arame em volta do pé da coruja, prendendo-a cuidadosamente no gancho dentro do barril. Eu coloquei mais dois ou três galhos de tília.

Era uma tarde quente, de sol ofuscante. Na casa onde eu e o jardineiro morávamos nada se movia, só as cortinas balançavam vez ou outra com a brisa. Uma borboleta branca, talvez vinda do canteiro de flores, esvoaçava perto da porta da cozinha. À nossa esquerda se estendia o verde-sombreado do bosque, além do qual se via a mansão vagamente.

Do estábulo vinham o barulho da furadeira, a voz do jardineiro e o som dos tijolos caindo. Sentados na mureta do antigo poço que servia de bebedouro para os cavalos, eu e a menina observávamos a coruja sendo fumigada. A fumaça que escapava do barril subia serpenteando até sumir em algum lugar do céu.

O cabelo da menina crescera desde que eu a vira pela primeira vez, e já cobria metade das costas. Ela limpou o suor da testa com um gesto desajeitado e pegou um pedaço de tijolo para colocar sobre as fichas catalográficas, evitando assim que voassem.

O som da furadeira ressoou ainda mais alto. Não era um incômodo, em absoluto. Pelo contrário: eu gostava de escutar aquele barulho vigoroso e de vê-los trabalhar. Não sei quanto eles sabiam sobre o museu que estávamos construindo, mas de qualquer forma se dedicavam completamente, sem poupar esforços. Quando eu olhava distraído para longe e reparava que a montanha de entulho dobrara novamente de tamanho, não tinha dúvidas de que estávamos caminhando na direção do nosso objetivo.

Os itens da coleção estavam dispostos sobre uma lona aos nossos pés. As peças já esterilizadas à direita, as outras à esquerda. Uma caixinha de joias, um novelo de lã, um bulbo, um chifre de rinoceronte, sapatos de couro, um pedaço de granito, uma estola... Todos esperavam comportados pela sua vez.

Esses objetos, que a princípio me pareceram tão díspares e inacessíveis, já aparentavam ter um ar mais afetuoso após serem tocados por mim tantas vezes durante a catalogação e o restauro. Mesmo que eu pegasse uma combinação aleatória de peças dentre a vasta coleção, elas formariam um conjunto harmonioso. O tempo e a memória de cada um dos objetos se encaixavam com perfeição, formando uma unidade coerente.

— Os bichos lá dentro da coruja estão se contorcendo agora, né? — perguntou a menina enquanto acompanhava a fumaça com os olhos.

Dois jovens saíram puxando a carroça cheia de entulho. O jardineiro apareceu na porta segurando a planta da reforma, ergueu a mão direita e acenou, como quem pergunta "E por aí, como vão?", e logo desapareceu de novo para dentro do estábulo.

— É. Eles vão ser extintos por causa do calor e das substâncias que tem na fumaça.

Revirei o fogo com um graveto para aumentar um pouco a temperatura.

— Depois de tanto esforço para se enfiar na barriga da coruja ou no encaixe das asas, para fazer um ninho confortável, depois de colocar um monte de ovos, vão todos morrer?

— Pois é — respondi. — Mas não se preocupe, eles não sofrem muito. Só dá tempo de pensar "Ué, tem alguma coisa estranha..." e pronto, já acabou.

Volta e meia as rodas da carroça enganchavam em alguma pedra ou buraco e ela parecia prestes a entornar, mas os jovens recuperavam o equilíbrio e seguiam rumo ao bosque. O pó que caía do entulho acumulava-se aqui e ali sobre o gramado. O sol, quase a pino, brilhava sobre o rosto branco da menina.

— E nós também estamos o tempo todo sendo decompostos por um monte de substâncias que existem no mundo, não estamos? — disse a menina.

Sua saia xadrez verde-clara, espalhada sobre a mureta do poço, estava cheia de pequenas cinzas de tília levadas pelo vento. Talvez porque a luz do sol fosse ofuscante, ou porque ela estivesse cansada, havia algum tempo ela tinha os olhos voltados para as próprias mãos sobre os joelhos. Como se, assim, ela conseguisse observar a decomposição do seu próprio corpo.

— O que vocês pensam que estão fazendo aí, tomando sol nessa tranquilidade? — soou a voz da velha de repente. — É só eu tirar os olhos de vocês por um minuto e dá nisso. Não posso me descuidar.

A velha surgiu da sombra do bosque e agitou a bengala como de costume, espalhando ao redor as pétalas das violetas que cresciam aos seus pés. Ela parecia ter caminhado sozinha desde a mansão, e a barra da sua saia que se arrastava pelo chão estava suja de terra.

— Mamãe, esta é uma câmara para esterilizar os objetos da coleção! Ela limpa direitinho, até os lugares que a gente não enxerga. Foi o doutor quem construiu — explicou a menina, que no entanto não conseguiu refrear os ânimos da mãe.

— Hunf. Esterilizar? Não sei, não... Se isso aí mudar as condições dos objetos, não vou deixar barato. As recordações têm que continuar do jeito que estão. Mexer demais com elas não é nada menos do que um sacrilégio com os mortos. O seu trabalho aqui é conservar. Nem mais, nem menos, só conservar. Não é pra você ser ambicioso e ficar querendo colocar em prática todas as suas ideias, opiniões ou conhecimento. Entendeu? O que te falta é humildade. Se você não tiver humildade suficiente para querer levar junto ao peito, com temor e admiração, até o mais sem graça desses objetos, nunca vai conseguir terminar este museu.

A velha tossiu ruidosamente e cuspiu um catarro que ficara preso na garganta. Ninguém estava surpreso, era comum ela aparecer quando bem entendesse para falar mal do meu trabalho. Essas interrupções até conferiam alguma variedade à rotina, que por sua vez tendia a ser monótona.

— E além de tudo, enquanto vocês estão aí vadiando, o nosso futuro não é muito promissor. A estrebaria continua sendo uma estrebaria. Não fizeram nenhum progresso! Vim toda animada para ver, achando que a esta altura já teria se transformado em museu... Que decepção! Não vá me dizer que esqueceu. Eu odeio gente enrolada! Odeio mais do que taturanas, do que diarreia, e do que bêbados.

Eu queria explicar que não estávamos vadiando, que aquela era uma câmara de esterilização bem-feita e que aquele procedimento era indispensável para a coleção, porém a velha, depois de dizer tudo o que queria, brandiu novamente a bengala e voltou as costas para nós.

Mesmo naquele calor ela continuava envolta em uma grossa camada de roupas, com um lenço amarrotado no pescoço e um chapéu de pele na cabeça. Sem se importar se pisava nas flores ou se estragava o gramado, voltou pelo caminho que viera olhando reto e adiante. Era como se todo o mau humor do mundo tivesse se juntado sobre as suas costas e coagulado ali. Pensei se não seria por causa de todo aquele peso, difícil de carregar para ela, que as suas costas estavam tão encurvadas.

— Bom... — eu disse, e me levantei.

Os galhos de tília já tinham queimado quase por inteiro. Estava quase na hora de tirar a coruja.

Na noite desse mesmo dia a menina foi me visitar. Eu lhe prometera mostrar o microscópio.

— Desculpe a demora. Foi difícil convencer a minha mãe — disse ela, ofegante. — Ela deve achar que microscópios são só brinquedos para enganar crianças.

A menina tirou o casaco e o xale e ajeitou o cabelo com os dedos.

— Quer tomar alguma coisa? — perguntei, mas ela agradeceu e recusou, já olhando com curiosidade para o microscópio montado na mesa de jantar.

— Não é muito preciso e o design já está ultrapassado, mas serve para observar o básico. E também sou diligente no manuseio dele.

A menina apontou as partes uma a uma, perguntando os seus nomes. Oculares, revólver, objetiva, platina, condensador, pinça para fixação, foco macrométrico, foco micrométrico... A cada resposta minha ela suspirava admirada.

Eu gostava de responder às perguntas dela sobre qualquer assunto. Por isso fiz questão de convidá-la para ver o microscópio. A menina me permitia ter a ilusão de que as minhas respostas modestas eram as palavras que ela mais precisava ouvir no mundo. A ilusão de que eu podia lhe dar tudo o que ela desejava.

— O que você quer ver primeiro? Preparei várias coisas: pelos das folhas de acácia-bastarda, cartilagem de galinha, barbatanas de peixe-arroz, cílios da boca de uma rã, espermatozoides de caramujo...

Depois de pensar um pouco, ela escolheu a rã. Eu a caçara no riacho do jardim no fim da tarde. Tomando cuidado para não machucá-la, amarrei-a com um barbante em uma tábua de compensado especial. A menina não ficou com nojo e até mesmo segurou delicadamente a barriga da rã que se agitava.

— Preste atenção. No epitélio da cavidade bucal dos sapos há pelinhos minúsculos, que empurram a comida para dentro do esôfago. Olha, fazendo assim dá pra ver bem.

Abri a boca da rã e polvilhei giz colorido em pó sobre o seu palato. O pó cor-de-rosa começou a se mover em conjunto rumo ao esôfago, como se fugisse de alguma coisa.

— Puxa! — exclamou a menina olhando para dentro da boca. A rã continuava se contorcendo em busca de uma forma de escapar. Meus dedos estavam grudentos, cobertos de muco. O pó terminou de desaparecer para dentro do buraco escuro.

Raspei a membrana do palato com a ponta da pinça.

— Não dói?

— Não. Estou só raspando bem de leve a superfície.

Mergulhei a ponta da pinça no soro fisiológico disposto sobre a lâmina, cobri com a lamínula e coloquei a preparação no microscópio. A menina acompanhava cada movimento dos meus dedos segurando a respiração, como se estivesse preocupada em não falar nada desnecessário e estragar o andamento de um processo tão elaborado. O cômodo inteiro estava quieto, só se ouvia o som das patas traseiras da rã batendo contra a tábua.

— Venha ver.

Fiz a menina sentar-se na cadeira e aproximar os olhos do microscópio. Ela piscou, esticou o pescoço hesitante e espiou pelas lentes.

Eu sabia perfeitamente o que os seus olhos iriam encontrar. A primeira vez que o meu irmão me ensinou a observar os cílios de uma rã, ele também começou polvilhando pó de giz em sua boca. Insisti para que ele me deixasse tentar também, mas a minha mão escorregou e derrubei meio copo de giz sobre a rã. O giz se transformou em uma lama rosa que obstruiu a passagem para o esôfago e, sem ter para onde ir, ficou tremendo sobre a mucosa. Meu irmão se apressou em limpar a boca do animal com uma gaze, mas a rã morreu pouco tempo depois.

— Isto é o céu da boca da rã? — perguntou a menina sem tirar as mãos do microscópio nem afastar os olhos das lentes. — Não parece nem um pouco com uma rã, mas é ela, não é?

Os cílios ainda devem estar se movendo. Eles são a coisa mais fina que já vi na vida e cada um faz um movimento diferente, mas, ao mesmo tempo, criam uma ordem belíssima em conjunto. As células em abundância preenchem o líquido transparente, aconchegando-se umas às outras sem nunca se afastarem. Qualquer um que veja isso fica com vontade de mergulhar ali o próprio dedo, nem que seja por um instante.

— Sim, é. A rã ainda existe aí, mesmo dentro dessa gota minúscula sobre a lâmina.

Parado ao lado do microscópio, pousei a mão sobre as suas costas como o meu irmão sempre fazia. Sabia que assim poderíamos perambular juntos por aquele mundo além das lentes quanto quiséssemos.

— Você se importa se eu olhar mais um pouco? — perguntou a menina voltando-se para mim.

— Claro que não — respondi.

Seus cabelos ainda tinham o perfume dos galhos de tília.

— Quem te ensinou a usar o microscópio?

— Meu irmão. Foi ele quem me deu esse microscópio, era dele.

— Que generoso.

— Ele é dez anos mais velho do que eu. E como o meu pai morreu cedo, ele foi como um pai pra mim.

— Com certeza é um ótimo irmão, pra te dar uma coisa incrível daquela.

— Hum, será?

A luz da lua era fraca e a trilha que atravessava os arbustos e os canteiros de flores no jardim dos fundos estava mergulhada na escuridão. O som dos nossos pés pisando a grama pairava ao nosso redor. Talvez a velha já tivesse ido dormir, pois só se via uma luz tênue em duas ou três janelas da mansão.

— Hoje em dia ele é professor de ciências. Casou com a professora de educação física da mesma escola e mora em um lugar muito longe daqui. Ele é muito bom em ensinar coisas para as pessoas. Não é arrogante, mas passa certa imponência e segurança. Seus gestos e suas expressões ensinam mais do que as suas palavras. Quando ele me mostrou como usar o microscópio, foi assim. Fazer a preparação, arrumá-la na platina, acertar o foco: só de olhar o movimento confiante dos seus dedos eu logo aprendi a ordem das ações e fiquei apaixonado pelo microscópio.

— Vocês são parecidos?

— Não muito... Meu irmão é do tipo de pessoa que não dá muita importância para coisas e posses. Ele não se apega. Talvez por conhecer bem como toda a matéria é composta. Mesmo a pedra mais preciosa é só uma combinação de átomos, e mesmo no animal mais reles e nojento as células se combinam em arranjos lindos. A aparência das coisas é só uma farsa. Por isso ele dá mais valor ao mundo que os olhos não enxergam. Ele sempre dizia que "o primeiro passo da observação é ter consciência de quão rudimentar é a precisão do olho humano".

— Então ele é o total oposto de você, que coleciona coisas e faz de tudo pra conservá-las como estão durante o máximo de tempo possível.

— Exato.

Olhei para o céu. Apesar das estrelas que se espalhavam por toda a superfície, a escuridão era densa e profunda, cobrindo absolutamente tudo. A menina agarrou o xale que ameaçava cair dos seus ombros e o amarrou. O calor da tarde desaparecera sem deixar vestígios e agora fazia até um pouco de frio.

— Quando a minha mãe morreu e nos mobilizamos para organizar os pertences que ela deixou, o meu irmão quis se desfazer de tudo.

— Sua mãe também faleceu?

— De câncer de ovário, quando eu tinha dezoito anos. De qualquer forma, não havia grande coisa pra guardarmos de recordação dela: a máquina de costura que ela usava pra trabalhar, tecido para os vestidos, muitos moldes de papel e uns poucos enfeites baratos. Por falta de uma outra solução, doamos tudo para uma escola de costura e para a igreja. Mas acho que no fundo eu tinha uma certa resistência a essa postura do meu irmão, que queria guardar apenas as memórias da nossa mãe, sem depender de nenhum objeto. Então, quando estávamos carregando as coisas pra fora de casa, quase sem pensar, enfiei a mão em uma caixa e peguei uma única coisa. Não pude evitar.

— Também acho que foi a coisa certa a fazer. Afinal, você é o responsável por construir um museu de objetos de recordação como esse — disse ela. — E então, o que você pegou?

— Um livro. *O diário de Anne Frank*. Já leu?

A menina negou com a cabeça.

— Se quiser, te empresto uma hora dessas. Tenho o hábito de lê-lo todas as noites antes de dormir. Assim consigo dormir bem.

Em vez de seguir em linha reta até a mansão, desviamos um pouco da trilha e agora caminhávamos acompanhando o riacho. Estava escuro demais para enxergar a água, só um leve murmúrio da correnteza chegava aos nossos ouvidos.

— Queria conhecer seu irmão.

— Seria bom. Mas acho que ele não vai poder viajar por algum tempo. Daqui a pouco vai nascer o seu primeiro filho. Preciso escolher logo algum presente de comemoração...

— O melhor presente pra isso é um ovo esculpido! — exclamou a menina, que parou de andar e virou-se para mim.

Dentro da noite eu podia sentir o calor do seu corpo mais próximo. Veio-me à mente a sua mão branca apertando o braço do microscópio, a forma dos seus lábios entreabertos, a linha dos seus cílios tocando as lentes.

— Não tem nada mais apropriado do que isso pra celebrar um nascimento, não acha? Se não for incomodar, posso escolher um? Tenho um dedo bom pra ovos esculpidos.

— Ok. Escolha, por favor. Vamos juntos comprar no fim de semana. Acho que aqui já está bom.

Coloquei no chão a cesta que trazia e peguei a rã com as duas mãos. Ela estava encolhida em um canto da cesta, mas logo recobrou o ânimo e começou a espernear.

— Volte para casa direitinho — sussurrou a menina.

Ajoelhei na beira do riacho e abri as mãos. Passamos algum tempo escutando, atentos, o som da rã se afastando pelo mato.

Só consegui o ovo decorado para o bebê, no entanto, muito tempo depois do combinado. Sinceramente, em meio ao caos que despencou sobre nós naquele domingo, a comemoração do seu nascimento era a última coisa em minha mente. Mas a menina, no leito do hospital, repetiu muitas vezes:

— Espere mais um pouco pra comprar o ovo, tá? Por favor, espere até eu ficar boa. O bebê vai nascer logo? Estou preocupada...

— Ainda não — eu respondia sempre, afagando a sua mão enfaixada. — Está tudo bem.

6

A praça estava cheia no domingo à tarde, todos aproveitando calmamente o dia de descanso. Pombas repousavam sob a longa sombra da torre do relógio da prefeitura. A luz do sol ofuscante brilhava sobre os carros que contornavam a rotatória e seguiam para a avenida principal. Garçons circulavam apressados entre as mesas do terraço, um artista de rua tocava realejo, crianças faziam fila na barraca de sorvete.

Em frente ao chafariz estava, novamente, um dos missionários do silêncio. Não saberia dizer se era o mesmo que víramos outro dia. Ele também vestia uma pele de bisão-dos-rochedos-brancos e tinha as mãos cruzadas diante do corpo, parado, descalço e de olhos baixos. Nem o maior dos alvoroços seria capaz de penetrar o círculo de silêncio que ele emanava.

Nós prendemos as bicicletas em uma cerca e atravessamos a praça rumo à loja de ovos decorados, na entrada da rua coberta. A mesma loja onde, pouco tempo depois de ter chegado à vila, comprei o ovo com o desenho vazado de um anjo, também escolhido pela menina. Ela vestia uma blusa sem mangas, de gola rendada, e calçava a mesma sandália vermelha infantil de sempre.

— Depois que a gente escolher um ovo, vamos tomar alguma coisa gelada no café? — A menina atravessou sozinha a rua, correndo um pouco, e virou para mim. — Estou morrendo de sede.

— Claro, pode tomar o que quiser — respondi, e quando ia atravessar a rua atrás dela, uma moto passou correndo na minha frente.

A menina estava com o rosto colado à vitrine vendo se havia modelos novos. O realejo começou outra música, soaram aplausos, as pombas se agitaram. E então, um instante depois, a explosão engoliu tudo.

Acontecera alguma coisa, sem dúvida, mas eu não sabia dizer exatamente o quê. Quando dei por mim, estava caído na calçada. As únicas coisas de que eu tinha certeza eram uma dor de cabeça insuportável e o fato de não estar vendo mais a menina.

Tentei me erguer. Todas as articulações do meu corpo estavam rígidas e desconjuntadas, e o meu corpo não me obedecia direito. Mas em comparação com a minha dor de cabeça, nada disso era grave. A cada passo que eu dava, cacos duros partiam-se com um som límpido sob os meus pés. Vidro e cascas de ovos. Os fragmentos, misturados, cobriam tudo ao redor. Fitas de cetim, enfeites de metal, miçangas, pedestais de prata, franjas decorativas, tudo estraçalhado. Nem um único ovo conservara seu formato original.

A menina jazia de bruços diante da porta da loja. O cabelo desgrenhado escondia o seu rosto, mas pressenti que o seu estado era grave, pois a gola de renda estava tingida de vermelho, e o seu pé, já sem a sandália, torcido em um ângulo estranho.

— Aguente firme! — falei, erguendo a menina.

Ao falar, me dei conta de que aquilo que eu sentia não era dor de cabeça, meus ouvidos é que tinham sido atingidos. Minha voz reverberava dentro da minha cabeça e essa clausura apenas intensificava a dor.

— Não se preocupe, o socorro já vai chegar. Aguente só mais um pouquinho.

Mesmo assim eu não poderia deixar de falar. Tudo estava estranhamente quieto. Era um silêncio opressivo, que se fechava ao meu redor por mais que eu tentasse afastá-lo. Essa ausência de som era muito mais agourenta do que o som da explosão que ressoara pouco antes.

Tirei o paletó e usei-o para limpar os cacos que cobriam a menina. Mas por mais que eu tentasse, seu corpo não ficava limpo. Os pedaços de vidro estavam cravados em toda a superfície da pele exposta.

— Está doendo?

A menina abriu os olhos e tentou sorrir, mas o ar só escapou debilmente pelos seus lábios.

— Uma ambulância! Rápido, chamem uma ambulância! — gritei.

A dor penetrou os meus tímpanos e repercutiu até o âmago do crânio. O vidro da vitrine ruíra por inteiro, restavam apenas os ganchos para pendurar os ovos no teto. Vi que o dono da loja estava sentado em frente ao caixa. Não sei se pelo choque ou por causa de algum ferimento, ele só tremia, com a cabeça entre as mãos.

— Volto em um instante, tá bom?

Andei até a praça em busca de socorro. O sol brilhava como antes, a torre do relógio projetava a mesma sombra fresca, mas a cena era completamente diferente. A barraca de sorvete tombara e havia creme de chocolate derretido escorrendo da caixa virada, e o realejo estava destruído, as peças espalhadas por todo lado. Para completar, a borda do chafariz se partira e a água cobria tudo.

Pouco a pouco uma sobreposição de muitos sons — gemidos e soluços, gritos, vozes enfurecidas, carros freando — começou a chegar aos meus ouvidos como uma névoa. Meus sentidos congelados se esforçavam para voltar ao normal. Ao mesmo tempo, um cheiro de pólvora invadiu o meu olfato e, nauseado, me escorei em um poste de luz.

— O senhor está bem? É melhor deitar no sofá lá dentro.

Um jovem garçom do café segurou os meus ombros.

— Tem uma menina caída na entrada da rua coberta. Ajude-a primeiro, por favor.

Pressionei a testa contra o poste tentando amenizar a dor de ouvido. O garçom saiu correndo.

Havia muitas pessoas caídas pela praça, chorando alto abraçadas a alguém, arrastando os pés a esmo em busca de um lugar seguro, agachadas e imóveis para conter algum ferimento. Todas eram espectros turvos em meio ao ar esbranquiçado, enevoado pela fumaça e pela poeira.

De repente vi o missionário caído de costas no meio da praça. Ele estava deitado com o corpo esticado, ainda de mãos postas, no mesmo lugar onde estivera em pé havia poucos minutos. Nem a barra da sua roupa de pele se desarrumara. Era como se, apenas ao seu redor, nada houvesse mudado, e ele continuasse pregando o silêncio.

Empurrando as mesas e as lixeiras empilhadas, desviando dos feridos, me aproximei dele e ajoelhei ao seu lado. Ninguém estava prestando atenção nele. Até mesmo os olhares desviavam-se dele, como se apenas aquele pedaço da praça fosse um vazio, ausente da paisagem.

Fiz menção de falar com ele, mas logo desisti. Pensei que palavras seriam inúteis diante de alguém que prega o silêncio. A quietude que havia ali era de uma natureza totalmente diferente daquela do silêncio agourento que me envolvera logo depois da explosão. Apesar de quieto, aquele silêncio não era indiferente. Era magnânimo o suficiente para envolver e purificar até o mais horrível dos sons, mas ao mesmo tempo também era humilde, encostado ao missionário como um servo fiel.

Com exceção dos cabelos e das costas molhados pela água que escorrera da fonte, não havia nada de excepcional na aparência do missionário. Seus pés eram gretados e cheios de calos, talvez marcas da sua ascese rigorosa, e a barba cobria o seu rosto seco e anguloso. Apesar de magro, seu corpo parecia flexível e maleável. Não sangrava em nenhuma parte, seus olhos entreabertos não demonstravam sofrimento.

Mas eu soube. Não sei explicar por quê. Penso que quando a velha, ainda menina, pegou do jardineiro a primeira recordação de todas, deve ter sentido o mesmo que eu.

O missionário estava morto. Consumara a ascese do silêncio.

Arranquei a pele de bisão do seu corpo, num impulso. Meu corpo se moveu independentemente da consciência, e não pude impedi-lo. Puxando a barra da roupa, despi-o pouco a pouco passando a mão sob as suas costas para erguer o corpo. O manto de pele era mais pesado do que eu imaginava e, apesar dos pelos já terem perdido a cor branca havia muito tempo, ainda preservavam o calor e a maciez.

Foi como se eu estivesse mergulhando as mãos em uma massa de silêncio. Era agradável e reconfortante. Quando me dei conta, a dor de ouvido diminuíra. Ergui a cabeça do missionário, terminei de despi-lo da pele de bisão, enrolei-a e escondi em meus braços.

O missionário, vestindo apenas uma roupa de baixo rústica, mantinha a postura de quem reza como se já estivesse pronto para o seu velório. A sirene de uma ambulância ecoou, aumentando ainda mais o tumulto da praça, e os passos de todas aquelas pessoas se confundiam ao nosso redor. Mas o meu peito estava repleto do silêncio mais absoluto. Agarrado a ele, corri até a menina.

***

Ao contrário do que eu esperava, a velha recebeu a notícia com serenidade. Não disse uma única palavra de revolta contra o criminoso que armara a bomba, contra mim por ter levado a menina ou contra o destino que pusera tamanha tragédia em seu caminho. Somente assentiu calada e murmurou com a voz rouca:

— Entendi.

Quando ela chegou ao hospital, levada pelo jardineiro, já acabara o procedimento de retirada dos cacos de vidro que cobriam o corpo da menina, que cochilava por causa da anestesia. Com o chapéu de pele ainda mais enterrado sobre os olhos do que de costume, agarrada ao braço do jardineiro, a velha caminhava pelo longo corredor do hospital. Sua bengala ressoava alto no chão de linóleo.

Fora da mansão, ela parecia ainda mais minúscula e encarquilhada. Todos que cruzavam com ela se voltavam, intrigados por sua compleição e por suas roupas excêntricas. Mas é claro que ela não se importava com o olhar de estranhos, e todo o seu corpo exalava o mesmo ar determinado de sempre.

— E você, se machucou? — perguntou-me ela antes de mais nada.

— Meus tímpanos ficaram machucados, mas fora isso, só arranhões leves.

— Ah, os ouvidos? Deixa eu ver.

Ajoelhei-me no chão do quarto do hospital. Não seria fazendo isso que ela conseguiria ver se os meus tímpanos estavam rompidos, mas a velha puxou com força o meu lóbulo e espiou dentro do meu ouvido por algum tempo.

— Dizem que os tímpanos se fecham sozinhos.

A velha disse "ahá" e largou o lóbulo sem mais nenhum comentário. E então se sentou à cabeceira da cama.

O rosto da menina estava completamente coberto por ataduras, exceto os olhos, a boca e o nariz. Até o pedacinho da ponta do seu nariz que estava exposto encontrava-se arranhado. O antisséptico se infiltrara através das ataduras em vários pontos, criando uma estampa ocre que intensificava a impressão de dor.

O jardineiro ficara ao lado da porta com um ar de quem não sabia o que fazer. Esperei atrás da velha, pressionando os ouvidos que apitavam sem parar. Todos tomavam o máximo de cuidado para não incomodar o sono da menina, pareciam ter medo até de respirar. O sol terminou de se pôr e o vento noturno começou a soprar pela janela entreaberta do quarto.

A velha estendeu a mão e acariciou o cabelo da menina que escapava por entre as ataduras. Limpou a poeira, desembaraçou-o e o espalhou de modo que ficasse elegante sobre o travesseiro. Apesar de todos os seus ferimentos, o cabelo não sofrera nenhum dano. Mesmo sob a luz débil do hospital ele reluzia, lustroso. Os dedos secos da velha, repletos de veias, apareciam e desapareciam em meio aos fios. Eu nunca imaginara que ela fosse capaz de gestos tão afetuosos.

Depois que a menina foi internada, o trabalho com o museu perdeu o ritmo. Pequenos inconvenientes apareciam em lugares inesperados, coisas se quebravam, se perdiam, atrasando o trabalho que finalmente entrara nos trilhos. Tive que reconhecer, mais uma vez, a importância que a menina tinha para o museu. Para as recordações, ela era um piloto de navegação e também uma vigia graciosa em quem se podia confiar.

Depois do incidente com a bomba o clima piorou, chovia todos os dias. Uma chuva inclemente, que encharcou até a relva mais escondida sob os arbustos do bosque e arrastou para os bueiros todos os cacos de vidro e os ovos que restavam na praça. Quando enfim pareceu que teríamos um dia bonito, começou uma ventania furiosa que sacudiu durante o dia inteiro as janelas da mansão.

Fui obrigado a interromper a fumigação dos objetos até que o tempo melhorasse. A reforma do estábulo também perdeu o rumo, pois um dos jovens ajudantes machucou as costas e o outro torceu o pé. Para completar, os dois novos ajudantes contratados comportavam-se mal no trabalho e acabaram pedindo demissão, sem aguentar nem uma semana.

Eu e a criada nos revezávamos para cuidar da menina. A criada levava mudas de roupa, ajudava-a a comer, preparava os seus doces preferidos e atendia com dedicação a todas as suas necessidades. Por outro lado, havia muito pouco que eu pudesse fazer. No máximo me sentava à sua cabeceira e conversava com ela para que não ficasse entediada ou empurrava a sua cadeira de rodas na hora do passeio.

Sem dúvida ela estava melhorando pouco a pouco. A quantidade de ataduras nos braços e nas pernas diminuía a cada dia, e ela parou de reclamar da dor. Mas as ataduras que cobriam o seu rosto continuavam lá e a minha preocupação não passava. Todos deviam sentir o mesmo, mas ninguém dizia nada, é claro.

Passaram-se uma semana, dez dias, e o culpado não foi pego. A bomba fora armada embaixo do chafariz e supunha-se que fosse uma bomba-relógio feita com tecnologia profissional. Segundo o jornal, o total de danos e de vítimas era: onze lojas, seis carros, trinta e quatro feridos e um morto.

Apenas o missionário falecera. Eu não conseguia entender por que somente ele, em meio àquele caos, aparecera para mim como que banhado em uma luz especial, nem por que eu chegara a abandonar a menina para me aproximar dele.

Não é como se eu tivesse percebido desde o começo que ele estava morto. Nem cheguei a pensar se ele estava vivo ou não, tanto é que não pus o ouvido em seu peito nem tentei checar o pulso. Fui simplesmente tomado por um sentimento poderoso de que precisava estar ali naquele momento.

Será que, mesmo se eu não fosse um museólogo que coleta recordações dos mortos, teria pegado a pele de bisão--dos-rochedos-brancos? Creio que sim.

Quando consegui tirar o seu manto, fiquei aliviado e apertei-o contra o peito. Era o alívio de ter conseguido fazer o que aquele cadáver à minha frente desejava desesperadamente. Assim como todos à minha volta consolavam os feridos, segurando as suas mãos ou afagando as suas costas, eu tomei a roupa do missionário.

Aproveitei um curto período sem chuva para levar a câmara de fumigação até o jardim, em frente ao estábulo, e esterilizar a pele de bisão-dos-rochedos-brancos. Os galhos de tília estavam úmidos e por isso demoraram a acender, mas por fim a fumaça perfumada começou a subir. Terminada a fumigação, dei a ela um número, registrei-a no livro tombo, tirei as medidas, fiz um esboço ilustrando onde ele estava remendado ou rasgado, tirei uma foto e anexei à ficha catalográfica. Guardei então a pele na prateleira ao lado do bisturi que era utilizado na cirurgia de redução de orelhas.

... É a segunda vez que escrevo depois que cheguei à vila. Como vão as coisas desde a última vez? A minha cunhada passa bem? Quando ela der a luz, me avise sem falta. Mal posso esperar.

Bem, eu pretendia visitá-los no começo do verão, mais ou menos na época em que o bebê vai nascer, mas ocorreu um pequeno acidente e não poderei deixar a vila por algum tempo. Na verdade, estivemos envolvidos em um ataque com uma bomba e a filha da minha cliente, a minha ajudante, ficou ferida. Estávamos fazendo compras no centro da vila quando houve uma explosão na praça central. A menina não corre risco de vida, mas continua internada e a sua recuperação deve levar algum tempo.

Tive apenas ferimentos leves, não se preocupe. Só os meus tímpanos que se romperam, mas agora já estão bem.

A construção do museu está avançando, ainda que lentamente. Já terminei a maior parte da catalogação dos itens. Entretanto, ainda há inúmeras coisas a fazer, o caminho será longo. Não consigo explicar bem por carta, mas, no caso desse museu, a questão mais complicada é a coleta das peças. Todo o conhecimento especializado e a intuição profissional que acumulei até hoje são inúteis. Também não é o tipo de coisa que o dinheiro possa comprar. Se alguma coisa pode ajudar na coleta, acredito que seja um certo sentimento de veneração diante deste mundo envelhecido...

Quando o museu estiver pronto, venha conhecê-lo sem falta. É uma vila calma, um bom lugar para descansar junto com a sua esposa e o bebê.

Pretendo visitá-lo quando os ferimentos da menina sararem e as coisas estiverem mais calmas. Estou ansioso. Ficaria muito feliz se você pudesse me responder...

Comecei uma pesquisa detalhada sobre o contexto de cada uma das recordações para escrever o seu registro definitivo e formalizar a documentação da coleção. Entretanto, a única fonte da minha pesquisa era a velha. Todas as informações existentes sobre os objetos estavam guardadas em sua memória. Eu estava apreensivo, sem saber se ela me permitiria entrar facilmente nesse seu depósito de lembranças. Não fazia ideia de como seria a documentação dessas peças, tão diferentes de todas com as quais já trabalhara, e, além disso, a perspectiva de encarar sozinho a velha não era muito animadora. Mas eu não podia adiar isso eternamente.

Para acomodar os horários em que eu precisava cuidar da menina, definimos que as entrevistas seriam no período da manhã, mais precisamente das nove horas até o meio-dia. O local mudava de acordo com a disposição da velha a cada dia. Talvez estivesse relacionado ao calendário.

De manhã eu a esperava no hall de entrada carregando os objetos sobre os quais eu pretendia falar naquele dia (ou apenas a ficha de registro, no caso de objetos que eu não conseguia carregar) e a velha descia as escadas sozinha. Ela me lançava um olhar, limpava a garganta à guisa de cumprimento e fazia sinal com o queixo para que eu a seguisse. Então, enganchando a bengala nas beiradas dos tapetes e nas juntas do assoalho, tropeçando e cambaleando, me guiava até o cômodo desejado.

Às vezes os cômodos escolhidos eram familiares, como a biblioteca ou o solário, mas a mansão escondia muitas outras salas que eu desconhecia. Sala de estar, quartos de dormir, salão de chá, berçário, adega, salão de baile, galeria, sala de café da manhã, sala de visitas, saguão de escada, sala de fumantes...

Quase todas elas, porém, já tinham perdido havia muito a sua função original. Na adega não se via uma única garrafa de vinho, no quarto de visitas as cobertas estavam comidas por insetos e, no salão de baile, o fosso da orquestra tornara-se um depósito.

Para chegar a determinado quarto era preciso dobrar inúmeras esquinas de corredores labirínticos. Outro quarto ficava no alto de uma pequena escada secreta. Muitas vezes, depois de terminar o trabalho, eu ficava perdido, sem conseguir me lembrar do caminho que fizera até ali.

Ao caminhar atrás da velha eu me sentia completamente desorientado e me perguntava quão grande poderia ser aquela mansão. Eu tinha a ilusão de que, acompanhando os seus passos vacilantes, a casa expandia-se.

Fosse em um enorme salão de banquetes ou em uma sala de descanso para empregados, o estilo das nossas entrevistas nunca mudava.

No centro do cômodo há uma pequena mesa com duas cadeiras voltadas uma para a outra. Cadeiras confortáveis, de encosto alto, forradas de pano e com apoios para os braços. Coloco sobre a mesa o primeiro objeto do dia, abro o caderno e espero a velha falar a primeira palavra. A única luz vem de um velho abajur que ilumina as nossas mãos. As cortinas estão fechadas, o quarto está na penumbra. Nada chega aos meus ouvidos fora a respiração da velha e o som da chuva.

Por que será que tenho a impressão de que chovia durante todo o tempo em que fizemos as entrevistas? O tempo estava ruim, é verdade, mas certamente houve alguns momentos de sol. E no entanto, por trás da voz da velha falando sobre as recordações, havia sempre um ruído de chuva, como um véu estendido ao nosso redor para que ninguém pudesse atrapalhar o nosso trabalho.

A velha encara com atenção o objeto sobre a mesa. Contorno, cor, cheiro, aspecto, textura, sujeiras, arranhões, danos, sombras. A conversa só começa depois de suas retinas examinarem cada pequeno pedaço. Ela nunca tem pressa.

Conhecendo a velha, eu estava preparado para ouvir uma narrativa difícil de organizar como documento, um discurso cheio de digressões, incoerente, que ora se estenderia longamente, um capricho, ora cessaria de repente. Mas não foi assim. No instante em que ela abriu a boca as palavras começaram a fluir suavemente como um novelo de lã que se desenrolasse. A linha seguia, do começo ao fim, um único fio, sem nunca se partir nem se embaraçar. Esse novelo continha, ainda por cima, todas as informações necessárias para mim, sem um único acréscimo desnecessário.

Eu só precisava registrar as palavras da velha do jeito que estavam. Não era preciso interromper nem perguntar nada. Curiosamente, a velocidade com que a velha falava e a velocidade com que eu escrevia casavam à perfeição. Se eu começasse a ficar para trás ela fazia uma pausa, tomava fôlego e, avaliando se eu já estava preparado, passava para o parágrafo seguinte. A voz e o lápis eram como as mãos juntas de dois amantes.

Quando a velha pronunciava a última palavra e eu pousava o lápis, a documentação do objeto já estava completa no caderno. Não havia nenhuma confusão sobre contexto, contradição ou frase equivocada. Era uma das muitas narrativas impressas na memória da velha.

Ao terminar um dos documentos, ela cerra os olhos, pressiona os dedos contra as têmporas e faz uma pequena pausa. Por seu estado percebo que, mesmo para alguém com a sua energia, narrar a história das recordações é um trabalho pesado.

— Vamos parar por aqui hoje? — sugiro, preocupado, ao que ela retruca prontamente:

— Não dê palpites inúteis.

Arrumo a mesa e tiro o próximo objeto da sacola. Abro o caderno e espero a respiração da velha estabilizar-se.

— Estou ouvindo uma criança chorar em algum quarto.
— É mesmo?
— Ela está dizendo "Ai! Ai!".
— Não estou ouvindo nada. É impressão sua.
— Depois que apagam as luzes, começo a ouvir um monte de coisas e não consigo dormir.
— Está tudo bem, não se preocupe. A noite está bem calma.

A luz do quarto já fora apagada e só um pequeno abajur de cabeceira brilhava. Os olhos da menina, em meio às ataduras, eram nebulosos como gotas negras e fitavam apenas a escuridão vazia à sua frente.

— Deve ser porque os meus ouvidos estão cobertos pelas ataduras. Então escuto os sons que vêm de dentro de mim. Minha mãe sempre diz que se a gente quiser saber o futuro, é só tapar os ouvidos. Assim dá pra ouvir a voz dentro da gente lá longe, no futuro.

Alisei uma dobra no cobertor e pousei a mão na testa da menina. Na janela do quarto a lua crescente aparecia através da névoa. A chuva que caíra durante o dia cessara em algum momento e uma escuridão acachapante e silenciosa cobria tudo. Por mais ataduras que a cobrissem, eu ainda podia sentir o calor do corpo da menina e a penugem invisível da sua pele macia.

— Sou eu mesma que estou chorando. Não consigo dormir porque os meus próprios soluços me dão medo.
— Sente alguma dor?

A menina sacudiu a cabeça devagar.

— Não. Não sinto dor nenhuma.

— Ah, trouxe *O diário de Anne Frank*. Eu disse que ia te emprestar, não disse?

— Obrigada. Mas é a recordação da sua mãe...

— Não ligue pra isso. Afinal, somos profissionais em lidar com objetos de recordação.

Tirei a mão da testa da menina e puxei o cobertor até o seu pescoço. Na mesa de cabeceira havia uma agulha de bordar rendas, um unguento para amenizar as inflamações e a embalagem de algum doce que a criada trouxera. A cortina ao redor da cama refletia a minha sombra de costas encurvadas. De vez em quando a sombra estremecia, talvez por causa do vento que soprava pelas frestas.

— Lidando com as recordações dia após dia, percebi uma coisa: elas deveriam ser objetos que provam que as pessoas viveram, mas por algum motivo às vezes parecem contar mais sobre como estão essas pessoas no mundo depois da morte. Não são como uma caixa que guarda o passado, mas como um espelho que reflete o futuro, entende?

— Um espelho? — perguntou a menina, que ainda fitava o vazio.

— Isso! Quando seguro assim o livro da minha mãe, parece que o mundo da morte, que deveria estar distante, obscuro, sempre envolto em uma névoa de temor, está acomodado confortavelmente aqui dentro das minhas mãos. Conforme viro as suas páginas, corro os dedos pelas anotações e sinto o seu cheiro, o medo vai sumindo, desaparecendo sem deixar vestígios. A morte chega a parecer uma coisa querida, nostálgica. Por isso, ao tocar o livro minha respiração fica mais leve, fico mais calmo e pego no sono com facilidade.

— Dormir e morrer são tão próximos assim?

— É, eu acho que são. Como a mão direita e a esquerda, os dois são muito parecidos e, por mais que se tente, é impossível separá-los por completo.

— Se não for incômodo, poderia ficar mais um pouco e ler esse livro pra mim? — pediu ela em tom de desculpas.

— Claro que posso — respondi.

Abri *O diário de Anne Frank* e me inclinei, aproximando o rosto do seu ouvido.

Era uma cena em que Anne, tensa e exausta, vai e vem pelo esconderijo como um pássaro de asas cortadas. Era a primeira vez que eu lia um livro para alguém, mas senti como se tivesse feito isso a vida toda. Não imaginava que eu sabia ler em voz alta tão bem assim. Consegui manter a minha voz baixa de forma a não perturbar a escuridão do quarto e, levando as palavras uma a uma ao seu ouvido, consegui também silenciar o ruído interno que perturbava a menina.

Finalmente ela fechou os olhos e a sua respiração se acalmou. Mas eu continuei lendo até ter certeza de que o seu sono era profundo e inabalável. Nem os passos das enfermeiras, nem a presença dos pacientes ao lado chegavam até nós. Desde a ponta dos seus dedos inchados, já sem ataduras, até cada um dos seus cílios, todas as partes do corpo da menina adormeceram envoltas pelas minhas palavras.

7

Duas pessoas da vila morreram enquanto a menina esteve internada. Uma delas foi um senhor que estava hospitalizado com câncer de pele no andar de cima. Ele estava tão franzino que não tinha mais o que emagrecer, mas continuava surpreendentemente animado, andando pra lá e pra cá no hospital, por isso eu o conhecia de vista.

Ele dizia que antigamente tocava órgão na igreja e conduzia o coro. Mas ninguém acreditava, pois ele tinha uma voz rouca, incompatível demais com os cânticos religiosos. Ela lembrava, muito pelo contrário, a voz de um diabo. Isso, no entanto, talvez fosse um efeito colateral do seu tratamento.

Ele se divertia reunindo as crianças no lobby e assustando-as com histórias de terror. Como eu tinha que passar por ali para chegar ao quarto da menina, testemunhei essa cena diversas vezes. Franzindo a testa e retorcendo os dedos ossudos, ele as enganava com facilidade fazendo vozes estranhas. Causava uma confusão danada e algumas crianças chegavam a chorar.

O velho guardava o seu truque especial para o fim.

— Quem é o franguinho que está chorando? Se um fantasma comer o seu olho, não quero nem saber, hein?

Dizendo isso, arrancava o próprio olho esquerdo em um segundo e o exibia. A maioria das crianças dava um berro e fugia correndo.

Dizem que, na época da escola primária, um espinho furou o seu olho enquanto ele brincava em um bosque e, por essa razão, ele usava um olho de vidro. Depois que todas as crianças dispersavam-se, o velho ria alto, muito contente, girava o olho duas ou três vezes na palma da mão e colocava-o de volta no lugar, um gesto habitual. Esse riso, eventualmente, se tornava uma voz rouca, depois um ruído estranho entre uma crise de tosse e soluços, até que o senhor retomava a sua caminhada, vacilante e sem rumo.

Na hora da sua morte só havia funcionários do hospital ao seu lado. Então, quando eu disse que gostaria de me despedir dele, a enfermeira me deu sua permissão de boa vontade, sem desconfiar de nada.

Apesar de ter se libertado finalmente da sua doença, o senhor coberto com um pano branco parecia ainda mais emaciado e deplorável do que antes. Sentei-me à cabeceira da cama, fechei os olhos e fiz uma prece silenciosa.

Que descansasse em paz esse desconhecido corajoso que dedicou a sua vida à música divina, suportou os sofrimentos da doença e que, em vez de se ressentir do seu ferimento, usava-o para animar as crianças...

Continuei de olhos cerrados mesmo depois de terminar a reza. Não porque estivesse lamentando a sua morte, mas porque eu queria adiar o máximo possível o que eu teria que fazer em seguida.

Mas eu não podia enrolar para sempre. Certamente alguém do asilo viria buscar o corpo em breve. Puxei o pano branco, abri a pálpebra do olho esquerdo e, lembrando o gesto do velho, inseri o indicador na órbita. Seu olho escorregou para a palma da minha mão sem resistência, talvez porque ele costumasse tirá-lo tantas vezes para as crianças.

Olhando de perto, parecia uma bola de gude velha, mas restava sobre ele uma fina camada de secreção que deixava claro que aquilo fora, até alguns instantes atrás, uma parte do seu corpo. Coloquei a pálpebra de volta no lugar, chequei se não deixara nenhuma marca e cobri novamente o rosto com o tecido. Então guardei o olho de vidro no bolso.

A outra pessoa que morreu foi uma viúva próxima dos sessenta anos, que mantinha uma papelaria junto com o filho. Ela estava na loja, atendendo os clientes, quando uma artéria do seu coração entupiu e ela deu o seu último suspiro ali mesmo.

De acordo com a velha, além de trabalhar na loja, a mulher também fazia adivinhações. Era quase um hobby, ela não fazia propaganda nem cobrava pelo serviço, mas diziam que era muito precisa, e as pessoas vinham de longe para que ela lesse a sorte delas.

— Que tipo de adivinhação? Como astrologia ou cartas? — perguntei.

— Adivinhação por máquina de escrever — respondeu a velha no mesmo tom de voz. — Lia a sorte pelas letras que as pessoas pressionavam ao testar as máquinas de escrever. Uma brincadeirinha idiota.

A velha não se esqueceu de bufar como de costume.

Quando visitei a papelaria não havia nenhum outro cliente, e um homem que devia ser o seu filho estava cuidando da loja. Era uma loja arrumada, com produtos variados e bem organizados. Passei por cadernos, papéis de carta, canetas-tinteiro, réguas, até encontrar a seção das máquinas de escrever.

— Sinto muito pela senhora sua mãe — comentei no tom mais natural possível.

— Sim, foi muito súbito... — respondeu ele numa voz calma.

Baixei os olhos para as três máquinas expostas. Apenas uma tinha papel para testes, onde alguém deixara algumas letras sem sentido. Esperei uma chance fingindo verificar o toque das teclas e se a alavanca estava lubrificada.

— É um modelo novo, lançado recentemente. Fique à vontade pra testar, por favor — disse o filho gentilmente, afastando-se para organizar os recibos no caixa.

Tirei a folha da máquina e coloquei-a no bolso interno do casaco com um movimento ágil. Foi um único gesto, mas o meu coração já estava disparado e o suor cobria as minhas costas.

— Hoje estou sem tempo, passo outra hora pra ver com calma.

Perguntei-me, nervoso, se a minha voz não estava tremendo. Mas o filho não pareceu ter notado nada e até sorria ao se despedir de mim.

— Volte sempre.

Na antiga sala de bilhar, transformada em escritório, registrei o papel para máquina de escrever no livro tombo e guardei-o em uma pasta transparente. Estavam impressos letras, números e símbolos variados. Era um conjunto desarmônico, aleatório, sem ao menos uma única palavra que fizesse sentido. Algo no papel causava uma sensação desagradável.

Será que a morte dela estava prevista ali? Pensei sobre a dona da papelaria que eu nunca conhecera. Como se tentasse prever em seu lugar o futuro que ela deveria ter previsto, passei algum tempo correndo os dedos sobre o papel.

***

Desde que comecei a fazer a documentação das peças da coleção, minhas visitas à casa do jardineiro após o jantar ficaram mais frequentes. Passávamos uma hora e pouco tomando uísque. Em qualquer momento que eu fosse, era sempre bem recebido pelo casal.

Minha desculpa era que eu precisava falar com a criada sobre os cuidados com a menina, mas a verdade é que o trabalho de documentar os objetos era tão cansativo para mim quanto para a velha. Ficar frente a frente com ela, com um dos objetos entre nós, e escrever por meio das suas palavras a história contida em cada um deles, era uma atividade mais delicada e tensa do que eu imaginava. Ao fim de cada dia, meus nervos ficavam estranhamente retesados e eu sentia que não conseguiria dormir bem sem antes beber alguma coisa com alguém próximo.

Geralmente, enquanto bebíamos, a criada sentava-se no sofá e costurava. De vez em quando pousava a agulha e ia até a cozinha cortar um pedaço de presunto ou trazer gelo.

— Muito obrigado.

Eu agradecia constrangido e a criada, com ar de quem não fizera nada de mais, insistia para que eu comesse sem cerimônia.

A conversa despreocupada, a bebida cor de âmbar e a agulha passando pelo tecido eram reconfortantes. A mão da criada manejando a agulha lembrava as mãos da minha mãe. Vinham-me à mente as noites calmas que eu passara ao seu lado, num passado distante, ouvindo esse mesmo roçar de tecidos enquanto ela trabalhava concentrada. Eu tinha a ilusão agradável de estar retraçando exatamente as mesmas horas daquele tempo.

Nas noites em que a criada ficava até mais tarde na mansão cuidando da velha, eu e o jardineiro nos mudávamos para o galpão a oeste da casa. Ali era a oficina do seu hobby, com tudo aquilo que era necessário para fazer canivetes, de martelos a bigornas, da máquina de polimento até a fornalha.

— Que incrível!

Ao ouvir o elogio, o jardineiro explicou, orgulhoso, todo o processo até chegar à faca pronta. Ele fez questão de enfatizar quão artístico e nobre era esse trabalho.

— Se você achar que as facas são uma ferramenta qualquer, já era. Não tem nem por onde começar. Com os museus também é assim, não é? Muita gente acha que são apenas um depósito qualquer com vitrines. Até pouco tempo atrás eu também pensava assim. Mas pra você um museu é uma coisa complexa, imensurável. Dentro dos museus existe todo um universo. Apesar disso, a maioria das pessoas já fica satisfeita dando uma voltinha perto da porta. Só pouca gente consegue realmente ir até o fundo desse universo.

Concordei. A bancada estava cheia de todo tipo de ferramentas e o lado de fora do vidro úmido das janelas estava coberto de pó de ferro, serragem e poeira. O jardineiro dobrou as mangas da camisa manchada de suor e virou o seu terceiro copo fazendo o gelo tilintar.

— Com os canivetes é semelhante. As facas fazem coisas que o ser humano não consegue fazer com os dez dedos. Em apenas um instante, *vush!*, e sem gastar um só watt de energia. E ainda por cima brilham com este brilho belo e frio... Já viu no mundo algum corte assim tão perfeito? O que acha?

O jardineiro pegou na bancada uma faca em processo de fabricação, virou a lâmina na diagonal e, com um movimento do pulso, cortou uma fatia de queijo. Então aproximou a lâmina da minha boca, me oferecendo o pedaço. Mordi com cuidado para não cortar os lábios. Era um queijo gelado, de cheiro forte.

O galpão era uma construção rústica de madeira e rangia sempre que soprava um vento. O vidro das janelas estava trincado, no chão havia vários buracos onde as tábuas apodreceram, a lâmpada incandescente que pendia do teto estava cheia de insetos mortos. Apenas uma das paredes, decorada com incontáveis canivetes, atestava essa beleza absoluta de que ele falava.

— Foi você quem fez tudo isso?

Levantei e me aproximei das obras na parede. O jardineiro assentiu com modéstia.

— Mas as daquele canto foram o meu pai, o meu avô ou o meu bisavô que fizeram.

Apenas aquela parte, em especial, estava cercada por uma moldura de madeira. As facas estavam tão afiadas que não pareciam ser velhas.

— É um tipo de doença hereditária que acomete a minha família.

— Dou muito valor pra faca que você me deu. De vez em quando passo um lenço antiferrugem e faço questão de levá-la comigo quando vou coletar os objetos.

— Fico muito feliz. Pensar que uma faca que eu fiz está sendo útil pra alguém, em algum lugar, me deixa tranquilo.

Talvez o jardineiro estivesse um pouco bêbado. Cruzou as mãos atrás da cabeça e semicerrou os olhos com um ar satisfeito.

Todas as obras expostas na parede estavam com as lâminas abertas. Os cabos eram variados, decorados com pedras artificiais, placas de metal ou esculpidos, mas as lâminas, sem dúvida, roubavam a cena, o design favorecendo as suas curvas perfeitamente calculadas. Mesmo a luz embotada do galpão, ao ser refletida nas lâminas, parecia transformar-se em um brilho profundamente significativo. Olhar as facas dava uma vontade incontrolável de pegá-las e experimentar cortar alguma coisa.

— Foi o seu pai que te ensinou?

— Ahã. Criar alguma coisa, seja o que for, é a coisa mais louvável de tudo o que um ser humano pode fazer. Imitando Deus, que criou as estrelas e as flores, nós criamos facas ou museus.

— É, não sei... Nunca tinha pensado sobre Deus.

— Qual foi o primeiro museu que você fez na vida?

— Hum... Ah, sim, eu tinha uns dez anos. Fiz um museu portátil. Aquele foi o primeiro — respondi depois de pensar um pouco. O jardineiro suspirou e recostou-se ainda mais na cadeira. — Eu coletava materiais diversos e os guardava organizados por tipo dentro de uma velha caixa de botões da minha mãe, uma caixa quadrada de uns cinquenta centímetros. As gavetas eram rotuladas: "Vegetais (sementes)", "Vegetais (frutos)", "Minerais", "Metais", "Insetos"... Na de frutos, guardava grãos de centeio, frutos de espinheiro ou mirtilos, por exemplo. Na de minerais, quartzo, mica ou feldspato. Eram só coisas comuns que eu encontrava por perto, nada de especial. Mas eu forrava todas as gavetas com algodão, porque assim ficava parecendo uma coleção valiosa. Quando encontrava alguma coisa nova e não sabia em qual gaveta guardá-la, perguntava ao meu irmão. E sempre que tinha tempo, eu ficava lá abrindo e fechando as gavetas, colocando as coisas ao sol para esterilizá-las, não me cansava de mexer com elas. Carregava a caixa comigo aonde quer que fosse e a exibia pros meus amigos. Acho que a maioria deles não entendia qual era a graça de juntar aquela tralha, mas eu não ligava. Estava totalmente seguro de mim, como se tivesse compreendido a providência divina, como se carregasse comigo a arca de Noé. Sim, com certeza esse foi o meu primeiro museu...

Quando me dei conta, o jardineiro estava ressonando, um sono muito satisfeito. Amparei o seu tronco prestes a escorregar da cadeira e coloquei-o de pé.

— Vai pegar um resfriado assim.
— Desculpe.

Ouvindo a minha voz, ele entreabriu os olhos e apoiou-se em meu ombro. Com esforço, carreguei-o até a cama em seu quarto. A criada ainda não voltara da mansão.

— Se eu morrer... — murmurou ele, ajeitando-se na cama. Ajoelhei e aproximei o ouvido do seu rosto para conseguir entendê-lo. — Se eu morrer, guarde um canivete no museu, tá?

Desconfiei que ele estivesse falando enquanto sonhava, mas respondi mesmo assim.

— Eu sei, pode deixar. Claro que guardo.

A velha escolhera uma sala de exposição na ala norte do segundo andar para a entrevista daquele dia. Era um cômodo estreito que chegava a trinta metros de comprimento, um antigo corredor que em alguma época fora remodelado como uma galeria para exibir obras aos visitantes. No teto de reboco viam-se esculpidas figuras representando as doze constelações do horóscopo e os painéis de madeira das paredes eram pintados imitando mármore. Mas, sem fugir à regra, aqui também não se via nenhum vestígio dos tempos de grandeza. As poucas pinturas e esculturas restantes estavam todas descoloridas ou trincadas por falta de manutenção.

No centro da sala já estavam dispostas a mesa e as cadeiras de sempre. A velha sentou-se na cadeira do fundo e eu na da frente. A sala tinha três grandes janelas salientes que iam do teto ao chão, mas a luz que se infiltrava por elas era fraca e incerta. A velha puxava e repuxava, irritada, a saia que se enroscara em suas pernas. Seu chapéu de pele estava torto, expondo a cicatriz da sua orelha esquerda. Esperei calado até que ela terminasse de se arrumar.

Coloquei sobre a mesa o primeiro objeto.

— Número E-416.

Abri o caderno de anotações, segurei o lápis e me concentrei para poder começar a escrever a qualquer momento.

O objeto era uma caixa de madeira contendo 36 cores de tinta a óleo. Uma etiqueta estava presa na alça com o número de registro escrito com a caligrafia da menina.

A caixa estava completa, com tubos de todas as cores em suas divisórias, mas todos eles tinham sido espremidos até o limite, nem um único sequer guardava ainda algum resquício de tinta. Cada um dos tubos exaustivamente redobrados e prensados parecia representar, ele próprio, a morte.

Levou algum tempo até a velha proferir a primeira palavra. Eu gostava de esperar a chegada desse instante com os olhos pousados sobre a folha branca do caderno. Isso porque em nenhum outro momento a velha demonstrava tão sinceramente precisar de mim. Ela precisava dos meus dedos que escreviam com dedicação, dos meus ouvidos que escutavam atentos. Era um instante em que nós três — eu, o objeto e a velha — nos uníamos em uma atmosfera de grande intimidade.

A velha continuava encarando o objeto sem piscar. Vendo a expressão do seu rosto nesses momentos, ficava claro que os insultos que ela disparava ao longo do dia não passavam de uma brincadeira graciosa. Nos momentos realmente sérios, ela chegava a ser solene.

Vendo de fora, era impossível saber de que forma ela travava contato com o objeto. Será que era a velha quem tomava a iniciativa ou, ao contrário, ela só decifrava algum tipo de código emitido pelo objeto? Seja como for, era inegável que se estabelecia entre eles algum tipo de comunicação difícil de penetrar. Eu sentia isso claramente.

Nenhum ruído entrava naquele cômodo, tão quieto que chegava a dar medo. As constelações no teto, o tapete desfiado, a vênus de bronze, a lâmpada coberta de fuligem, tudo na sala parecia prender a respiração para não nos atrapalhar.

A velha desviou os olhos do objeto, tossiu uma tosse cheia de catarro e bateu as dentaduras ruidosamente. Era o sinal de que ia começar. Apertei o lápis entre os dedos.

A mulher tinha sessenta e nove anos. Pintora fracassada, solteira. Com um antecedente criminal por fraude. *Causa mortis*, desnutrição ou envenenamento por substâncias tóxicas, impossível de se ter certeza.

Depois de se formar em uma escola na área de artes plásticas, ela virou professora temporária em um colégio e, em paralelo, pintava quadros. Até o fim da vida nunca recebeu uma crítica satisfatória. Apenas uma vez, por volta dos seus trinta anos, ganhou um prêmio em um pequeno concurso, mas ninguém — nem marchands, nem críticos, nem a imprensa — deu atenção a esse fato.

Pode-se dizer que as obras da mulher, assim como ela mesma, pareciam uma paisagem que passa pela janela do carro. Olhando as incontáveis pinturas a óleo que ela deixou no ateliê, mesmo um amador percebe isso instantaneamente. São todas corretas, agradáveis, equilibradas, mas não produzem no espectador nem desagrado nem surpresa. Não têm significado algum a não ser o simples fato de existirem. Se soprasse um vento forte e carregasse um dos quadros para longe, ninguém correria aflito em seu encalço. O tempo de se voltar e murmurar "Ah!..." seria o suficiente para se esquecer de como ele era. São pinturas desse tipo.

A premiação no concurso, em vez de ser uma plataforma para a mulher subir de vida, marcou, muito pelo contrário, o início da sua decadência. Justamente nessa época ela foi despedida da escola por ter tido relações carnais com um aluno do clube de artes. Depois disso, viveu na miséria sem nunca mais conseguir um emprego fixo. Para completar, desenvolveu uma artrite reumática crônica e, por negligência em relação à sua saúde e por falta de tratamento adequado, a deformação das suas articulações avançava a cada ano. Dizem que, nos dez anos que antecederam a sua morte, ela amarrava o pincel na mão direita com ataduras para poder pintar.

No entanto, mesmo passando por todas essas dificuldades, seu estilo desinteressante e sem personalidade continuou inalterado até o fim. Talvez seja correto dizer que ela era teimosamente discreta.

A única comoção que a mulher causou em toda a sua vida foi um caso de fraude por falsificação. Ela tentou vender alguns dos seus próprios esboços e pinturas para um museu, dizendo tratar-se de estudos de certo artista famoso que conquistou fama em Paris no começo do século. Isso foi noticiado nos jornais, por um momento, como uma grande descoberta, até que algumas pessoas levantaram a possibilidade de falsificação e iniciou-se um pequeno escândalo envolvendo o museu que comprara as obras, especialistas e herdeiros.

A principal questão era que a qualidade artística dos quadros era baixa demais, mesmo para exercícios. Por outro lado, a ironia era que justamente o fato de serem tão amadores aumentava a sua credibilidade. Os defensores de que eles eram genuínos acreditavam que, se fosse uma fraude, teriam sido usadas falsificações um pouco melhores.

Por fim, a análise química das tintas estabeleceu que todos os quadros que ela afirmava serem exercícios do artista eram falsos. As tintas usadas continham substâncias modernas, incompatíveis com a época dele.

Ela foi condenada à prisão e banida por completo do mundo das artes.

De todos os lugares que visitei para coletar as recordações, nenhum causou uma impressão tão marcante quanto aquele ateliê. Colocando em palavras, creio que seria apenas "um casebre à beira da ruína", mas algo muito mais sinistro do que isso preenchia o ar lá dentro. Era o tipo de atmosfera sinistra da qual, ao chegar à porta, você quer dar um passo atrás, respirar fundo e rezar a Deus.

Para começar, não havia absolutamente nada no ateliê exceto materiais de pintura. Isso pode soar óbvio, mas não havia nem sequer uma caneca de café, um colírio, recibos, porta-retratos, cigarros, migalhas de bolacha, um batom... Nada que servisse de consolo para a alma, que lembrasse a vida cotidiana e aliviasse a tensão.

Era um ambiente opressivo, insensível, gélido. Cavaletes, cadernos de rascunho e telas cobriam o chão, dezenas de pincéis com o pelo enrijecido caídos pela sala, as paredes e o teto cheios de respingos de tinta. Pinturas a óleo de todos os tamanhos, obras prontas ou em processo estavam enfiadas nas prateleiras, ao passo que outras se empilhavam pelo chão como se tivessem caído.

Quando pisei dentro da sala senti um mau cheiro tão grande que me causou náusea. Talvez fosse por causa do cadáver que ficara caído por quase um mês, ou talvez fosse aquele cheiro que sempre estivera ali, mesmo quando ela ainda estava viva. Dá na mesma, uma coisa ou outra.

Um dia a mulher teve um derrame e caiu no meio do ateliê. Com o corpo paralisado, não conseguiu pedir socorro e foi enfraquecendo pouco a pouco, enterrada sob pilhas de lixo, sem comida ou bebida.

A única coisa que ela ingeriu naqueles dias foi tinta. Pegava os tubos ao alcance dos dedos, que ainda se moviam um pouco, abria-os com os dentes e, lambendo a tinta, aguentava mais um dia, e outro.

Quando o corpo foi descoberto, graças a um vizinho que, incomodado com o odor estranho e as moscas, contatou a polícia, a mulher já era quase um esqueleto. Dizem que havia pedaços de tinta seca agarrados ao pouco que restara dos seus lábios. No fim, não foi possível determinar se ela morreu por inanição ou por envenenamento devido às substâncias tóxicas contidas nas tintas.

Eu logo identifiquei o lugar onde a mulher morrera. O assoalho estava podre apenas naquele pedaço na forma de uma pessoa. Por sorte, as tintas continuavam caídas por ali. Não foram levadas nem pela polícia, nem pelos parentes distantes responsáveis por ela.

Recolhi os tubos, conferi o nome de cada tinta e guardei cada uma delas na sua divisória dentro da caixa. Os tubos estavam cheios de marcas dos dentes da mulher. Cheiravam a saliva. Seu esforço obstinado para espremer até a última grama de tinta estava entalhado em cada um deles. Como se os deuses estivessem abençoando o resgate dessas recordações, todas as 36 cores estavam lá.

Este é o registro do objeto E-416.

***

A velha se calou. Depois de ter certeza de que ela não diria mais nenhuma palavra nova, pousei o lápis.

O caderno estava inteiramente coberto de letras. Era a minha própria caligrafia, sem dúvida, mas as encarei como se fossem obra de outra pessoa. Pelo sol que brilhava pelas grandes janelas, percebi que se passara mais tempo do que eu pensava. A velha tirou um trapo de um bolso da saia, cobriu a boca com ele e escarrou todo o catarro que se acumulara.

— Quer que eu busque algo gelado pra beber? — perguntei.

— Não se meta com bobagens — disse ela, recusando a minha gentileza com o seu tom costumeiro, claramente diferente daquele que ela usava durante as narrativas para a documentação.

As tintas de 36 cores continuavam imóveis sobre a mesa. Mas a comunicação que existia entre elas e a velha até um momento antes já fora interrompida. Tintas são tintas, a velha é a velha, cada qual se recuperando da fadiga a seu modo.

— Próximo.

Sua voz alcançou todos os cantos da galeria, em linha reta. Fechei a caixa devagar para não incomodar as tintas, arrumei a etiqueta com o número e guardei-a de volta na sacola.

8

A menina teve alta no começo de julho e a velha organizou um jantar festivo em comemoração.

Segundo a criada me contou, a última vez que algo assim acontecera nessa mansão fora muito antes de a menina ser adotada, quando os familiares se reuniram por ocasião do cinquentenário de morte da mãe da velha. Os convidados para o jantar comemorativo éramos apenas eu, o jardineiro e a criada, e fomos nós mesmos que arrumamos a enorme sala de banquetes, fazendo o possível para que ela tivesse um ar mais festivo. A criada tirou o pó que cobria todo o cômodo e poliu a prataria, eu e o jardineiro trabalhamos juntos para consertar o candelabro.

Reunimo-nos na sala de jantar, todos vestindo trajes mais elegantes do que de costume. O jardineiro usava gravata e a criada trazia no peito um enfeite de flores artificiais. Até mesmo a velha usava uma echarpe de seda sobre a cabeça em vez do chapéu de pele.

Apenas a menina, convidada principal, tinha um estilo um pouco mais estranho, pois usava um vestido de cânhamo branco ao avesso. Não me espantei, no entanto. Já aprendera por experiência que, sempre que algo estranho ou absurdo acontecia, o culpado era o almanaque da velha. Conforme eu esperava, a velha recitou em altos brados uma passagem:

— Aqueles que se curam de um ferimento ou doença grave devem vestir as roupas ao contrário até a próxima lua cheia. Quem se descuidar, os demônios irão levá-lo para o além-mundo. Usando a roupa ao contrário, você finge ser uma pessoa oposta a este mundo, isto é, uma pessoa do lado de lá, e confunde os demônios.

O jardineiro e a criada concordaram com um ar de profunda admiração, enquanto a menina se certificava repetidas vezes se os botões retorcidos do vestido não estavam se abrindo.

A comida era um menu completo, preparado por um chef e servido por um garçom vindos de um restaurante da cidade. Não era uma culinária refinada, mas tinha um sabor consistente e agradável.

— Parabéns por sua recuperação!

Brindamos. A velha assentiu, arrogante, e a menina agradeceu em voz baixa, envergonhada.

Em sua face esquerda restava uma cicatriz em forma de estrela. Os ferimentos no resto do seu corpo já quase não se viam, mas aquele caco de vidro penetrara fundo demais no rosto para ser retirado, então continuava ali, engastado.

Tinha a forma perfeita de uma estrela, com as cinco pontas encontrando-se em ângulos regulares, como se traçada com uma régua. Era como um sinal divino entalhado na face branca e macia. Qualquer pessoa que amasse a menina desejaria acariciar essa marca, tentar compreender o seu significado encoberto. Todos nós guardávamos nas mãos esse sentimento.

A menina emagrecera um pouco, mas estava animada e tinha um apetite vigoroso. Contava sobre os pacientes e médicos peculiares que conhecera no hospital, e gesticulava muito, sempre atenta para que nem eu nem o casal ficássemos entediados. Ao mesmo tempo, limpava com o guardanapo a sopa que a velha derrubara ou cortava a carne do prato principal em pedaços menores para que ela conseguisse mastigar.

A velha quase não falava. Quando um novo prato era servido, ela encarava-o desconfiada como se fosse uma porção de veneno e, não convencida, espetava-o aqui e acolá com o garfo, até levar à boca uma porção minúscula, quando a comida já estava quase fria. Com as suas dentaduras mal encaixadas, engolia os pedaços pouco a pouco, com esforço.

A criada ria alto vez ou outra, e eu e o jardineiro repetíamos as taças de vinho. O garçom, escondido à sombra de uma coluna, aproximava-se da mesa com precisão admirável, na hora certa para tirar os pratos ou servir mais água. A noite avançou e não se via mais nada pelas janelas. Por mais que se olhasse, não era possível divisar nem o contorno do bosque, nem uma única flor.

Percebi naquele momento, pela primeira vez desde que cheguei à vila, quão longa fora a viagem que me levara até ali. Eu estava agora em um lugar tão distante, algo inimaginável à época em que eu construía vários museus, enfrentava os documentos nos acervos ou discutia longamente sobre os resultados das exposições.

A mansão era gigantesca, preenchida pelo silêncio e envolta por uma escuridão demasiado densa. Nós nos aproximávamos uns dos outros como pequenas estrelas que, separadas de seus pares, foram empurradas até o limite do céu. Eu não fazia ideia do que poderia haver para além da escuridão, mas nem por isso estava apreensivo. Todos tínhamos a mesma paixão pelos objetos herdados dos mortos e isso criava um vínculo inabalável entre nós. Eu sabia que, enquanto estivéssemos buscando esses objetos, enquanto tivéssemos carinho por eles, nenhum de nós escorregaria para além das margens nem seria engolido pelas trevas.

Quando o garçom limpou as migalhas de pão da toalha e terminou de servir a sobremesa, o candelabro começou a piscar de repente. Com as colheres de sobremesa na mão, todos levantaram os olhos para o teto. O candelabro estalou, soltou uma faísca e apagou.

— Não teve jeito mesmo... — murmurou o jardineiro.

A criada encontrou velas e um castiçal na cristaleira e colocou-os no centro da mesa.

A luz das velas era fraca e oscilante. Na mesma proporção em que a escuridão expandiu-se, a distância entre nós pareceu encolher. Cinco sombras tocavam-se e sobrepunham-se na toalha branca sobre a mesa.

De sobremesa serviram frutas em calda. Pêssegos, figos, uvas e nêsperas mergulhados no fundo da calda densa e adocicada. Todos mexeram o doce lentamente com a colher.

A menina continuava igualmente graciosa, mesmo vestindo a roupa ao contrário. Como quando nos conhecemos, suas pernas e braços ainda eram elegantes, os olhos tinham um brilho límpido e as orelhas continuavam jovens o suficiente para passar sem dificuldade pelo buraco do muro. À luz de velas, a marca em forma de estrela em seu rosto projetava uma sombra ainda mais profunda.

— Nós devemos ser gratos — disse a velha erguendo a taça e fitando as bolhas trêmulas do champanhe. — Não podemos ter raiva desse incidente com a bomba. Nada do que acontece conosco é inútil. Tudo no mundo tem uma razão, um sentido e um valor. Assim como as recordações dos mortos.

A velha levantou a taça o mais alto que conseguiu. Brindamos novamente.

***

A primeira coisa que fizemos depois que a menina teve alta foi comprar o ovo esculpido de presente para o meu irmão, é claro. A loja de suvenires na entrada da rua coberta estava totalmente reformada, a vitrine e a porta giratória de entrada do jeito que eram antes. Os espaços vazios chamavam a atenção na vitrine. Mas a menina, sem se incomodar com isso, percorreu todos os cantos da loja, tomando cada ovo nas mãos para examiná-lo.

Sentado na cadeira ao lado do caixa, eu observava os seus gestos. Fosse com a velha, com os objetos da coleção ou com os ovos decorados, eu gostava de ver a menina atenta lidando com alguma coisa e dedicando todos os seus cuidados. Seus dedos elegantes moviam-se com extrema cautela e devoção. Vê-la erguer cada ovo decorado me fazia pensar que eu mesmo gostaria de ser abraçado daquela maneira por alguém.

O ovo que ela escolheu era uma peça sofisticada, todo de cor creme, circundado por incrustações de metal e com um suporte em forma de patas de leão. Era construído de maneira que, ao puxarmos uma pequena protuberância no centro, a casca se abria como uma porta, de dentro da qual surgia um boneco de anjo. Era um anjo de asas tímidas e olhos próximos, parecido com o anjo recortado no ovo que eu tinha.

Embrulhei o ovo com várias camadas de algodão, forrei a caixa com veludo e, não satisfeito, preenchi os vãos ao seu redor com espuma. Coloquei um cartão comemorativo por cima de tudo e levei o pacote com cuidado até o correio.

O verão chegou sem que eu me desse conta. O vento estava diferente, uma luz ofuscante explodia preenchendo tudo e um cheiro de mato cobria as campinas. Os pequenos animais que cruzavam o bosque trocaram de pelagem e os lavradores trabalhavam com afinco preparando o feno. Vez ou outra caía uma chuva leve ou a névoa encobria o topo das montanhas, mas nenhuma das duas chegava a vencer o ar quente que cobria os céus. O verão verdadeiro, inabalável, chegara.

A menina trabalhava com empenho passando a limpo os registros que eu fizera com a velha. Durante a manhã, enquanto eu e a velha, confinados em algum canto da mansão, fazíamos as entrevistas para a documentação, ela repousava em seu quarto e, à tarde, descia para a antiga sala de bilhar.

— Não precisa se cansar tanto — eu disse, preocupado.

Mas ela respondeu com um ar tranquilo:

— Quero fazer alguma coisa de útil para o museu. Fico mais animada assim.

E, pegando o olho de vidro e a folha datilografada que eu coletara durante a sua internação, analisou-os atentamente.

A menina tinha a caligrafia ideal para finalizar a documentação dos objetos. Não porque a sua letra fosse simplesmente bonita ou fácil de ler. Ela conseguia captar o fluxo das palavras da velha registradas no caderno, e não apenas recriava com perfeição a corrente que se estabelecia entre a velha e os objetos mas, também, empregava soluções próprias e criativas em lugares escondidos do texto, criando assim um registro ainda mais completo.

Enquanto reescrevo o projeto de reforma do estábulo ou restauro os objetos, a menina passa os textos a limpo ao meu lado na mesa de trabalho. A escrivaninha, uma antiga mesa de bilhar, é ampla, e mesmo que esteja bagunçada sempre há espaço o suficiente para nós dois trabalharmos.

Ela enche o tinteiro até a boca com tinta azul, apoia meu caderno à sua esquerda e coloca diante de si uma folha numerada de papel especial. Comprei essas folhas, da melhor qualidade, na papelaria da vidente de máquinas de escrever especialmente para o registro em texto dos objetos da coleção. Primeiro a menina lê rapidamente a página que vai copiar e passa algum tempo com os olhos fixos num ponto, refletindo sobre a atmosfera geral do objeto registrado antes de mergulhar a caneta na tinta.

Uma vez iniciado um registro, ela segue em ritmo constante até o final, parando apenas para trocar de página e molhar a caneta no tinteiro. Mesmo concentrado nas minhas próprias atividades, não consigo ignorar a sua presença, que aparece no canto do meu campo de visão.

— Está bom assim?

Sem querer atrapalhar meu trabalho, hesitante, ela me estende as folhas prontas.

— Sim, está ótimo.

Ela sorri aliviada com o elogio e assopra a folha para secar a tinta ainda fresca.

A cada vez que eu sentia esse sopro, tinha certeza de que as heranças dos mortos estavam sendo, uma a uma, abrigadas no museu. Os objetos existiam, a velha narrava, eu ouvia, a menina transcrevia — e assim o processo estava completo. Se alguma parte ficasse faltando, o círculo não se fechava. A corrente de letras azuis da menina comprovava que uma etapa do nosso trabalho encerrara-se.

O processo de transcrição era mais exaustivo para a menina do que ela podia imaginar. Por isso eu estava sempre atento para ver se ela não estava cansada demais. Naquele dia encerrei as atividades mais cedo e convidei-a para uma caminhada, consciente de que ela precisava respirar um pouco do ar da nova estação e recarregar as energias.

As nuvens vagavam calmas muito além das montanhas e o sol ainda brilhava alto no céu. Atravessamos o bosque ao redor da mansão e seguimos rumo ao norte pela trilha na campina. Arbustos abundantes de miosótis cresciam aqui e ali, e entre eles brotavam pequenas flores desconhecidas, brancas, amarelas e lilases como respingos de tinta.

As árvores ao sol projetavam sombras densas. Quando o vento soprava, apenas essas sombras permaneciam imóveis, incrustadas na terra. A trilha subiu uma colina, entrou no mato, cruzou um riacho e continuou em frente rumo ao norte. O canto dos pássaros nos seguiu por todo o caminho. Era como se eu percebesse, pela primeira vez na vida, quão belo é o verão.

— Não está cansada?

Perguntei diversas vezes, mas a menina sempre se limitava a responder:

— Não se preocupe.

Infelizmente ainda faltava um pouco até a lua cheia, então a sua roupa continuava toda do avesso, a saia e a blusa.

— É uma pena! Aqui tem um bordado muito bonitinho de coelho, sabe? Mas desse jeito fica horrível — disse ela, apontando o peito esquerdo da blusa, onde vários pedaços de linha se enroscavam.

Sentamos para descansar à sombra de um velho olmo coberto de hera, em cujas raízes crescia uma relva macia e abundante. Às vezes se ouvia o bater de asas de algum pássaro, que logo se afastava. A luz do sol, filtrada pelas folhas, brilhava sobre os nossos pés.

— Às vezes acho meio estranho — disse ela. — Já pegamos muitos objetos dos mortos até hoje e nunca tivemos nenhum problema.

— Como assim? — perguntei.

— Falando claramente, nós roubamos os objetos, não? Mas ninguém nunca reportou um roubo, a polícia nunca veio investigar. Alguma coisa importante desaparece e os herdeiros nem sequer se dão conta!

A menina se espreguiçou e deitou sobre a grama, fazendo subir um cheiro de terra ainda mais vívido. Pequenos insetos fugiram aos pulos e buscaram agitados um esconderijo na relva.

— É que logo depois da morte de alguém, todo mundo está mais ou menos em choque, e não prestam atenção em todos os detalhes.

— É, pode ser...

— E os objetos que nós buscamos não têm valor monetário. Mesmo que alguém pense "ué, que estranho", não vai dar muita atenção ao assunto. Devem achar que foi parar em algum canto no meio da bagunça e que vai reaparecer cedo ou tarde.

— Será que é só isso?... — murmurou a menina, insatisfeita com a resposta.

A luz filtrada pelas árvores movia-se sem cessar como uma criatura alada. A menina colocou as mãos sob a cabeça e fechou os olhos.

— Todo mundo deve acabar se conformando — continuou. — Porque a nossa escolha é precisa demais. Porque a gente acerta perfeitamente o ponto central. Então ninguém pode reclamar.

— Sobre a escolha dos objetos? — perguntei, espiando seu rosto.

— Sim! Por exemplo, se alguém morre... Pode ser de uma doença longa ou de um acidente repentino, tanto faz, a pessoa morre. Aí às vezes acontecem coisas estranhas, como o gato que a pessoa criava com muito carinho desaparecer ou o seu papagaio de estimação parar de comer e morrer de fome. Nessas horas as pessoas que ficaram pra trás se

conformam, dizendo: "Ah, eles foram juntos pro céu."
Quem sabe, se quando as pessoas veem o vazio que sobra ao levarmos embora o objeto de recordação, elas não pensam a mesma coisa: "Ah, o morto levou com ele..."

— Se pensarem assim, nosso plano está dando certo.

— É. Mas, na verdade, essas coisas não vão pro céu. Pelo contrário, são guardadas no museu para continuar aqui na terra para sempre.

— Isso, exatamente — respondi.

A menina abriu os olhos, piscou algumas vezes ofuscada e levantou-se. Um sino soou ao longe. Limpei a grama que se prendera aos seus cabelos e às suas costas.

Continuamos mais um pouco pela trilha na campina. A vegetação ficava cada vez mais fechada e as plantações de trigo, os celeiros e os tratores, que víamos passar através dos galhos, foram desaparecendo. Uma velha árvore seca, talvez atingida por um raio, estava tombada desde a raiz, obstruindo o caminho. Passamos sobre ela e, ao levantar o rosto, vi que a paisagem se descortinava e que estávamos próximos da água. Era um pântano verde-escuro cercado de caniços.

— É a primeira vez que venho tão longe — disse ela.

— Então ainda tem lugares que nem você conhece? — indaguei, checando onde pisava para não escorregar e cair dentro do pântano.

— Para falar a verdade, mamãe me proibiu. Disse que, seguindo para o norte da vila, você chega muito longe, e que lá até os ares mudam, é perigoso.

Ela agarrou um cipó que pendia de um galho.

Pela cor escura da água, o pântano parecia ser muito profundo. Dava a impressão de que, se você apanhasse a água com as mãos, essa cor ficaria enredada em seus dedos.

Plantas aquáticas boiavam nas inúmeras poças, enroscavam-se nos caniços, e no centro as ninfeias ainda estavam floridas. Várias libélulas passavam voando entre as pétalas e a superfície da água. Libélulas esguias, com pintas negras nas asas.

— Se quiserem, subam, por favor.

Uma voz soou bem próxima e nós nos entreolhamos surpresos. Era um timbre um pouco infantil, incompatível com seu tom educado.

— Não precisam fazer cerimônia. De qualquer maneira, estou voltando para o mosteiro.

Enfim um jovem de quinze ou dezesseis anos surgiu de trás de um tronco de faia. Ele vestia uma pele ainda nova de bisão-dos-rochedos-brancos.

O barco estava quase podre e parecia que a qualquer momento a água penetraria pelas tábuas do fundo, mas o jovem remava com gestos seguros e as ondas produzidas pela proa cruzavam o pântano vigorosamente. Cada vez que ele afundava o remo, as ninfeias se inclinavam e as libélulas fugiam sobre a água.

— Não é indelicado pessoas de fora como nós aparecerem de repente? — perguntei.

O convite do jovem soara tão espontâneo que acabamos embarcando com ele, mas eu não conseguia ignorar a minha apreensão.

— Tudo bem. Não é problema algum — respondeu ele gentilmente. — As portas do mosteiro estão sempre abertas e qualquer um pode entrar e sair livremente. Comerciantes, farmacêuticos, afiadores de faca, viajantes, veterinários, pedreiros, oficiais do governo... Muitas pessoas diferentes nos visitam, e por motivos diversos. A minha função é transportar essas pessoas de barco, assim.

O menino era magro e pequeno. Seu queixo, pescoço e ombros ainda não tinham terminado de crescer. Sua veste de pele de bisão era definitivamente grande demais, tanto que, a cada vez que trocava o remo de mãos, ele precisava erguer as mangas que escorregavam até os seus dedos. Mas os seus olhos escuros, grandes e arredondados fitavam-nos sem timidez, e os traços firmes da sua boca davam uma impressão de inteligência. E acima de tudo, a pele novíssima que ele vestia — e que, diferentemente das que eu vira antes ou daquela que coletara como recordação, ainda guardava todo o seu odor animal — parecia um símbolo da sua inocência.

— O único jeito de chegar até o mosteiro é atravessando esse pântano? — perguntou a menina enquanto encarava a superfície da água por sobre a beirada do barco.

— Para contorná-lo é preciso caminhar por quase uma hora pelas trilhas dos animais dentro da floresta. O caminho mais próximo é através do pântano. Entretanto, alguns dos missionários fazem questão de ir pela floresta, como parte da sua ascese.

Outra coisa notável sobre o jovem era que ele não parecia incomodado com a roupa da menina, nem com a cicatriz em seu rosto. Ele não demonstrava nenhuma grande surpresa, nem fingia indiferença, apenas aceitava aquela aparência como algo que estivera ali desde sempre.

Dava para sentir o frio da água através do fundo do barco. O pântano era maior do que parecia quando visto da margem. No centro ele ficou mais estreito e, depois de uma curva suave à esquerda, alargou-se ainda mais, formando uma elipse. O jovem conduzia o barco com destreza desviando dos troncos flutuantes e dos agrupamentos de plantas aquáticas. O som dos remos contra a água era agradável.

— Posso perguntar uma coisa? — disse a menina. — Por que é que você está falando se você é um missionário do silêncio?

O menino sorriu amigavelmente, como quem diz "Ah, é isso?".

— É que ainda estou na fase de aprendizado.
— Então uma hora você também vai se calar?
— Sim. Pouco a pouco. Em breve — disse o jovem.

O mosteiro ficava no topo de uma colina, aonde se chegava por uma subida íngreme depois de descer do barco. Como uma caixa de pedra que tivesse sido colocada ali à força, era uma construção firme, porém desarmônica. Seu único atrativo era um campanário redondo, com pequenas janelas, que também servia de sustentação.

O jovem, muito gentil, explicou que não tinha nenhum compromisso até a hora de buscar os seus veteranos, que voltavam do serviço no final da tarde, e se ofereceu para nos mostrar o interior do mosteiro. Atravessando os portões, chegava-se logo ao espaçoso jardim interno. Não havia ali nenhuma decoração, fora algumas árvores decíduas estendendo os seus galhos, além de cardos e papoulas que cresciam naturalmente. Havia apenas uma fonte, cercada por uma mureta de tijolos no meio do jardim, onde um missionário lavava os pés.

O jardim era cercado por um claustro de tetos arqueados, suas colunas de pedra dividindo a luz do sol e projetando sombras de todos os formatos. Nos bancos espalhados pelo claustro sentavam-se missionários, alguns lendo, outros costurando ou meditando. Mas o que quer que estivessem fazendo, apenas o silêncio dominava todo o ambiente.

Nós três caminhamos pelos corredores do claustro, o jovem entre mim e a menina. Ele estava descalço e deixava atrás de si apenas o leve ruído da barra da sua veste de pele raspando no chão, enquanto o som dos nossos sapatos ecoava inesperadamente alto. Eu não podia deixar de sentir que estávamos causando uma agitação um tanto quanto rude ali.

— Aqui é como uma sala de estar para os missionários, onde eles podem enxaguar a boca, fazer a barba, refletir sobre as suas ideias e ter conversas privadas. Enfim, é um quartel divino protegido pelas quatro virtudes.

O jovem falava no mesmo tom de quando estávamos no pântano, sem diminuir a voz. Quando os missionários percebiam a nossa presença, cumprimentavam-nos sem mudar de expressão e logo voltavam para o seu próprio mundo.

— Não é tabu falar dentro do mosteiro? — perguntei.

— A conversação não é proibida, em absoluto. Pessoas de fora e aprendizes como eu falamos, é claro. O que os missionários buscam não é a proibição das palavras, mas sim o silêncio. E o silêncio não é algo fora de nós, ele deve existir no nosso interior.

Prendendo a respiração, a menina olhava reto para o fundo do corredor. As portas regularmente enfileiradas estavam todas fechadas, as maçanetas com um brilho embotado, marcado por muitas mãos. O missionário na fonte continuava com os pés mergulhados na tina limpando cuidadosamente cada dedo. O som da água pingando misturava-se ao zumbido das abelhas.

O silêncio, igual ao que eu sentira ao despir a veste do missionário morto na explosão, cobria tudo. Chegava a ser nostálgico. Mas este era muito mais denso, impregnado em cada coluna, em cada pedra, e parecia que eu poderia tocá-lo com os dedos e sentir a sua consistência.

O mosteiro era maior do que eu esperava. Tinha diversos cômodos, uma horta e canteiros com plantas medicinais, um depósito de cereais, um moinho e até mesmo uma criação de peixes. Encontrávamos missionários em todos os lugares. Alguns estavam concentrados em algum trabalho, outros parados, sozinhos, em um canto de uma sala de reunião, atrás de um depósito. Conseguiam praticar a sua ascese em qualquer lugar.

— Como os missionários comunicam as suas intenções uns aos outros? Existe algum tipo de sinal especial?

A menina falava com cuidado para que a sua voz não reverberasse pelas paredes de pedra. Suas faces, vermelhas de sol até pouco tempo antes, agora estavam encobertas por uma sombra gelada.

— Não, não há nenhum tipo de sinal definido. O máximo que eles usam são pequenos olhares ou gestos. As atividades práticas daqui são todas muito simples, são só a repetição de métodos que são passados entre as gerações há muito tempo, então não há necessidade nenhuma de transmitir informações. Cultivar as plantas, preparar a comida, remendar as peles, arrumar a cama. Não precisa de muito mais do que isso. No mosteiro não há debates nem propostas.

O menino respondia educadamente a qualquer pergunta.

— Então, mesmo sem falar, vocês não têm nenhuma grande dificuldade.

— Sim. Afinal, aqui é um lugar criado para que tudo funcione bem sem a linguagem.

Todas as salas tinham tetos altos e janelas pequenas, como se quisessem evitar os ruídos externos e purificar o silêncio interior. Na capela alguns homens rezavam, um velho missionário consertava a encadernação de um livro na biblioteca, e na cozinha um jovem abria vagens de feijão.

Todos tinham a mesma aparência e era difícil distinguir entre eles, pois todos os aspectos que caracterizavam os seus corpos estavam escondidos sob a pele de bisão. Por outro lado, cada uma das peles tinha uma personalidade distinta. O comprimento dos pelos, as tonalidades, as sujeiras diversas, a curva das barras, todas diferiam em alguma coisa. Era como se elas mesmas tivessem se tornado parte do corpo dos missionários.

Para além do quintal dos fundos, à sombra de um penhasco de rochas nuas, havia uma pequena cabana coberta de musgo.

— É o depósito de gelo — apontou o jovem. — O gelo que se forma no pântano durante o inverno fica guardado no subsolo.

— Aquele pântano congela? — perguntei.

— Congela. Mas não todo ano. Cerca de uma vez a cada três ou quatro anos.

O interior servia também como armazém de alimentos, com bacon, trutas defumadas e ovos enfileirados sobre prateleiras embutidas. Lá dentro era tão frio que ao entrar era impossível conter uma exclamação. Era difícil caminhar por aquele piso, feito de treliça para aproveitar o frio do subsolo.

— Aqui tem uma porta que leva ao subsolo. Não tem nada de interessante, mas gostariam de descer pra ver? — disse o jovem, enrolando um capacho de cânhamo.

De fato dava para ver uma escada de mão pendurada ali.

— Sim, por favor! — respondeu a menina.

Levei algum tempo para me acostumar com a escuridão. Por fim, pouco a pouco, os blocos de gelo dispostos sobre o chão foram ficando visíveis. Não sei havia quanto tempo estavam armazenados ali, mas eram cubos de tamanhos iguais, bem organizados, resfriando o ambiente.

— Têm o mesmo cheiro do pântano — disse a menina que, talvez pelo frio ou por estar apreensiva com a escuridão, estava parada bem junto a mim.

Não era apenas o cheiro. O gelo era do mesmo verde profundo que nós atravessáramos havia pouco. Uma cor opaca e impenetrável. Olhando bem, percebi que algumas plantas aquáticas, pequenos galhos e folhas também estavam congelados. Um pedaço de alguma coisa fina e transparente estava preso como um fóssil paleozoico. Era a asa partida de uma libélula.

De repente notei uma pequena banqueta de madeira encostada junto à parede. Escurecida, com os veios da madeira encobertos e o centro já côncavo pelo peso de muitos pés, ela parecia ser usada havia muito tempo.

— O que é aquilo? — apontei.

— É uma banqueta para penitência — respondeu o jovem. — Além de ser um depósito de gelo, aqui também é a sala de penitência. Os missionários que tiverem violado o mandamento do silêncio se ajoelham nessa banqueta, inclinam a cabeça e pressionam a língua contra o gelo. O gelo castiga a língua que pecou, congela e guarda as palavras que foram proferidas por engano.

O menino estendeu o braço de dentro da sua veste e tocou o gelo.

— Aqui está um pouco afundado, não está? É a prova de que alguém veio recentemente fazer penitência. O calor da língua derreteu o gelo. E não é só o afundado. Ficou também a pele que foi arrancada da língua. Olha...

Ao dizer isso, o jovem raspou com a unha a superfície do gelo. A pele da língua, muito fina, desfez-se em pedaços e planou até os nossos pés.

Soou o sino das cinco horas da tarde. Eu e a menina levantamos a cabeça ao mesmo tempo e olhamos para a ponta do campanário que aparecia pela claraboia. Ouvindo de perto, seu som era surpreendentemente rústico. A reverberação continuou circulando sobre as nossas cabeças por muito tempo.

Vi os bisões-dos-rochedos-brancos no caminho de volta do mosteiro, sobre as rochas íngremes da colina. Bisões-dos--rochedos-brancos vivos. Em grupos de cinco ou seis, separados por distâncias razoáveis, eles tinham as cabeças baixas e próximas umas das outras enquanto pastavam o mato que crescia nos vãos dos rochedos.

Percebi, como que pela primeira vez, que as suas peles não eram originalmente dos missionários, mas sim dos próprios bisões. Em algum momento eu começara a pensar nessas peles como uma marca física que os missionários traziam de nascença. Tanto é que a sensação que tive quando peguei a veste do missionário como recordação não foi de ter despido a sua roupa, mas arrancado a sua pele.

Entretanto, realmente não havia diferença entre a atitude dos bisões e a postura dos missionários que nós víramos havia pouco no mosteiro. Todos eles estavam encerrados em suas próprias cascas, sem interesse ou preocupação com a presença humana. Não rugiam, não chocavam os seus chifres nem roçavam os corpos, não babavam. Apenas agitavam sem ânimo, vez por outra, os rabos miúdos e fracos, incompatíveis com os seus corpos enormes.

É, eles eram grandes demais. E também deselegantes, desequilibrados.

Suas ancas eram ossudas e angulosas, mas as barrigas caíam em camadas quase até o chão, e tinham nas costas uma corcunda deformada. As cabeças eram triângulos duros, cravadas na base da corcunda, cobertas por pelos compridos demais que escondiam as suas feições. Das laterais da cabeça espiavam orelhas tão pequenas que pareciam inúteis, e chifres em forma de vírgula.

Antes de entrar na pequena trilha que seguia até o pântano, voltei-me mais uma vez para olhá-los. Eles continuavam pastando como antes. Com os cascos firmemente plantados sobre a rocha, nunca levantavam os olhos, as cabeças baixas como se o peso das corcundas fosse grande demais. Pareciam animais criados sem planejamento, em um momento de descuido da mão divina.

9

Mesmo depois de chegar à vila, às vezes eu me lembrava dos museus onde trabalhara. Quando o museu já fechara e os últimos visitantes daquele dia tinham partido, eu costumava caminhar a esmo pelas salas de exposição, escutando o tilintar das chaves do guarda.

As luzes das vitrines já estão apagadas e só uma ou outra lâmpada no corredor ainda brilha. A universitária que trabalha na recepção vai embora pela porta dos fundos. Os curadores estão tentando finalizar as atividades dentro do escritório.

— Precisa de alguma coisa? — pergunta o guarda.

— Não, tudo bem. Só quero dar uma olhada em um documento — invento uma desculpa.

Todas as peças da coleção estão enfileiradas precisamente como eu as preparei, separei e dispus. Moedas da Roma antiga, relíquias da Europa medieval, um vasilhame oferecido em um mausoléu de uma antiga dinastia chinesa. Ou um esqueleto de elefante Nauman, espécimes de plantas venenosas, a múmia de uma menina sacrificada. Todos eles obedecem, comportados, à ordem que estabeleci.

Recolho um canhoto de ingresso que alguém deixou cair, checo se nenhum descarado rabiscou as placas de "Favor não tocar nas obras / Please do not touch exhibits". Olho em volta para ver se os itens da área de exposições especiais estão se entendendo bem com as outras peças. Leio em voz baixa os painéis explicativos que já sei quase de cor.

As peças do museu têm uma postura diferente depois de um dia de trabalho. Relaxam o corpo tenso, enrijecido sob o olhar dos visitantes, e relembram a época longínqua em que viveram. Assim, sua natureza pensativa fica mais evidente.

Sei muito bem, é claro. Sei que por maior que seja um museu, tudo o que ele contém é muito pouco, não passa de uma miscelânea de fragmentos do mundo. Mas mesmo assim ninguém pode me julgar se eu sentir certo orgulho de ter organizado esses fragmentos. Sem dúvida fui eu quem os resgatou em meio ao caos e recuperou o seu significado já esquecido. Creio que tenho o direito de me deixar levar, nesse breve momento depois que o museu fechou, pela ilusão de que tenho nas mãos uma miniatura do mundo.

— Pode deixar que eu desligo a chave geral — digo ao guarda.

— Muito agradecido. Então já vou indo — responde ele, gentil, e sai da sala de exposições sem relutar, balançando os seus molhos de chaves.

Volto de novo para o começo da rota de visitação. Dou-me permissão para passear pelo mundo, só mais uma vez.

Por outro lado, há lembranças que eu gostaria de esquecer. O momento mais difícil para quem trabalha em um museu é quando uma coleção é descartada.

A coleção é a vida de um museu e a sua filosofia, e no entanto, por uma crueldade do destino, é comum que algumas de suas peças sejam destruídas.

Se por acaso algum visitante assíduo assistisse a esse descarte, provavelmente o seu afeto pelo museu desapareceria num átimo, de tão cruel e lamentável essa cena. Por isso, é necessária uma discussão séria para que seja determinado o descarte, e que sejam escolhidas somente as peças para as quais realmente não há alternativa, mantendo-se o sigilo absoluto sobre o local exato onde ocorrerá a destruição.

Mas que tipo de consolo é esse? Nada altera o fato de que um fragmento a muito custo coletado irá desaparecer. Eu sempre permanecia em silêncio, mal-humorado, nas reuniões de definição dos itens a serem descartados. Sentia-me desconfortável, como se forçado a entrar em um lugar a que eu não pertencesse.

Um espécime de planta, deteriorado demais para ser restaurado, vai para um fragmentador. Um pedestal sagrado da acrópole, que trincou durante uma reprodução, é despedaçado com uma marreta. Um diorama sobre o modo de vida das abelhas é lançado às chamas, simplesmente porque é comum demais.

Eles não são enterrados com tanto cuidado quanto os animais de teste, vítimas do desenvolvimento farmacêutico. Enquanto um funcionário novato do museu dispensa-os um a um, mecanicamente, outro jovem parado ao seu lado vai preenchendo os itens necessários nos formulários. Ele não está ali para registrar a memória daquele objeto que irá desaparecer, mas apenas para verificar que o descarte ocorreu de acordo com o protocolo do museu.

Parado de pé a certa distância, acompanhando com os olhos os cacos que se espalham e as chamas que dançam, despeço-me deles sozinho. Aqueles certamente poderiam ser fragmentos constitutivos do mundo, nem que fossem em algum canto remoto.

A entrevista daquele dia foi mais longa do que o previsto. Pelo jeito, a combinação de objetos que eu selecionara era um pouco pesada.

Alguns dos objetos dos mortos tinham apenas histórias tediosas e sem graça, enquanto outros escondiam narrativas difíceis, dentro das quais se caminhava em vão sem nunca achar uma saída. Minha função era planejar a combinação de cada dia de forma a obter um bom equilíbrio entre esses dois tipos.

Mas a velha não me condenou por isso. Tendo falado por mais tempo que de costume, apenas tossia sofregamente sem conseguir expelir o catarro. Aproximei-me dela e afaguei as suas costas.

Pensando bem, esta era a primeira vez que eu tocava na velha. Sua miudeza era ainda mais evidente pelo toque do que pela aparência. Eu podia sentir a sua espinha logo abaixo das roupas, meus dedos delineando cada uma das vértebras. A base da sua orelha, visível sob o chapéu de pele, estava perdida entre as ondas de rugas vindas do rosto e do pescoço, formando pregas elaboradas. Dava para ver a sujeira que se acumulara entre elas. A velha enfim cuspiu dentro do lenço um monte de catarro.

Eu estava começando a perceber, por experiência própria, que quanto maior o cômodo que usávamos para as entrevistas, maior o cansaço que se abatia sobre a velha. Em uma sala pequena, o sinal que circulava entre a velha e o objeto era mais denso. Conforme o espaço aumentava, a velha precisava de maior concentração frente ao objeto para que os seus sinais não se dispersassem por todos os cantos.

Naquele dia estávamos no salão de baile. O teto de pé-direito duplo era muito alto, a pista de dança deserta poderia abrigar cem pessoas sem nenhum inconveniente. O chão estava todo riscado, com o verniz descascando, talvez por causa dos saltos dos sapatos. Ali estávamos somente a pequena velha, o objeto desgastado e eu.

Mas quem decide o local de trabalho é a velha. Eu não dou palpite. Não sei qual é a regra ou a necessidade nessa escolha, não sei se já passamos por todos os cômodos da mansão e entramos na segunda rodada ou se ainda há salas que não foram usadas.

Seja como for, as entrevistas acontecem em todos os cantos da mansão. A mim só resta caminhar atrás da velha pela casa, abraçado às recordações dos mortos e ao meu caderno.

— Você ficou de me mostrar hoje a planta do museu, o orçamento ou coisa assim. Vai, não seja lerdo.

A velha afastou aborrecida a minha mão, embolou o lenço escarrado e o enfiou no bolso da saia.

— Pois não, me desculpe — abri apressado os documentos que preparara. — O primeiro aspecto que gostaria de tratar é que reconsiderei o trajeto de visitação e fiz algumas alterações na planta. Eu gostaria de derrubar esse depósito na extremidade leste, colocar aqui um sofá e fazer um local de descanso, além do hall de entrada. Isso daria um charme para o corredor de visitação e também seria uma forma de evitar o chamado "cansaço de museu".

— Quem é que se cansa num museu? Não é como se fizessem algum trabalho pesado.

A velha balançava os pés, que não alcançavam o chão.

— Sim, de fato, considerando apenas a distância a ser percorrida, não é um gasto energético considerável. Entretanto, existe nos museus uma espécie particular de tensão. Os visitantes ficam cara a cara com as peças expostas dentro de um ambiente silencioso. No caso das recordações deixadas pelos mortos, isso será ainda mais forte.

— Hunf. Próximo.

A velha conseguia sempre bufar com muita propriedade. Com variações sutis na forma de soltar o ar, conseguia expressar primorosamente o seu mau humor.

— Houve, portanto, um acréscimo no orçamento para a reforma, os materiais e as despesas de pessoal. Os números estão aqui. Em seguida, gostaria de discutir a questão da iluminação. Mesmo considerando que as janelas do estábulo sejam altas, uma iluminação difusa é mais garantida, substituindo os vidros por novos que tenham tratamento de proteção contra os raios ultravioleta. Também pretendo instalar uma placa centralizada de interruptores para poder controlar a iluminação constantemente de acordo com a quantidade de visitantes. Gostaria de evitar ao máximo os danos causados pela luz. Mas, é claro, isso também vai gerar mais despesas...

— Se a luz é um negócio tão ruim assim, então é só tirar essas lâmpadas aqui, aqui e aqui.

— Isso seria loucura. Ficaria escuro demais pra andar. Mesmo diminuindo a iluminação do corredor pra menos de 50% da iluminação das vitrines, é necessário um mínimo de luz para que os visitantes possam fazer anotações, por exemplo.

— Fazer anotações, é? Hunf. Isso se aparecer algum visitante que queira anotar alguma coisa.

A bufada dessa vez, orgulhosa e masoquista, foi do fundo das narinas até a garganta.

— Posso prosseguir? — virei a página. — Análises detalhadas revelaram que o maior problema não é a iluminação, mas sim a umidade. O ambiente é muito úmido, pois a drenagem é insuficiente. Mesmo que o encanamento de drenagem seja trocado, para podermos condicionar o ar de todo o prédio durante 24 horas por dia seria necessária uma reforma de grandes proporções, e o estábulo perderia as suas características originais. Acredito que o mais indicado, em vez disso, seja condicionar o ar de cada vitrine individualmente. Em relação ao nível de umidade, se forrarmos as vitrines com um tecido de pH neutro e com agentes dessecantes e controlarmos a umidade relativa...

Enquanto falava pensei que, de fato, não parecia provável que os visitantes do museu fossem tomar notas. Afinal, quem precisaria de notas? E para quê? Será que enumerariam os anos de falecimento e a forma dos objetos para procurar alguma relação escondida entre eles? Fariam esboços dos objetos preferidos para pintar com aquarela ao voltar pra casa?

Não, me corrigi logo em seguida, não se pode determinar o perfil dos visitantes antes mesmo de inaugurarmos o museu. Eu me deparara várias vezes com visitantes escrevendo, em estado de grande concentração, diante de coleções às quais quase ninguém dava atenção e que até mesmo os curadores olhavam por mera formalidade. E esses encontros sempre me encorajaram. Qual o papel que um museu cumpre, e para quem, é uma questão que talvez supere em muito a minha imaginação.

— Resumindo, o que você está dizendo é que vai precisar de mais dinheiro, muito mais — disse a velha, que espremeu o furúnculo na testa e limpou o pus na saia.

Revirei os papéis, apressado, para poder mostrar um valor definido.

Mas só da boca para fora é que ela parecia se importar com o dinheiro. A prova disso foi que, quando li os valores do orçamento, ela escutou de maneira desatenta e entediada, sem sequer fazer menção de colocar os óculos.

De fato, ainda que fossem relacionados ao museu, plantas baixas e números não são muito atraentes. Ainda mais se comparados à atividade emocionante de escolher as recordações dos mortos, buscá-las sem que ninguém perceba, registrá-las no museu e consolidar a sua existência...

— Aliás, tem uma coisa que vem me preocupando há um tempo...

Interrompendo minha explicação no meio, a velha reclinou na cadeira e levantou o olhar para o teto cheio de fuligem.

— Quanto já fizemos das entrevistas sobre os objetos?

— Hum, eu diria que uns cinquenta ou sessenta por cento.

Tentei calcular de cabeça quantas folhas, mais ou menos, a menina já havia passado a limpo.

— Só isso?... Achei que já tinha sido um pouco mais...

— Quer que eu verifique mais precisamente? Posso descobrir em um instante.

— Não, deixa. Resumindo, ainda vai levar um bom tempo pra falar sobre todos os objetos, não vai?

Fiquei sem reação, pois era raro a velha soar tão desanimada. No lugar para onde ela olhava no teto havia apenas fios elétricos cortados e teias de aranha.

— Será que vai dar tempo?

— Não há por que se preocupar — respondi, sem conseguir ficar calado. — Não há necessidade de terminarmos antes de o museu ficar pronto. Quando a reforma do estábulo terminar, já podemos abrir o museu a qualquer momento. Digamos que esse registro das narrativas seja apenas um expediente pra enriquecer a coleção. Nunca vamos terminar de narrar. Enquanto o museu existir, enquanto as pessoas morrerem na vila, nós teremos que continuar a documentação nas narrativas.

Eu sabia que não era isso o que a velha queria dizer com "dar tempo", mas fingi não ter entendido. Com as mãos sobre o peito e a boca entreaberta, ela respirava com dificuldade. Seus lábios estavam pálidos, secos e rachados. Achei que ela bufara novamente, mas talvez fosse apenas impressão minha.

— O almoço já deve estar pronto. Vou acompanhá-la até a sala de jantar.

Peguei o seu braço e ela se levantou obedientemente, apoiada em mim. Deixei as plantas, os orçamentos e os objetos como estavam e saí do salão de baile escorando a velha.

Em agosto o tempo bom continuou. Apareceram alguns turistas na vila e começou a colheita de trigo nas plantações. Os estorninhos esvoaçavam ao redor do gado que fora solto nos pastos, os tordos bicavam os frutos vermelhos da sorveira no bosque. As nuvens apareciam vez por outra na beirada do céu, mas nunca chegavam a encobrir o sol, e o calor não dava trégua nem no final da tarde, quando soprava uma leve brisa.

Como a praça central fora restaurada depois da explosão da bomba, já não restava nenhuma marca daquele dia. Crianças brincavam na fonte o dia inteiro e o artista de rua tocava um realejo novinho em folha à sombra da torre do relógio.

Na manhã do dia em que uma funcionária de vinte anos do escritório de assistência social foi assassinada e uma velha prostituta encontrou o seu corpo durante um passeio no parque florestal, o sol também estava brilhando. O evento causou um alvoroço considerável na vila. Esse era o primeiro assassinato desde que a prostituta fora morta em um quarto de hotel cinquenta anos antes, e além disso, assim como daquela vez, os mamilos da mulher também tinham sido cortados.

— Existe algum procedimento especial no caso de uma pessoa assassinada? — perguntei à velha.

— Não — respondeu de pronto. — O motivo da morte não nos influencia. É claro que o jeito que a pessoa morreu pode acabar iluminando, indiretamente, a existência da pessoa, ressaltando algumas coisas. Por isso colocamos, no registro dos objetos, o item sobre a *causa mortis*. Mas não importa se a pessoa morreu eletrocutada, esmagada, louca ou o que for, não se deixe abalar. A morte é sempre a morte, e nada mais. É a partir dessa realidade da morte, apenas, que escolhemos o objeto. Você já deve conseguir fazer isso.

A menina me olhou e assentiu com a cabeça como se dissesse sim, com certeza você vai conseguir. A maçã do rosto com a cicatriz de estrela estava virada para mim.

Tomávamos chá no terraço. A trepadeira que crescia sobre as colunas e sobre o parapeito projetava a sua sombra na mesa e amenizava um pouco os raios do sol. No estábulo certamente o jardineiro dava ordens e prosseguia com a reforma, mas nenhum sinal disso chegava até aqui.

— O que eu deveria pegar, afinal...

Tomei um gole do chá, já morno. A essa altura eu estava acostumado a lidar com as recordações, mas, sinceramente, parecia que nunca iria me acostumar com a ideia de tirá-las de junto aos mortos. Todas as vezes eu hesitava, engolia a seco, minhas mãos tremiam. Esquecendo até mesmo de lamentar o morto, me deixava quedar, imóvel.

— Presta atenção. Nem sempre o objeto está definido desde o começo. Tem vezes em que só chegando lá é que você descobre o que estava buscando. O caso da prostituta há cinquenta anos foi assim. Até a hora em que ela virou uma pilha de ossos, eu ainda não fazia ideia do que deveria pegar de recordação.

A velha falou enquanto comia um biscoito, as migalhas caindo do canto da boca para dentro da xícara.

— Bom, não precisa ter pressa — continuou ela. A menina limpou sua boca com o guardanapo. — Esse bando de idiotas curiosos está todo alvoroçado, o melhor é esperar um pouco até as coisas se acalmarem. Dá tempo. As recordações não fogem.

— Eu vou junto! — disse a menina, com o guardanapo na mão.

— Não, dessa vez é melhor eu ir sozinho.

— É, é melhor — disse a velha, pegando mais um biscoito. — Não precisa se preocupar. Até hoje nunca fracassamos em pegar um objeto. Desta vez não vai ser diferente. Tenho certeza de que vai dar certo.

O apartamento da mulher assassinada ficava em uma rua estreita nos fundos do jardim botânico. O culpado ainda não havia sido encontrado, mas a polícia terminara a primeira parte da investigação, os curiosos dispersaram e a calmaria voltou a reinar por ali. Soube que o funeral já acontecera na casa dos seus pais, que ficaram de tirar as coisas dela do apartamento até o final do mês.

Pulei a cerca que dava para a rua e entrei na varanda. Sem iluminação pública, o jardim botânico estava mergulhado na escuridão e somente a lua emitia uma luz fraca. Eu me concentrava em lembrar cada uma das instruções dadas pelo jardineiro, tentando ao máximo não me preocupar se eu seria visto ou se alguém iria ouvir algum barulho suspeito.

Primeiro, fazer com fita adesiva plástica um quadrado de vinte centímetros no vidro e cortar o interior desse quadrado com o cortador de vidro. Segurar firme o cortador e movê-lo com determinação, de uma vez só. Depois, bater bem no centro desse quadrado com o cabo do martelo. Assim o vidro irá se soltar facilmente sem ruído algum. Então é só colocar a mão por esse buraco e abrir a tranca. Não é com a cabeça do martelo, entendeu, é com o cabo. Senão o vidro se estilhaça e faz barulho. O jardineiro repetira essa parte duas, três vezes, como se explicasse para uma criança.

O apartamento estava meticulosamente arrumado. Não sei dizer se ele sempre fora assim ou se era o resultado de muitas pessoas terem mexido ali em busca de pistas. Todas as coisas estavam perfeitamente organizadas em seus lugares, compondo uma cena incompatível com aquela morte absurda.

Voltei a luz da lanterna para a cama, temeroso. Coberta por uma colcha limpa de estampa feminina, a cama também parecia ter sido arrumada havia pouco. Respirei aliviado. Racionalmente, eu sabia que a mulher fora atacada enquanto corria no parque e perdera a vida no chão ao lado de um banheiro público. Mas eu estava tomado pela ilusão de que o seu corpo estaria ali na cama, os dois mamilos caídos em meio ao sangue que escorria.

Passei os olhos pelo quarto. Um guarda-roupa, uma escrivaninha e uma cadeira de balanço de aparência confortável. Sobre a mesa havia fotos tiradas com as amigas, mas eu não saberia dizer qual delas era a própria mulher. As roupas no armário eram discretas para a sua idade, de cortes comportados. Um trabalho de *patchwork* deixado pela metade na caixa de costura, livros didáticos de escrituração e livros de receita na estante, alguns perfumes e cremes baratos em frente ao espelho...

Era com certeza uma moça agradável, pensei. Do tipo que é a primeira a chegar ao escritório pela manhã, que troca a água do vaso de flores no balcão e tira o pó das mesas dos colegas. Mexendo nos documentos, preenchendo números, carimbando papéis dia após dia. Não se pode dizer que seja um trabalho instigante, mas ela não se queixa. Mesmo diante de um cliente grosso e reclamão, ela se esforça sinceramente, atende com paciência os velhinhos surdos. Se eu trabalhasse no mesmo lugar que uma moça assim, talvez quisesse chamá-la para sair. Quando soa o sinal às cinco da tarde ela volta pra casa direto, sem desvios, e passa o tempo calma e sozinha. E então, por um impulso qualquer, resolve ir ao parque espairecer...

Eu precisava procurar um objeto de recordação dela. Precisava escolher alguma coisa, uma só. Por ela, que tivera os mamilos cortados por um pervertido e morrera com o peito esfaqueado, coberta de sangue. Só então me dei conta de que estava terrivelmente quente no quarto. Envolto pelo ar estagnado, meu corpo pesava, dificultando a respiração. Uma moto passou pela rua além da varanda, mas logo o silêncio voltou a reinar.

Eu não podia continuar hesitando para sempre. Iluminei os arredores com a lanterna mais uma vez, atento para que a luz não escapasse pela janela. Estava tudo igual. A luz passava pelo ambiente limpo e comum, sem nenhuma falha. Eu queria atender às expectativas da velha e da menina e, acima de tudo, queria libertar a moça do escritório de assistência social da memória daquela morte abominável. Para isso era necessário, de qualquer maneira, um objeto para colocar na vitrine do museu.

Passos soaram no andar de cima. Minhas mãos estavam ficando dormentes e perdendo a sensibilidade. Por mais que eu esperasse, não encontrava aquela sensação de quando eu tirara a pele de bisão do missionário. Meu coração batia tão forte que as minhas costelas ressoavam. Estendi os braços a esmo, mas os meus dedos não encontraram nada, eu só sentia o meu corpo cada vez mais preso pela escuridão.

Ah, são os mamilos!, sussurrei. A recordação mais apropriada para ela só pode ser essa. Alguém se mexeu para além da varanda. Apaguei a lanterna e guardei-a no bolso de trás da calça. Tive inveja do assassino. Dele, que recolhera aqueles dois pequenos pedaços de carne e simplesmente desaparecera com eles nas mãos.

Esgueirei-me de volta para a varanda, subi no parapeito e pulei para a rua. No instante em que me voltei para fugir, trombei em alguém e perdi o prumo. A pessoa deu um gritinho e, ao mesmo tempo, o canivete escapou do meu bolso e caiu no chão, fazendo ressoar um ruído penetrante que atingiu em cheio os meus tímpanos. Era um som tão bonito e claro que quase me desconcentrei ao escutá-lo.

Peguei o canivete do chão e saí correndo de cabeça baixa, sem nem olhar para onde. A pessoa não chamou nem veio atrás de mim. Por algum motivo, apenas a imagem dos seus pés se gravara claramente na minha retina quando peguei a faca. Eram os pés de uma mulher gorda de meia-idade, com o calcanhar direito calejado, calçando sapatos de salto baratos. Pela maneira como se moviam, percebi que ela estava muito mais apavorada do que eu. Corri sem parar, ainda apertando o canivete entre os dedos.

Após o fracasso da coleta no apartamento, cheguei ao parque florestal. Eu não decidira fazer isso mas, quando parei, cansado de correr, estava na porta do parque.

Fui pra trás do banheiro público onde disseram que a mulher da assistência social fora encontrada. Já não havia mais nada ali que lembrasse o incidente. Quase inconscientemente cortei com o canivete a grama de onde, acreditava eu, ela estivera caída, e levei-a comigo embrulhada em um lenço.

Era apenas um mato comum e sem nome. Eu não acreditava, de jeito nenhum, que isso pudesse ser um substituto para os mamilos, mas já estava exausto e não tinha forças para pensar sobre mais nada. A palpitação não cessava e a sensação de quando eu trombara com a mulher persistia, desagradável.

Pensando bem, havia inúmeras outras possibilidades — eu poderia ter ido até o seu escritório ou tentado a casa dos seus pais —, mas tudo o que sobrou nas minhas mãos foram pedaços de mato meio seco. Tentei me consolar, mesmo assim: talvez o seu sangue tivesse espirrado nesse mato, talvez ela tivesse se agarrado a ele enquanto os seus mamilos eram arrancados.

Voltei para a mansão e, depois de fazer com o mato os procedimentos básicos de preservação, mostrei-o à velha. Pensei que dessa forma ele pareceria um pouco mais convincente.

— Bom trabalho.

Contrariando minhas expectativas, a velha não reclamou do objeto escolhido e até mesmo agradeceu meu esforço.

— Apesar de já ter passado por isso tantas vezes, os dias em que se consegue uma nova recordação de um morto sempre me parecem especiais. Você não acha?

A velha apoiou o queixo na bengala e levantou os olhos para ver se eu concordava.

Querido irmão,

Como você tem passado nesses dias tão quentes? Dizem que a gravidez do primeiro filho costuma ser longa, mas mesmo assim ele já deve ter nascido, não é? Estou um pouco preocupado com a falta de notícias suas. Estou muito aflito, me perguntando como o bebê se chama, se é um menino ou uma menina. Porém, imagino que seja tudo muito complicado logo após o nascimento do primeiro filho. Por favor, cuide bem da sua esposa.

... A filha da minha chefe teve alta recentemente sem maiores complicações. O ritmo do trabalho voltou ao normal e estamos adiantando a toda velocidade as atividades que ficaram atrasadas. Começamos a reforma pesada do prédio, estou classificando e formalizando a coleção.

Creio que esse trabalho vai ser mais longo do que eu pensava. Parece que ainda não vou conseguir me afastar daqui por algum tempo. Eu gostaria muito de ir visitá-los e conhecer o bebê, mas não posso viajar livremente porque não há como prever quando será necessário coletar itens para o acervo. Ultimamente eles têm aparecido com frequência, ando um pouco fatigado.

Mas não precisa se preocupar. Estou me esforçando para me envolver o máximo possível no conceito desse novo museu. De qualquer forma, tudo vai bem.

... O enfeite de ovo esculpido que enviei para comemorar o nascimento já chegou? Estou torcendo para que não tenha se quebrado. Dizem que as pessoas da vila trocam esses ovos decorados como símbolo de renascimento. Nada me faria mais feliz do que se esse enfeite se tornasse um amuleto de boa sorte para a criança e vocês.

Espero notícias suas, uma linha corrida que seja. É uma agonia encontrar a caixa de correio vazia todas as noites ao voltar do trabalho. Eu lhe peço, por favor...

10

Na tarde daquele dia a menina demorou mais do que de costume para descer ao escritório. Deixei preparadas as folhas de papel especial e o tinteiro para que ela pudesse começar a qualquer momento. Depois de reler as anotações da entrevista da manhã, eu estava revisando o livro tombo e fazendo o índice da coleção quando ela chegou.

Logo entendi por que ela se atrasara. Trazia consigo uma visita, o jovem aprendiz do mosteiro.

— Posso mostrar a sala pra ele? — perguntou a menina. A lua cheia passara, de modo que ela já se vestia normalmente. — Queria retribuir a sua gentileza de nos levar de barco até o mosteiro.

— É claro, sem problemas — respondi.

Apertei a mão do jovem e lhe agradeci pela visita.

Para um missionário do silêncio, ainda que aprendiz, o jovem falava muito. Dizia tudo o que lhe vinha à mente sem conseguir refrear a sua curiosidade. Fez perguntas e comentários sobre todas as coisas espalhadas pela sala de bilhar — as fichas de registro, a resina epóxi usada nas restaurações, as etiquetas para rótulos, os filtros bloqueadores de raios infravermelhos, o modelo de vitrine...

— Resumindo, aqui fazemos principalmente os trabalhos mais detalhados. Pegamos os objetos lá do acervo, naquela lavanderia que vimos antes, e trazemos para fotografar, medir, restaurar... Para atividades que precisem de mais espaço, por exemplo esterilizar as peças, usamos o quintal. A casa tem espaço de sobra, então não precisamos nos preocupar. A coleção pode aumentar quanto for, não tem problema. Ah é, olha! Eu também tenho um trabalho importante. Neste caderno aqui tem a documentação de cada um dos objetos e sou eu quem passa isso a limpo.

Pelo jeito ela já explicara a maioria das coisas antes de chegarem à sala. Era ela quem respondia a quase todas as questões. Sabia explicar tudo sobre o museu corretamente, sem precisar da minha interferência. Entregava os objetos ao jovem sem hesitar e incentivou-o a ler o que quisesse no caderno.

— Me avise se eu estiver atrapalhando o seu trabalho, por favor, que eu me retiro em um instante.

O aprendiz de missionário estava mais relaxado do que dentro do mosteiro, mas continuava falando com grande polidez. Ele se movia tomando cuidado para que a pele de bisão não enganchasse em nada e, quando queria tocar em alguma coisa, pedia com o olhar a permissão da menina.

— Ah, não tem problema. Fique à vontade — respondi.

Entretanto, eu me sentia desconfortável e agitado. A simples chegada de um único jovem ao nosso local de trabalho criara um desequilíbrio estranho no ambiente.

Ele estava olhando para o caderno. Fiquei aflito: será que tudo bem mostrar as histórias das recordações para alguém de fora, assim, sem pestanejar? A cada página virada eu sentia como se digitais engorduradas maculassem o mundo desses objetos, onde até hoje apenas eu, a menina e a velha tínhamos pisado.

Porém, ao mesmo tempo que fiquei aflito, me dei conta de que a velha nunca ordenara que guardássemos segredo sobre as questões relacionadas ao museu. Foi uma descoberta decepcionante.

— Ficou interessado por algum objeto? — perguntei, fingindo calma.

— Sim, por muitos deles — respondeu erguendo o rosto.

A pele e o cabelo do jovem eram lustrosos e os seus calcanhares ainda não tinham nenhuma marca, combinando com a sua vestimenta nova.

— Para falar a verdade, eu achava que museus eram só uns lugares pra deixar as coisas expostas.

— Não tem jeito, a maioria das pessoas pensa assim. Não conseguem diferenciar um museu de um depósito.

— Por que é que vocês registram tudo assim em texto?

— É pra reforçar a existência dos itens da coleção. Não só textos, mas também fotos, desenhos, números, usamos vários métodos diferentes pra dar significado ao objeto. Se você pensar no registro no livro tombo como uma certidão de nascimento, a documentação textual é como um *curriculum vitae*. Mas é muito mais interessante e complexa do que um currículo.

O jovem suspirou pensativo e voltou a olhar para o caderno. Ele emanava um odor de animal suado quando se movia. Os bisões de cabeça baixa que eu vira nos rochedos me vieram à mente.

— "Reforçar a existência" quer dizer preservar?

— Isso. A preservação é a função mais importante de um museu. Porque se você deixar como está, tudo no mundo, seja o que for, irá se desfazer.

Dessa vez foi a menina quem respondeu, repetindo precisamente o que eu dissera a ela um dia.

Será que eram os próprios missionários que tiravam a pele dos bisões? Por algum motivo, esses animais não saíam da minha cabeça. Como as peles que eles usam são brancas, certamente eles as tiram dos bisões que já terminaram de trocar de pelagem para o inverno. Mas como será que abatem um animal desse tamanho? Ou será que esperam, pacientes, que eles morram naturalmente?

— Escrever palavras no papel é permitido pra vocês? — perguntei, não porque quisesse saber a resposta, mas apenas para expulsar a imagem dos bisões.

— Não, é proibido.

— Puxa, que rígido — exclamou a menina, sem conter a sua compaixão.

— Na ascese do silêncio não se pode escrever cartas nem diários. A leitura, porém, é livre. Não rejeitamos o que vem de fora, mas nada deve sair de dentro de você para o exterior. É como se abandonássemos o corpo e nos refugiássemos dentro do espírito.

Tirar a pele de um animal com grandes reservas de gordura é uma tarefa árdua. As mãos ficam sujas de sangue, o cheio putrefato penetra até nos cabelos. Será possível que esse jovem, que sequer terminou de crescer, tenha feito isso com as suas mãos pálidas?

— Então é totalmente o contrário do nosso museu. Afinal, é para preservar os corpos físicos que o museu vai expor os objetos de recordação dos mortos, não é?

A menina se voltou para mim.

— É isso mesmo — respondi olhando nos seus olhos.

Sempre que eu a fitava assim, via também a cicatriz no seu rosto, como se ela também fosse parte dos seus olhos.

— Talvez as duas coisas se atraiam por serem opostas. A sala de acervo do museu tem um cheiro muito parecido com o da capela do mosteiro.

O menino disse a mesma coisa que eu havia sentido ao visitar o mosteiro.

— E quando é que você vai entrar para a ascese do silêncio? Já está definido?

Lembrei que ela fizera uma pergunta parecida dentro do barco lá no pântano.

— Não é questão de definir precisamente uma data. Vou eliminando as palavras pouco a pouco, sem pressa, até alcançar o silêncio completo. Nem eu mesmo sei quando isso vai terminar.

— Elas já estão desaparecendo, desde agora?

— Hum, não sei bem. Não chega a ser visível... — respondeu o jovem, de maneira ambígua.

— Venha nos visitar de novo, por favor. Antes que as palavras sumam.

— Dá pra visitar o museu em silêncio.

— Que dia você está de folga do barco?

— Eu não trabalho no barco todos os dias. Tenho muitas outras coisas pra fazer além disso. Mas vou arranjar um tempo pra vir novamente, como hoje.

— Por que não mostra pra ele o estábulo também, no caminho de volta? — sugeri.

A menina concordou de olhos baixos.

— Será que posso deixar pra amanhã a transcrição que eu ia fazer hoje?

— Claro.

Os dois saíram da sala lado a lado.

Esperei que o som dos seus passos nos degraus da escada desaparecesse, abri o livro tombo e retomei a produção do índice.

À noite usei o microscópio. Era a primeira vez desde que observara os cílios do palato da rã junto com a menina.

Dispus sobre a mesa de jantar alguns caramujos que eu coletara no riacho no caminho de volta, quebrei as suas cascas com um martelo e separei apenas os machos. Com alguns acabei errando e esmagando também o conteúdo da casca.

As gônadas são de um tom ocre-escuro e formam uma espiral que acompanha o formato da casca. Quando as cortamos com uma tesoura, a ponta da espiral se agita como se reclamasse da dor. Eu as mergulho em um pequeno prato com uma solução salina a 3% e abro a pele com uma pinça, liberando o esperma.

Meu irmão fazia para mim ilustrações dos espermatozoides de vários animais.

— Os espermatozoides dos animais que fazem reprodução sexuada têm formatos muito variados, dependendo da espécie.

— Quem é que decide esse formato? Deus?

Minhas perguntas ingênuas sempre faziam o meu irmão sorrir sem jeito.

— O formato é calculado, tem a forma mais lógica para aquele animal. A forma mais eficiente pra deixar descendentes. Deus é um racionalista, sabia?

Respondendo aos meus pedidos, meu irmão desenhava os espermatozoides minuciosamente sem deixar escapar nenhum detalhe. Pareciam uma nova espécie de parasita ou retratos fantasiosos de extraterrestres.

Recolhi com a pipeta uma gota da solução salina, coloquei-a sobre a lâmina e cobri com a lamínula. Os caramujos caídos sobre a mesa estavam todos inertes, à beira da morte. Ajustei a magnificação para quatrocentas vezes.

A lente mostrou mais espermatozoides do que eu esperava. Dentro daquele pequeno mar, que cabia dentro dos meus olhos, eles se moviam alvoroçados em busca de um lugar desconhecido aonde jamais conseguiriam chegar.

Os espermatozoides atípicos destacavam-se mais do que os típicos. Decorados por dezenas de flagelos, eles são os mais complexos e elegantes.

— Assim não tem graça! — eu reclamara para o meu irmão. — Os espermatozoides normais têm esse formato chato que não chama a atenção, com um rabinho só!

— Eu expliquei agora há pouco, não expliquei? As coisas certas não têm nada que seja desnecessário. Quanto mais coisas extras você tiver, mais rápido você enfraquece.

Nós passamos muito tempo ao lado desse pequeno aparelho. Meu irmão nunca brigava comigo, mesmo se eu errasse de produto e estragasse alguma preparação preciosa. Além disso, ele conseguia consertar a maioria dos meus erros. No mesmo cômodo minha mãe costurava a máquina, recortava moldes ou passava tecidos a ferro. Às vezes ria baixinho enquanto escutava a nossa conversa.

As lembranças que tenho do meu irmão vêm sempre acompanhadas pela sensação dos meus cílios tocando as lentes. Essa sensação aparece até mesmo nas memórias em que certamente não havia nenhum microscópio. No velório da minha mãe, por exemplo, sei que o que estávamos segurando era a sua fotografia, mas tenho a impressão de que, na verdade, era o microscópio que nós abraçávamos com carinho.

Os espermatozoides ainda não tinham perdido o vigor. Os flagelos moviam-se em um ritmo desregrado, sem nunca se emaranharem. Ajustei o foco micrométrico.

Percebo, de repente, que as lentes refletem as minhas memórias. Observo o movimento dos flagelos, mas para além deles vejo meu irmão, eu, minha mãe. Um pouco nebulosos por causa da solução salina.

Quando uso o microscópio por tempo demais, muitas vezes tenho a impressão de que não estou mais do lado de fora das lentes, mas de que entrei na pequena gota presa entre a lâmina e a lamínula. Pra mim, esse é o momento mais feliz. Porque assim posso percorrer com os meus próprios olhos as minhas lembranças.

— Ah, ainda está acordado?

O jardineiro abriu a porta e entrou.

— Vi a luz acesa e pensei em te convidar pra tomar um gole. Se está trabalhando, já vou indo.

— Não, isso é só diversão. Sente-se.

Afastei o microscópio para o lado e ofereci uma cadeira ao jardineiro.

— Caramujos? Tem alguma coisa a ver com o museu?

— Não, nada a ver, só estou me divertindo olhando eles no microscópio.

— Que hobby esquisito, hein...

O jardineiro empurrou os caramujos espalhados sobre a mesa e apoiou a garrafa de uísque. Eu tratei de providenciar copos e gelo.

— Me desculpe por deixar a reforma toda por sua conta. Não estou conseguindo organizar bem o tempo...

— Não tem por que se preocupar. Por enquanto está correndo tudo bem por lá. Você tem voltado tarde todos os dias, anda muito ocupado?

— É que esse museu é muito diferente de todos os que já fiz. Fico enrolando e acabo não fazendo as coisas mais necessárias.

— Que nada. Está correndo tudo conforme o planejado, não está?

Rolando os caramujos mortos sobre a mesa, o jardineiro tomou um gole do uísque com grande satisfação.

— Não pode querer demais de si mesmo, o caminho ainda é longo. Não acha? Você está se saindo muito bem. Se estiver cansado, descanse. Não faça cerimônia.

— Está bem. Muito obrigado — agradeci, assentindo com a cabeça e mexendo o gelo com os dedos ainda grudentos por causa dos caramujos.

Os culpados pela bomba e pelo assassinato ainda não haviam sido encontrados. No fundo das vielas ou nos cantos dos cafés persistiam os murmúrios apreensivos dos moradores, mas o sol era intenso e ofuscante o suficiente para encobri-los.

Turistas registravam em fotos paisagens que nem pareciam tão interessantes, compravam ovos decorados nas lojas de suvenires e partiam para trilhas nas montanhas com mochilas nas costas. Por toda a parte ecoavam as vozes animadas das crianças e a música que escapava de algum restaurante ou café. O tom verde das montanhas variava constantemente, de forma que eu podia observá-las o dia inteiro sem me cansar.

O jardim ornamental da mansão estava coberto pelas novas flores de verão, mesmo sem os cuidados do jardineiro, que estava ocupado com a reforma do estábulo. Abelhas circulavam entre as pétalas dos jacintos, queirós, cornichões e gencianas. De manhã cedo o canto das cigarras envolvia todo o bosque, mas, à medida que o sol subia, elas iam se acalmando até que, no momento mais quente da tarde, reinava um silêncio absoluto no qual nenhuma folha farfalhava.

— Nunca vi um verão tão quente!

A criada andava pela mansão abrindo todas as janelas, banhava a velha com frequência e esforçava-se para cozinhar refeições nutritivas.

Realmente, a velha parecia estar sentindo os efeitos daquele calor. Era impossível ignorar o seu cansaço quando ela terminava as narrativas sobre os objetos, e após a atividade matinal ela precisava deitar-se em algum lugar fresco e descansar o corpo até o fim da tarde. Por mais que eu afagasse as suas costas, o catarro agarrava-se teimosamente à sua garganta, sua respiração era irregular e o rosto, pálido.

Mas o tom de voz com que ela narrava não arrefecia. O ritmo preciso da fala e a tensão estabelecida entre ela e o objeto continuavam iguais. Depois de pronunciar a primeira palavra, ela seguia até o fim sem hesitação, com apenas uma ou outra pausa para respirar. Eu é que parecia prestes a ser deixado para trás com o lápis escorregando nas mãos suadas. Por maior que fosse o calor, ela nunca se esquecia de esconder as orelhas sob o chapéu de pele e continuava espalhando os seus insultos, brandindo a bengala e respondendo com bufadas a cada um dos meus comentários.

Pelo contrário, o que não seguia como o planejado era a transcrição das anotações. O bloco de papel especial que eu preparava todos os dias quase não diminuía. A menina saía com frequência para visitar o aprendiz de missionário no pântano do mosteiro.

A sala de bilhar, situada parcialmente no subsolo, era mais agradável do que os cômodos do andar de cima graças ao frescor da terra que atravessava as paredes. Não falávamos mais do que o necessário durante o trabalho. Eu só escutava, atento, o som da mão da menina roçando o papel. Assim eu tinha certeza de ver os objetos de recordação acomodando-se nas nossas mãos, um após o outro, e sentia que a menina, ao meu lado, empenhava todas as suas forças para me ajudar.

— Hum...

Ela mal terminou uma página, mas o som da caneta já havia cessado.

— Será que eu posso sair um pouco?

Ela volta para mim um olhar como quem pede desculpas do fundo do coração. Até a sua cicatriz de estrela está contorcida.

— Sem problemas — respondo.

— À noite trabalho mais pra compensar!

— Não precisa ter pressa. O caminho ainda é longo.

Repito o que o jardineiro me disse.

— Bom, então já vou indo! — anuncia ela, saindo rapidamente.

O simples cessar do som da caneta parece tornar a sala vazia e triste.

Levantei os olhos dos documentos espalhados sobre a mesa para as pequenas janelas empoeiradas. Lá fora, pelo jeito, ainda brilhava o sol do meio-dia. Eu prometera ir ao estábulo durante a tarde para ver como andavam as coisas, mas queria ficar sozinho mais um pouco. Aos meus pés estavam separados os objetos para levar na entrevista do dia seguinte.

Será que, mesmo em um dia quente como esse, os bisões continuavam de cabeça baixa sobre os rochedos? Se pelo menos eles descessem até perto do depósito de gelo, lá havia a sombra das árvores e as fontes de água... Fechei os olhos e recordei o interior do depósito de gelo. Frio e isolado como uma caverna no fundo do pântano. Nem a luz nem o vento alcançam-no. Às vezes tem-se a impressão de que algo se moveu, mas é apenas a proa do barco que segue para o mosteiro agitando a superfície da água.

Um missionário arrasta a banqueta para perto dos blocos de gelo. Ela raspa a fina camada congelada que cobre o chão, emitindo um som desagradável. O missionário apoia um dos joelhos sobre a parte côncava da banqueta e pousa as duas mãos sobre o gelo.

É o jovem aprendiz. Reconheço-o por causa da pele de bisão grande demais e também pelas orelhas que passariam facilmente pelos buracos do muro. Ele aproxima os lábios do gelo, temeroso, como se beijasse alguém amado, estende a língua devagar e pressiona-a contra a superfície.

Sua língua rosa-clara, sem impurezas, tem uma aparência apropriada à sua inocência. Ainda está cheia de palavras.

Um longo tempo transcorre. Sem perceber, sou tomado pela ilusão de estar olhando pelo microscópio, observando a língua do jovem como se fossem células presas entre as lâminas.

Eventualmente a saliva seca, a cor desaparece, a língua se enruga. Obediente às regras da penitência, ele não faz nenhum movimento, mas a dor insuportável faz a banqueta ranger vez ou outra.

As palavras que quebraram o silêncio, palavras que ele proferiu para a menina, vão afundando para dentro do pântano. Ficam seladas no ponto mais profundo do leito para que jamais possam voltar à superfície.

Quando soa o sino do campanário e os bisões começam a mover-se em busca de um lugar para dormir, enfim termina a penitência. A língua já está tão inerte que parece prestes a soltar-se do fundo da garganta. Na superfície do gelo, afundada no formato da língua, ficou presa a pele arrancada. Murcha e frágil, como os destroços das palavras estraçalhadas. O jovem recolhe a língua repleta de silêncio, coberta de sangue...

***

— Hoje também está muito quente, não está?

Ao ouvir a minha voz, a velha, deitada no divã, lançou um olhar em minha direção e deu um pequeno bocejo.

— Não é novidade fazer calor no verão.

Na varanda, protegida do sol pela hera que balançava presa às colunas, a temperatura estava um pouco mais agradável. A velha devia estar acordando de um cochilo, pois coçou os olhos pestanejando e aprumou o chapéu de pele na cabeça.

— A vista daqui é lindíssima.

A hora mais bela do dia se aproximava. O sol pendia sobre o cume das montanhas e tingia tudo, desde a silhueta dos pássaros que voavam para longe entre as nuvens até a meia-lua que acabara de surgir no centro do céu, com as cores do poente. A noite ainda estava distante, mas já era possível sentir a sua presença escura espreitando por trás do arvoredo.

A fileira de álamos serpenteava costeando a colina, a maciez da grama contrastava com o cascalho cinza do caminho, flores graciosas espreitavam nos arbustos por toda a parte. Por mais que se tentasse enxergar o que havia para além do bosque, não se via nada por causa das nuvens no caminho. A paisagem parecia distanciar-se pouco a pouco conforme o dia caía.

— O verão já vai acabar — disse a velha.

— Não estamos bem no auge? — perguntei, encostado à balaustrada, voltando-me para ela.

— Você não sabe como é que o inverno chega nesta vila. Por isso é que está sossegado desse jeito.

— Bem, vendo quão íngremes são as montanhas, posso imaginar.

— Já faz muitas décadas que eu me sento bem aqui neste mesmo lugar e olho a mesma paisagem. Nem o truque mais elaborado poderia enganar estes olhos.

Na mesinha lateral ainda estavam uma xícara com um resto de chá-preto e uma tigela onde devem ter servido sorvete de baunilha. Várias folhas secas da hera espalhavam-se aos pés do divã. A balaustrada de pedra estava suja de fezes de pássaro.

— Olha aquele canto ali. Os cogumelos estão ameaçando aparecer naquele toco de olmo perto da entrada do bosque. Logo mais ele vai estar totalmente coberto de cogumelos escorregadios. Além dele, perto do banco de areia do riacho tem um redemoinho no sentido anti-horário. E lá, ó... Os gatos selvagens já estão no cio. Tudo isso são sinais de que o fim do verão está próximo — disse a velha apontando para além da varanda.

Não enxerguei nem os cogumelos, nem o redemoinho, nem os gatos selvagens. O sol poente, ainda mais intenso, estava prestes a desaparecer.

— O verão acaba de repente. Vai embora sem deixar rastros, de uma vez só. Quando você percebe e vira pra olhar, já é tarde. Ninguém nunca viu as suas costas.

— Certo, ficarei preparado.

— Aliás, você trouxe algum casaco quente? — perguntou a velha.

— Não. Eu não imaginava que o trabalho fosse se entender até o inverno... — respondi balançando a cabeça.

— Isso não é bom. Mande fazer um na vila, da melhor qualidade possível. Um bem reforçado, de lã angorá ou cashmere, que dure bastante. Ainda virão muitos invernos. No inverno morre bastante gente. Deixam muitos objetos para recolhermos.

A velha era uma pequena sombra afundada no divã. Talvez estivesse caindo no sono novamente ou talvez olhasse para longe verificando se não deixara escapar nenhum sinal do fim do verão.

— Muito obrigado pela preocupação — agradeci. A velha não bufou nem tossiu catarro, apenas se ajeitou no divã.

— Amanhã faremos a entrevista no horário de sempre?

— Não pergunte o que você já sabe a resposta.

— Se estiver cansada, me diga, por favor.

— Pode parar de gentileza. Não funciona comigo.

— Acho que vou buscar a senhorita.

Afastei-me da balaustrada e arrumei a mesinha, colocando a xícara e a tigela de sorvete sobre a bandeja.

— Aonde aquela menina foi? — perguntou a velha, erguendo o tronco.

— Foi assistir a um espetáculo de bonecos com um amigo. Uma trupe de teatro itinerante está se apresentando no parque florestal. Acho aquela região perigosa depois que escurece.

Metade do sol já desaparecera. A sombra do bosque, que até pouco antes estava delineada claramente sobre a grama, começava a se desfazer na penumbra. A lua já recuperara o brilho leitoso e a primeira estrela da noite reluzia ao seu lado.

— Ah, por favor. Desculpe o incômodo.

Ao dizer isso, a velha recostou-se novamente e levantou os olhos para as estrelas.

11

Chegou o dia de pendurar a placa com o nome do museu. A reforma ainda estava na metade e naturalmente não havia nenhum objeto exposto, mas, por causa do tal almanaque, a velha decidiu que era imprescindível pendurar a placa nesse dia. Aparentemente era uma ocasião raríssima em que a estrela símbolo iria encontrar-se com a lua perfeita.

Mesmo em museus muito chiques em geral as placas são tediosas, reservadas, nunca tão atraentes quanto o conteúdo do museu. Eu nem sequer me lembrava de como eram as placas de vários dos museus onde eu trabalhara.

Entretanto, desta vez era diferente. A placa deste museu era marcante e refletia fielmente a essência da coleção, um caso excepcional em toda a minha longa experiência.

Não havia um tapete vermelho espalhafatoso, balões e confetes cafonas nem uma fita para ser cortada ou flashes de máquinas fotográficas. As flores silvestres dos arbustos viçosos faziam as vezes de decoração, e o canto dos pássaros fazia o papel da música. O interior e os arredores do estábulo estavam bagunçados, cheios de ferramentas e cacos de tijolos, mas graças à criada, que limpara a área perto da porta, conseguimos criar um clima mais festivo.

O jardineiro, em cima de uma escada, tentava a todo custo deixar a placa reta. Equilibrando-se sobre as pernas e medindo com os olhos a largura da porta, ele não conseguia acertar com precisão o lugar dos pregos.

— Aqui está bom?

Todas as vezes que ele perguntava, alguém tinha uma crítica.

— Não é um pouco mais pra esquerda?

A criada inclinou o pescoço e apertou os olhos, as mãos enfiadas no bolso do avental.

— Não está baixo demais?

— Acho que está um pouco na diagonal...

Com o cabelo preso, a menina parecia mais adulta do que de costume. Todos tinham os olhos semicerrados por causa do sol ofuscante.

Quem parecia mais propensa a palpitar em uma hora dessas era a velha, mas ela se sentara sobre a mureta do bebedouro e assistia surpreendentemente quieta ao desenrolar dos acontecimentos. Segurava firme a bengala e tinha os pés bem plantados no chão. Não havia como prever quando é que a sua energia iria explodir de repente, mas nenhum de nós temia isso. Era como se todos quiséssemos mostrar que também tínhamos certo direito de opinar sobre o museu.

— Não vá cair, por favor — falei enquanto segurava a escada instável.

— É, se eu repetir o feito do meu bisavô não vai ser brincadeira! — disse o jardineiro, que se divertia.

A criada agitou a barra do avental.

— Ah, mas se eu pudesse expor o seu canivete ao lado da tesoura de poda do seu bisavô, ficaria lindo.

— Nossos objetos de recordação vão ter vitrines especiais, não vão? — a menina entrou na conversa. — Um pedestal de franjas douradas, por exemplo.

— Se você quiser, eu faço.

— O problema deste museu é que a gente não pode ver o próprio objeto — disse a criada.

— Assim como não dá pra participar do próprio enterro.

— Sempre se acaba estabelecendo alguma hierarquia inesperada entre as peças expostas em um museu, é um fenômeno inevitável. Mas lidar com a coleção de forma imparcial é uma das condições indispensáveis pra ser considerado um museu de alto nível...

— Mas eu queria pelo menos escolher do jeito que eu quiser o lugar onde eles serão expostos. Acho que, no mínimo, a gente tem esse direito.

— Isso mesmo, a senhorita tem razão.

A luz do sol reluzia igualmente sobre todos nós. Uma nuvem passou por cima da cabeça do jardineiro. A blusa da criada grudava nas suas costas suadas, a cicatriz de estrela no rosto da menina cintilava.

— Bom, que tal assim?

O jardineiro ergueu a voz.

— Ótimo.

A velha se manifestou pela primeira vez.

— Assim está bom.

Voltamos o rosto para o bebedouro e abrimos caminho para ela, que se ergueu apoiada no braço da menina.

— Sim, senhora — disse o jardineiro, e tirou o martelo do bolso da calça.

Comparada ao prédio inteiro, a placa era pequena. Era uma elipse de latão, sem nenhum ornamento, perfeitamente polida pelo jardineiro até que não restasse uma única nódoa.

O Museu do Silêncio

As letras, tão modestas que era difícil acreditar que se tratava da caligrafia da velha, incorporaram-se perfeitamente ao local como se tivessem sido gravadas naquela parede do estábulo havia muito tempo. Mas, quando o sol era encoberto, as letras emergiam distintas sobre o dourado-escuro do latão e pareciam voltar, para quem as via, um olhar solene do qual era impossível escapar. Imaginei que mesmo um visitante desinteressado, que viesse apenas para passar o tempo, seria forçado a parar diante da entrada e pousar os olhos sobre aquelas letras.

Os ecos das marteladas no prego atravessaram os ares. Permanecemos em pé sem nos incomodarmos com o pó que caía dos tijolos. As batidas soavam como uma fanfarra celebrando o museu.

Na tarde do mesmo dia fui visitar o estábulo para ver como caminhava a reforma, que já estava se aproximando da última etapa, e para fazer as medições finais para as vitrines de exibição. O interior continuava cheio de entulho, várias paredes ainda tinham buracos abertos, mas, só por termos pendurado a placa, já parecia que a atmosfera do museu começava a preencher o ar. Caminhei devagar por todos os cantos do prédio para poder respirar plenamente esse ar. O jardineiro me seguia com a planta nas mãos.

Não devem ser muitas as pessoas que conhecem o encanto de um museu no qual a coleção ainda não está exposta. De fato, são apenas cômodos rudimentares e sem graça. Mas já começa a brotar ali o pressentimento de que um dia aquilo irá se tornar um receptáculo importante e acomodar um mundo em miniatura. O ar que se espalha entre as paredes, a sombra das colunas, uma parede toda branca — todos esperam ansiosos pela chegada de objetos fascinantes.

A disposição da maioria das recordações já estava definida dentro da minha cabeça. Ao olhar cada um dos espaços eu conseguia imaginar as vitrines cheias de objetos como se elas estivessem diante de mim. Um dos maiores alívios para um museólogo é quando se sente que, acompanhando o avanço dos trabalhos, sua imagem do museu vai ficando cada vez mais clara. Pensando naquele dia em que a velha me levara até a lavanderia, quando eu me deparara pela primeira vez com os objetos de recordação como um mero monte de tralha, era um progresso extraordinário.

Fui checando as questões que me preocupavam, como o estado da fiação, a posição das ferragens para fixar as vitrines e as lâmpadas de emergência. O jardineiro me explicava qual era o estado das coisas e anotava as minhas instruções na planta, além de propor soluções mais precisas. Mas, qualquer que fosse a questão, ele sempre acabava encerrando o assunto do mesmo jeito:

— Tudo bem. Não se preocupe — dizia, batendo nas paredes de pedra com a planta enrolada.

— A propósito, queria pedir a sua opinião sobre uma coisa.

Quando terminamos a inspeção geral, tomei coragem para fazer uma pergunta.

— Em breve gostaria de receber uma folga para visitar a minha terra natal... O que você acha?

— Ah, só isso? Peça para a senhora. Não tem problema nenhum.

— Pode ser apenas por alguns dias. Creio que, quando começarmos a transportar os itens da coleção, não vou mais conseguir sair, mas agora não causaria muito transtorno se eu me ausentasse por um tempo.

— É, tire umas férias, sem cerimônia. A senhora não tem como reclamar. Você trabalhou direto desde que chegou aqui. A essa altura precisa descansar um pouco. Eu devia ter me antecipado e pedido a ela por você. Sinto muito por ter te causado alguma inquietação.

— Imagine. É apenas um capricho da minha parte.

— E aí, tem uma namorada te esperando por lá? — perguntou ele, cutucando as minhas costas com a planta.

— Infelizmente não é o caso. É que eu queria conhecer o filhinho do meu irmão e da minha cunhada, só isso — respondi com sinceridade.

Como o jardineiro previra, a senhora concedeu a folga com tanta facilidade que foi quase frustrante. Com um simples "Está bem" ela autorizou a minha partida. Não demonstrou desagrado nem resmungou. E ainda se mostrou atenciosa:

— Vá com cuidado.

Quando comecei de fato a fazer as malas, percebi que estava animado feito uma criança. Não que eu estivesse infeliz com a minha vida ali, e, de qualquer forma, bem poucas pessoas esperavam por mim na minha terra natal, mas, quando dei por mim, estava cantarolando enquanto dobrava as roupas e guardava o microscópio desmontado em sua caixa. A menina e o jardineiro certamente cuidariam bem de tudo na minha ausência e eu tinha certeza de que ao voltar teria ânimo para trabalhar ainda mais até inaugurarmos o museu.

Meus pertences praticamente não haviam aumentado desde a minha chegada à vila. Apenas guardei o microscópio entre as roupas para que não se quebrasse e coloquei *O diário de Anne Frank* por cima de tudo. O jardineiro ficara de me levar para a estação de manhã bem cedo. Fiquei pensando sobre o que eu poderia fazer durante a minha folga. Não avisei o meu irmão, mas certamente ele vai ficar feliz em me ver. Minha cunhada vai fazer um monte de comida, como sempre, e insistir para que eu coma mais um pouco até me fartar. Se ela estiver muito cansada por causa do bebê, vou me oferecer para cuidar dele para que os dois possam passear juntos. Eles não devem ter saído para assistir a nenhum concerto desde que o bebê nasceu... Mas será que eu consigo mesmo cuidar de uma criança? Só de pensar em tocar o seu corpo tão macio, cheirando a leite, já tremo de medo. Dentro do berço novíssimo o bebê dorme sem se preocupar com nada. Com os cotovelos apoiados na beirada do berço, eu admiro-o por um longo tempo sem me cansar. Cada pequena mudança me faz sorrir — quando ele faz um bico como se mamasse, quando espirra baixinho. Ao lado da sua cama está pendurado, com destaque, o ovo decorado que eu mandei de presente...

A hora combinada chegou e o jardineiro não aparecia. Com tudo perfeitamente preparado, os sapatos amarrados, esperei segurando a mala de viagem. Estava preocupado se chegaria a tempo de pegar o trem expresso.

— Doutor.

Quando o jardineiro finalmente apareceu na entrada da casa, estava ofegante e as suas roupas de trabalho estavam molhadas de suor, apesar de ainda ser cedo. Parecia ter vindo correndo da casa principal.

— Infelizmente a sua folga foi adiada. Ordens da senhora.

Ele pausou para recuperar o fôlego antes de continuar.

— É que mais uma pessoa morreu — disse ele, em um tom de voz de quem sentia profundamente por mim.

Certa vez, um amigo que virou médico me disse que o período mais atarefado não são as consultas nem o tratamento, mas sim quando o paciente está quase morrendo, sobretudo quando não há mais nenhuma esperança de salvá-lo.

Dar trabalho a outra pessoa quando se está à beira da morte é deprimente. Não importa o que façam, seu coração vai parar e você mesmo já aceitou isso, então é muito doloroso sentir que se está importunando alguém, mesmo que seja o seu médico.

— Por favor, não se preocupe comigo — creio que eu pediria assim se estivesse nessa situação.

As coisas também ficam muito corridas no Museu do Silêncio quando alguém morre, mas o museólogo não ganha a compaixão de ninguém. O morto já partiu para longe deixando para trás apenas um corpo frio. Ele nem ao menos volta um olhar para nós.

Desta vez era uma mulher solteira de vinte e sete anos, professora de tricô e crochê. Causa da morte: hemorragia. Por volta das nove horas da noite, quando voltava do Instituto de Intercâmbio Cultural onde trabalhava depois de dar a última aula do dia, ela foi arrastada para um depósito de material deserto, e o seu corpo caído, o pescoço e o peito esfaqueados, foi encontrado na manhã seguinte por um funcionário que chegava ao trabalho. Não havia indícios de que ela fora violentada ou os seus pertences roubados, porém, assim como a funcionária do escritório de assistência social ou, retrocedendo mais ainda, assim como a prostituta assassinada no hotel, apenas os seus mamilos haviam sido decepados.

Eu coletei informações, observei o andamento das coisas, calculei o momento mais conveniente e me dirigi para o Instituto de Intercâmbio Cultural. Por algum motivo, desta vez eu não sentia a culpa que me afligia sempre que eu ia coletar um objeto dos mortos. Pelo contrário, o que preenchia o meu peito era uma irritação inexprimível.

Se fosse um velho, como o cirurgião daquela vez, ainda seria fácil, mas por que tem que ser justamente com moças jovens, uma após a outra? Se, antes de eu chegar, não tinha ocorrido nenhum assassinato aqui havia cinquenta anos... E para completar, levaram os mamilos dela. O objeto que poderia expressar mais precisamente a sua morte já está nas mãos do assassino, e a recordação que eu vou conseguir coletar não será mais do que uma casca de animal abandonada...

Tudo isso me enfurecia. Ou talvez eu só estivesse bravo por ter as minhas férias canceladas. Seja como for, eu seguia todos os procedimentos com tal frieza e secura que eu mesmo me surpreendia. Sempre murmurando para mim mesmo que as tais férias nem eram grande coisa.

Apesar do nome, o Instituto de Intercâmbio Cultural era um prédio feio e mal-iluminado de quatro andares. Além do tricô, ele oferecia muitos outros cursos. Antes de ir, pesquisei a programação e escolhi para a minha visita uma sexta-feira com duas aulas em que a frequência de homens devia ser relativamente maior, "A história do Oriente" e "Técnicas fotográficas — intermediário".

Como previra, não tive problemas para entrar no prédio. Assim como na vez anterior, eu ainda não definira qual seria a recordação. Fingindo matar o tempo até o começo da aula, fiquei circulando entre o saguão de entrada, a recepção e uma porta onde se lia "Sala dos professores". Achava que, o que quer que eu pegasse, pelo menos seria melhor do que o punhado de mato que crescia perto do banheiro do parque.

Em um canto do saguão estavam expostas obras de cada um dos cursos. Gravuras, tecidos tingidos, bordado francês, *repoussé*, pinturas a óleo, flores secas, todas peças modestas. Na seção do curso de tricô e crochê, a obra da professora era um caminho de mesa em renda de crochê. Disposto entre os coletes e cardigãs tricotados pelos alunos, ele não tinha nenhum ar especial. Era uma renda de crochê totalmente comum. Parecia estar exposto ali havia muito tempo, a poeira acumulada sobre o seu padrão de teia de aranha.

Só no instante em que puxei os alfinetes e tirei o caminho de mesa da parede foi que senti novamente a culpa de sempre. Congelei por um segundo, hesitante, segurando a ponta do crochê. Por mais modesto que fosse, aquele espaço não deixava de ser um museu. Para um museólogo, roubar um item de outro museu para a minha própria coleção era um comportamento muito vergonhoso.

O relógio carrilhão tocou, passos soaram nas escadas, a recepcionista que estava escrevendo algo ameaçou voltar-se para o meu lado. Puxei o caminho de mesa bruscamente para vencer a hesitação e guardei-o no bolso do casaco. Ele deve ter se enganchado em algum alfinete, pois escutei a borda se desfazendo. Mantendo as costas voltadas para a recepção, atravessei o saguão a passos largos fingindo grande segurança enquanto rezava para que ninguém me parasse. Mesmo sem me voltar, eu podia imaginar claramente que onde eu mexera restava então um vazio absurdo, que jamais poderia existir em um museu.

Nada é mais miserável do que um artigo de museu danificado por um especialista. Saí do instituto, pedalei rápido até a praça central e, só então, desdobrei o caminho de mesa sobre o selim. O rasgo tornara-se um corte profundo que quase dividia a peça em duas e, a cada gesto meu, a fissura aumentava. A linha solta caía enrolada e inerte.

Estalei a língua. Tudo estava atrapalhado, do começo ao fim, e nada dava certo. Eu não sentia nenhuma satisfação nem alívio pelo meu feito. Amassei o caminho de mesa em uma pequena bola e enfiei-o fundo no bolso como se fosse ele o culpado pelo meu fracasso, e então pedalei com toda a força de volta à mansão.

Naquela noite tive febre e acabei passando quase dez dias sem conseguir sair da cama. Eu não ficava tão doente assim desde que tivera coqueluche, ainda na infância.

Achei que era por causa do fracasso na coleta do objeto que eu estava me revirando na cama, sem conseguir dormir, mas depois comecei a ter arrepios e um tremor incessante, sentindo um desconforto tamanho que não era possível ficar em nenhuma posição. Se pelo menos eu conseguisse cochilar um pouco, iria me sentir muito melhor, mas eu estava perfeitamente desperto e o sono parecia muito longe de chegar.

Sem outra solução, encolhi o corpo todo, cerrei os dentes e fiquei olhando o ovo decorado no beiral da janela. Ao observar as mudanças de tonalidade na silhueta do anjo, eu tentava estimar quanto tempo faltava até o sol nascer.

Minha dor de cabeça se intensificava com o tempo até se espalhar desde o ouvido até o pescoço, o peito, as costas. Quando o sol nascente delineava o desenho das asas do anjo, todo o meu corpo parecia prestes a desmanchar-se em uma massa disforme de dor.

Foi a criada quem me descobriu assim ao trazer o café da manhã no horário de sempre. O jardineiro trouxe um médico o mais rápido possível, porém este não providenciou nenhum tratamento que fizesse jus ao meu sofrimento. Depois de um exame grosseiro, disse apenas que deveria ser um tipo forte de gripe de verão, deixou um remédio e foi embora.

A criada ficou cuidando de mim.

— Desculpe o incômodo — era o que eu pretendia dizer mas, na realidade, meu peito apenas chiou ruidosamente.

Ela, no entanto, compreendeu o meu sentimento.

— Os doentes não têm nada que ficar fazendo cerimônia — respondeu, afagando as minhas costas.

Nos primeiros três dias não consegui ingerir nada além de água. O remédio para aliviar a dor era forte demais e eu passava o tempo todo confuso, sem saber se era dia ou noite, se estava dormindo ou acordado.

Vez ou outra a porta de entrada rangia e eu escutava passos na escada. Ao abrir um pouco os olhos eu conseguia distinguir o vulto de alguém parado ao lado da cama. Essa transição de consciência, pela qual eu normalmente passaria sem nem perceber, demorava tanto que chegava a ser tediosa. Para respirar uma única vez era preciso reunir, de cada canto do meu corpo, o pouco que me restava de forças. Mas os meus visitantes eram todos pacientes e discretos. Até mesmo a velha.

— As gripes de verão são ainda piores que as de inverno — disse ela aproximando o rosto do meu ouvido. — Pra sobreviver num calor desses e ficar causando transtornos, tem que ser alguma bactéria bem forte. Até você se acostumar ao clima da vila, talvez fique doente algumas vezes. Bom, é assim com todo mundo que vem de fora. Mas quando ficar imune, não pega mais nada.

O hálito da velha era úmido e cheirava ao líquido antisséptico da dentadura. Atrás dela estava a criada, segurando a tina de água quente para lavar o meu corpo.

— Ainda assim foi uma sorte você não ter caído de cama durante a viagem. Se isso acontecesse, não só iria acabar com a sua folga mas, pior ainda, iria deixar a sua família preocupada. E nós também ficaríamos aflitos, sem saber quando você iria voltar. Enquanto você estiver aqui, assim, tudo bem. É só ter paciência e se cuidar que a doença passa.

Logo você já vai conseguir se dedicar novamente aos objetos dos mortos.

Tentei assentir, mas tive vertigem e não consegui continuar de olhos abertos.

— Até mais.

A velha fincou a bengala no chão, ergueu-se e desceu a escada com os seus passos incertos.

A menina também me visitava, pelo menos uma vez, todos os dias. Eu reconhecia logo os seus passos, que soavam mais tímidos do que os das outras pessoas.

— Seus lábios estão mais corados do que ontem.

Ela sempre dizia alguma coisa para tentar me animar ao chegar.

— E a respiração, muito melhor!

Ao dizer isso ela dobrou o corpo e encostou o ouvido no meu peito. Seu cabelo caiu sobre o meu rosto, fazendo cócegas.

— Não se preocupe com o museu, tá? Estou trabalhando bastante, passando a limpo o que estava atrasado. E sobre o resto, vou conversar com o jardineiro e deixar tudo arranjado pra você poder retomar o trabalho sem problemas quando ficar bom.

— Você não pode sair sozinha durante a noite.

Ainda era difícil falar, mas eu precisava dizer isso, a qualquer custo.

— Eu sei. Por causa dos assassinatos, não é? Eu vou ficar bem. Não se preocupe.

A menina procurou alguma coisa que pudesse fazer, como arrumar a posição dos travesseiros, secar o suor da minha testa, abrir ou fechar as cortinas. Mesmo sem sede alguma, fingi querer água só para ver a sua cara de satisfação. Ela então preparou, entusiasmada, um copo de água gelada e amparou as minhas costas para que eu bebesse.

— Não pode se descuidar. Aonde quer que você vá, esqueça a bicicleta, peça para o jardineiro te levar de carro. Entendeu?

— Sim, claro, estou fazendo isso. Descanse sossegado — disse a menina com um tom adulto.

Sempre que eu fechava os olhos, encontrava por trás das minhas pálpebras uma paisagem insípida, como dunas de areia a perder de vista. Escutava o som seco da areia rodopiando com o vento. Não sabia se era por causa da tempestade de areia que eu não podia abrir os olhos, ou por estar dormindo.

Tento atravessar as dunas, mesmo sem saber aonde ir. Dou um passo, meus pés afundam no solo e eu caio. Sei que, a cada vez que me livro do peso da areia e me ergo, perco mais um pouco da escassa força que me resta. Mas não posso descansar. Preciso atravessar as dunas de qualquer jeito. Essa é a única coisa de que tenho certeza.

Fico intrigado — devo estar dormindo, então por que é que me sinto tão cansado? Na verdade, queria era deitar em algum lugar mais tranquilo, sem esse vento.

Tento pensar em alguma coisa diferente para me distrair. Preciso de alguma coisa que me ajude a esquecer, pelo menos por um instante, o peso da areia e o desconforto físico. O que poderia ser? Isso, posso pensar sobre os mamilos da menina.

Mamilos?

É, isso mesmo. É uma ideia repentina e não muito elegante, de fato, mas não tem jeito. Porque numa hora dessas, com a areia penetrando no meu crânio, revolvendo o meu cérebro, para encontrar um único tema já é preciso um esforço notável.

É claro que eu nunca vi os mamilos da menina. Mas já notei a sua presença em algumas ocasiões. Quando ela me entregou um dos objetos de recordação na antiga lavanderia.

Quando ela segurou gentilmente a velha que desequilibrava. Ou quando ela aproximou o rosto de mim para perguntar alguma coisa sobre os itens da coleção.

Eles têm uma forma saudável, bem definida. Não têm um ar furtivo, como se se escondessem sob a roupa. Estão ali assim como os pés nus nas sandálias vermelhas. Combinam com a cicatriz no seu rosto.

Por isso também posso relaxar e ficar à vontade. Não preciso controlar o meu desejo nem sentir ódio de mim mesmo. Olhando com bastante atenção, começo a enxergar as veias que atravessam toda a superfície, desde o contorno do seio até a extremidade pequena e rugosa. O sangue aparece sob a pele fina. É uma surpresa agradável ver que a vida corre com perfeição até mesmo nesses pequenos canais.

A base, recoberta por uma pele ainda mais fina, curva-se de forma perfeita para pousar as pontas dos dedos. Cortar fora os mamilos é certamente uma operação facílima. Se for uma faca bem cuidada, a lâmina deve escorregar sem resistência, como se rasgasse seda.

A menina não grita. Sem sequer compreender o que aconteceu, só assiste intrigada ao seu peito se encharcando de sangue...

Quando abri os olhos novamente, quem estava ao meu lado era o jovem aprendiz de missionário.

— O que você está fazendo aqui?

Minha voz estava rouca e débil como se viesse, a muito custo, do outro lado das dunas.

O jovem não respondeu, apenas continuou parado, juntando em frente ao peito as mãos que vinham de dentro da manta, como se rezasse. Seu cabelo estava mais longo e o seu rosto mais definido do que na última vez em que eu o vira.

— Desculpe. Como você pode ver, não estou em condições de ser um bom anfitrião.

— Não se preocupe com isso.

Quem respondeu não foi o jovem, mas a menina.

— Ah, você também está aí?

Ela espiou por cima do ombro do jovem.

— Ele trouxe uma erva medicinal lá do mosteiro! Ela é desintoxicante e só cresce naquela montanha. Dizem que os bisões-dos-rochedos-brancos também ingerem essa planta quando estão doentes. Foi um missionário quem preparou do jeito certo a infusão, então não tem perigo. Claro que não deve ser muito gostoso, mas tome tudo, tá?

A infusão era um líquido viscoso, verde-musgo, e tinha um cheiro que exigia coragem de quem fosse tomá-lo. Imaginei que se alguém raspasse o fundo do pântano por onde o jovem conduzia o seu barco, talvez tivesse aquele cheiro.

De qualquer forma, ergui o tronco e bebi a infusão. Entornei a xícara sem pensar em nada. Ainda estava fraco demais para refletir e também não queria deixar a menina desconfortável recusando a gentileza do aprendiz.

— Obrigado por ter vindo até aqui.

O líquido grudou na minha língua e eu não conseguia movê-la direito. O jovem acenou com a cabeça e pousou a xícara vazia no criado-mudo.

— Isso que você bebeu não é um remédio simples, desses pra baixar a febre. Pelo contrário, ele queima a gordura lá dentro do corpo e acaba com as toxinas. Então pode ser que, no começo, a febre aumente e você ache que piorou. Mas não se preocupe. Depois de suar bastante e expulsar todas as toxinas pelos poros, você vai sarar de uma vez, e nem vai acreditar! Os missionários aprenderam sobre essa erva com os bisões. Quando eles ficam fracos, com diarreia, o pelo ruim ou algo do gênero, eles se separam do resto do grupo e vão para a sombra dos rochedos onde cresce essa erva. Daí ficam lá escondidos até recobrar a saúde. Bem quietinhos pra não incomodar os outros. Dizem que a pele dos bisões que ficaram doentes e comeram dessa erva várias vezes é mais apropriada para os missionários do que a dos bisões saudáveis. Elas têm uma umidade que adere ao corpo de quem veste e consegue conter mais o silêncio do que as outras.

Ao me deitar novamente fui tomado por um sono irresistível. Queria dizer alguma coisa em resposta à explicação da menina, mas a minha consciência se esvaziou e os rostos dos dois jovens que me olhavam ficaram mais distantes.

Por que será que o jovem não diz nada?, pensei com a mente enevoada. É que ele está avançando na ascese do silêncio... Assim que entendi isso eu já estava adormecendo. O sono, profundo como eu jamais conseguira alcançar, engoliu facilmente tanto as dunas quanto os mamilos.

A infusão surtiu efeito. Durante o dia todo a febre redobrou e suei tanto que era preciso trocar os lençóis a cada duas horas, o que deu muito trabalho à criada. Mas quando abri os olhos na manhã seguinte, estava me sentindo saudável novamente. Restava apenas uma certa rigidez nas articulações, mas eu não sentia mais nenhuma dor, meus ouvidos não apitavam mais, o peso no peito desaparecera, todo o meu corpo estava leve. Saí da cama e me espreguicei diante da janela. Podia sentir os meus órgãos adormecidos voltando à vida, um após o outro.

Durante todo o tempo em que eu ficara acamado, o caminho de mesa de crochê continuara rasgado e embolado dentro do bolso do casaco.

12

Quando sarei, o verão já acabara na vila. A advertência da velha não era mentira.

De manhã, enquanto caminhava até a mansão para recomeçar o trabalho, vi que cogumelos cobriam todo o toco de olmo perto da entrada do bosque. Os pequenos chapéus ocres, do tamanho da ponta de dedos mindinhos, afundados no centro como hemácias, ocupavam toda a superfície da madeira, sem nenhuma brecha. À sombra, onde o sol da manhã não chegava, sua superfície pegajosa era fria e úmida.

Levantei os olhos para o céu. O formato das nuvens, o movimento dos galhos, os tipos de pássaros, a sensação do ar sobre a pele, tudo estava diferente. Não havia nenhuma indicação de que o verão voltaria algum dia. Pensando que eu precisava perguntar à menina onde mandar fazer um casaco, apressei o passo rumo à mansão.

Mesmo retomando o trabalho, levou algum tempo até a vida voltar totalmente ao normal. A doença causara ao meu corpo danos mais profundos do que eu imaginava. Eu estava mais magro, sentia vertigens e não conseguia me concentrar na planta do museu por muito tempo. Nas entrevistas de documentação durante a manhã eu conseguia terminar apenas um objeto, e com esforço. Conversei com a velha e ela aceitou fazermos a documentação de apenas um objeto por dia, por enquanto.

A verdade, entretanto, é que mais preocupante do que a minha doença era a condição física da velha. O calor do verão tivera o seu efeito sobre ela. Quando a conheci, achei que não havia maneira de ela ficar mais velha do que aquilo, mas agora parecia que, passado o verão, ela descera mais um degrau. Mas o seu tom de voz ao falar sobre os objetos dos mortos continuava o mesmo. De forma que, enquanto eu estava transcrevendo as suas palavras, conseguia me convencer de que era algo passageiro.

Muitas coisas estavam se transformando fora da mansão também. Os turistas pararam de aparecer e, junto a isso, o sorveteiro e o realejo encerraram as atividades, o que deixou a praça central deserta. A colheita do trigo e do lúpulo terminou, mudando a paisagem das plantações. A temporada de beisebol chegou ao fim e a fila de fãs que visitavam o parque florestal nos fins de semana desapareceu. A associação de avicultores não conseguira o título, afinal.

A notícia que abalou a vila mais profundamente foi a prisão do culpado pelo incidente com a bomba. Isso nos distraiu um pouco do vazio deixado pelo fim do verão. O criminoso era um ex-carteiro de meia-idade, atualmente desempregado. Ele tinha um histórico de internações por mania de perseguição, motivo pelo qual perdera o emprego, e desde então vivia de aluguel no depósito de uma casa rural, dedicando-se exclusivamente à fabricação de bombas.

Ele parecia um homem tão medíocre, pelo que li na matéria do jornal, que era exasperante pensar que por um homem desses um missionário perdera a vida e a menina fora ferida. Ele não defendia nenhuma causa, não era um rebelde, nem tinha nenhuma ambição. Ele apenas desprezava o mundo inteiro e refugiara-se na solidão, encontrando conforto apenas nos fios elétricos e no cheiro de pólvora.

O alvo das suas bombas não eram pessoas, mas estritamente prédios. No seu quarto foi encontrado um mapa residencial detalhado, da época em que o homem trabalhava nos correios e no qual os locais que ele pretendia atacar encontravam-se numerados e marcados com alfinetes. Na foto impressa do jornal reparei que as linhas que ligavam os alfinetes formavam uma estrela bem parecida com a da cicatriz da menina. Era uma coincidência de dar calafrios. Se ele tivesse êxito, todos os lugares importantes da vila teriam sido destruídos, sem exceção.

Porém, quando ia afastar os olhos da foto, percebi algo mais grave. A praça central era o número 1. Tendo ela como centro, a linha seguia em direção ao subúrbio a oeste da vila até a ponta da estrela. E o alfinete de número 2 estava espetado sobre a mansão da velha.

No dia seguinte, quando encerrei o trabalho mais cedo e voltei para casa, encontrei dois homens desconhecidos parados diante da minha porta. Com exceção dos jovens que o jardineiro contratara, eu jamais vira alguém de fora nos fundos da mansão. Também não me ocorria ninguém que pudesse ter assuntos a tratar comigo. Para esconder a minha confusão, tratei-os com polidez acima do normal.

Eram detetives. A aparência de ambos era igual e, até o fim, não consegui distinguir um do outro. Vestiam ternos recendendo a cigarro, gravatas de estampas conservadoras, calçavam sapatos de couro com as pontas desgastadas.

Falamos sobre amenidades durante algum tempo. Minha relação com a velha, o motivo da minha vinda para a vila, os detalhes sobre o meu trabalho. Eu dava respostas evasivas para evitar problemas, principalmente sobre os detalhes do museu, mas eles concordavam de modo efusivo como se fosse um assunto interessantíssimo. Esse comportamento, em vez de ser amigável, era coercivo e desagradável.

Entendi que eles tinham vindo por causa da bomba. Eles precisavam tomar alguma providência, pois não só havia uma vítima do atentado na mansão, como também éramos o próximo alvo do criminoso.

— Os senhores viram a casa principal? — perguntei.

Um deles respondeu que não.

— É uma mansão de época de valor inestimável. E além disso é imensa. O próprio edifício parece uma peça de museu. Não se encontra outra construção desse nível em toda a vila — continuei.

— Sim, realmente — responderam os dois ao mesmo tempo.

— É natural que uma pessoa obcecada por bombas deseje estraçalhar essa mansão depois de ter atacado o centro da vila — eu disse, mas desta vez eles não concordaram. — Se os senhores quiserem visitar a casa principal, posso ajudá-los a convencer a velha. É que ela é uma senhora bem teimosa e excêntrica, sabe? Os métodos comuns não funcionam com ela. Mas se eu interceder, creio que ela concordaria pelo menos com uma entrevista. De qualquer forma, a filha dela foi ferida, então ela não pode querer ficar totalmente alheia. Os senhores fizeram bem vindo aqui primeiro. Se tivessem aparecido de repente na casa principal, provavelmente ela teria fechado a cara. Ela escreveu um almanaque esquisito e o obedece acima de qualquer coisa, ignorando as circunstâncias das outras pessoas. Eu não entendo muito bem, mas é um almanaque complicado. Mesmo eu, não é como se eu já tivesse conquistado totalmente a sua confiança. Mas como convivo com ela há quase seis meses, já peguei um pouco o jeito de lidar com ela...

— Onde o senhor estava entre nove e dez horas da noite do dia 3 de agosto?

O homem me interrompeu sem ao menos uma tosse ou um sorriso de cortesia. Falava em um tom seco, diferentemente de antes.

— Três de agosto? — repeti, desorientado, ao ser pego de surpresa.

— Uma terça-feira — acrescentou o outro.

Fiquei mais desconfiado imaginando a razão pela qual eles queriam saber uma coisa dessas do que preocupado em responder à pergunta. Tentei relacionar essa data com o incidente da bomba, mas sem sucesso. Na verdade, o que eu queria mesmo era descansar e tomar uma xícara de café o mais rápido possível.

— Não sou capaz de me lembrar de detalhes assim sobre coisas que aconteceram várias semanas atrás — respondi falando a verdade.

— Não tem nenhum registro em uma agenda ou diário? — insistiram.

— Mantenho uma agenda profissional, mas ela está no escritório, e de qualquer forma não é tão minuciosa assim.

— Tem o hábito de sair à noite?

— Não, quase nunca... — respondi negando com a cabeça. — Quando encerro o trabalho no final da tarde, geralmente venho direto pra cá. É muito raro eu sair da propriedade.

Eu não era capaz de avaliar se deveria agir com cautela ou se poderia relaxar.

— E quanto à noite de 30 de agosto, das nove às dez horas?

— Nesse caso era uma segunda-feira.

Um deles me encarava fixamente, o outro tamborilava com as unhas na beirada da mesa. Sobre ela estavam largadas uma caneca, cascas de laranja, pipetas e placas de petri, tal como eu deixara ao sair pela manhã.

— Me dizer uma data depois da outra, desse jeito, vai dar na mesma. Nesse horário eu ainda estava trabalhando na casa principal ou, no máximo, bebendo com o jardineiro na casa ao lado. Não me lembro de nada além disso.

— Ah, é verdade, é verdade. É que a memória do ser humano é um negócio limitado. Não precisa ter pressa. Às vezes a gente se lembra de repente sem saber por quê. Pode pensar quanto precisar e se recordar com calma. Fique à vontade.

— O que vocês querem que eu lembre? Do que estão falando afinal?

— O que é que você estava fazendo, onde, com quem. Só isso.

O homem não parava de tamborilar na mesa. Comecei a sentir tonturas por causa do cansaço. Só queria me enfiar na cama.

— O culpado pela bomba já foi pego, não foi?

Os dois continuaram em silêncio. O sol poente penetrava na sala tingindo toda ela de tons turvos. Minha tontura ficava cada vez pior.

— Sim — respondeu finalmente um dos homens, quando a minha questão já perdera o sentido.

— E no dia 13 de agosto então?

— Era uma noite quente e úmida, de lua nova.

Fechei os olhos e pressionei as têmporas. Não para tentar trazer à tona alguma memória, mas para aliviar a tontura.

— Não, não me lembro de nada... — respondi sem erguer o rosto.

Depois que os detetives se foram, deitado na cama, pensei novamente nas três datas. Logo percebi. No dia 3 a mulher da assistência social fora assassinada e no dia 30, a professora de tricô. E foi no dia 13 que invadi o apartamento da mulher para coletar uma recordação, e fracassei.

Mesmo depois que eu recuperei as forças por completo, não retomamos o andamento anterior, e continuamos fazendo a documentação de apenas uma recordação por dia. Isso porque a fraqueza da velha alcançara um grau impossível de ignorar. Quando eu colocava o objeto sobre a mesa ela o encarava por muito tempo, de olhos bem abertos, sem começar a falar, como se não conseguisse reunir a energia necessária para decifrar a sua história. Cada vez que a sua voz fraquejava ela engolia saliva ou parava para recobrar o fôlego, o ritmo se quebrava e, com frequência, eu precisava pousar a mão sobre o caderno.

Entretanto, a precisão da documentação não diminuiu, apenas a sua velocidade é que mudara. O grau de excelência das narrativas mantinha-se e nós continuávamos formando um bom time. Era comovente ver a velha enrolada no cobertor, as costas muito encurvadas, esforçando-se ao máximo para narrar, com a sua língua enrolada, a história que emanava do objeto antes que ela acabasse desaparecendo, de forma que eu buscava registrar as suas palavras com ainda mais cuidado.

— Parece que começou a chover.

Passou a ser mais comum a velha iniciar uma conversa à toa depois de terminar o trabalho. Talvez seja porque ela precisasse de um pouco de tempo para recuperar as forças e conseguir voltar para o seu quarto.

— É mesmo — respondo, guardando a recordação e o caderno.

— Essa chuva vai durar.

— Está escrito no almanaque?

— Não preciso ficar olhando o almanaque pra uma coisa dessas, dá pra saber pelo som. Sei que tipo de chuva é só pelo barulho que ela faz no telhado.

— Parece que vai esfriar ainda mais — digo, espiando por uma fresta da cortina.

Ainda é de manhã, mas uma penumbra melancólica como o crepúsculo cobre tudo.

— Como será o inverno deste ano? Encomendei um casaco com a lã mais grossa que tinham no alfaiate.

— Entre no bosque e veja como estão as galhas de insetos[15] no carvalho mais ao norte — diz a velha, encurvada, apoiada sobre os braços da cadeira e com as mãos contra o peito.

O furúnculo na sua testa sangrou e agora o sangue seco confere-lhe uma aparência ainda mais desagradável do que de costume, como se estivesse coberto de pó.

— Se elas estiverem secas e vazias, no próximo verão as colheitas serão escassas, se estiverem repletas de larvas, vamos ter uma boa produção de trigo. E se por acaso estiverem cheias de teias de aranha, vai começar a nevar ainda em novembro e teremos um inverno longo e rigoroso.

— Entendi. Vou verificar.

— Você está comportado hoje, hein?

— Eu sempre sou obediente.

— Hunf. Que bobagem.

---

15 Deformações no tecido dos galhos e folhas das árvores produzidas por ninhos de insetos. Também conhecidas como "bugalhos". [N.T.]

Dizendo isso, a velha cai em um sono curto. Quando me dou conta, ela já está ressonando. Me aproximo sem fazer barulho, ajeito o cobertor que está quase caindo, sento-me à sua frente e espero até que ela desperte.

Enquanto isso, as pessoas continuavam morrendo. Em meio ao outono que se aprofundava dia após dia eu perambulava por toda a vila para coletar as recordações dos mortos.

Alguns haviam vivido vidas longas e plenas, outros partiam ainda jovens. Se alguns tiveram tempo de sobra para se preparar e se despedir dos seus entes queridos, outros se foram sem sequer compreender o que estava acontecendo. Os objetos de recordação estavam abandonados em lugares de todos os tipos — em um quarto de um apartamento miserável, em uma casa de veraneio no alto de uma colina com uma linda vista, em uma viela sombria ou em uma plantação, em fábricas, bibliotecas, lojas, escolas. Escondiam-se, segurando a respiração até que eu tocasse neles.

De todas essas coletas, a mais marcante aconteceu no mosteiro. Quando o aprendiz de missionário veio nos informar que alguém havia morrido ali, achei que iria coletar mais uma pele de bisão. O falecido, porém, não era um missionário, era um homem que cuidava da criação de trutas.

Eu e a menina chegamos bem na hora do velório na capela. Aquele foi o velório mais modesto, mais silencioso em que eu já estive.

Pouco mais de uma dezena de missionários estava presente. Eu não saberia dizer se aqueles eram todos os habitantes do mosteiro ou se apenas uma pequena parte. A capela era gélida, preenchida por uma escuridão que não se extinguia, não importando quantas velas fossem acesas.

Será que existe algum tipo de sinal só deles que eu não compreendo? O missionário no centro do altar agia como o líder e conduzia a cerimônia seguindo alguma ordem. Mas era o silêncio que dominava o local todo, e fiquei apreensivo, sem saber no que deveria me basear para saber qual era o meu lugar. Só me restava imitar o jovem ao meu lado, rezando, abaixando a cabeça ou fechando os olhos.

O finado estava deitado dentro de um caixão rústico. Não havia uma única flor, música ou soluços. Apenas o roçar das peles de bisão sobre a pele dos missionários flutuava pelo ar juntamente com a fuligem das velas.

Depois de uma reza silenciosa e especialmente longa, os missionários ergueram o caixão, saíram da capela, seguiram pelo claustro, atravessaram a horta, circularam uma vez pelo tanque de peixes onde o homem trabalhara e subiram a montanha rochosa. Nós, os demais, seguíamos atrás deles divididos em duas filas.

Eles carregavam o caixão com maestria. Talvez isso também fosse parte da ascese do mosteiro. Até sobre as rochas angulosas ou entre arbustos cheios de espinhos eles pisavam com firmeza, tomando todo o cuidado para que o morto não oscilasse demais.

O caminho era comprido. O jovem olhava reto para a frente, a menina olhava para baixo e caminhava concentrada para não ficar atrás na fila. Sua cicatriz estava vermelha de frio, fazendo com que a estrela parecesse ter sido gravada mais profundamente. O sol não aparecera nem uma vez desde a manhã e o vento oeste, cada vez mais forte, trazia nuvens pesadas da cordilheira. Arrependi-me de não ter vestido o meu casaco novo que acabara de ficar pronto.

A procissão se aproximou do cume da montanha. A vista se abriu de repente e, quando ergui o rosto, me deparei com um cemitério inesperadamente amplo.

Era uma paisagem sóbria, que simbolizava bem o espírito dos missionários. Apenas lápides estreitas, brancas como ossos, que à primeira vista pareciam enfileiradas aleatoriamente mas que, no conjunto, criavam um certo equilíbrio.

Perguntei-me se seria possível que tantos missionários assim já houvessem morrido, pois as lápides cobriam toda a encosta, indo além de onde a vista alcançava. Algumas estavam inclinadas, como se estivessem pensativas, e outras, talvez atingidas por raios, eram atravessadas por fissuras dolorosas. Não vi nomes em nenhuma delas. Não havia citações espirituosas nem poemas de despedida. Apenas uma linha com a data do falecimento, entalhada em traços incertos.

A sepultura do homem ficava na região central da encosta. O caixão foi depositado na cova e coberto de terra. Sobre a lápide novíssima ainda restavam lascas dos números entalhados.

De acordo com o que o aprendiz de missionário nos contou, o homem vivia como agregado no mosteiro desde muito antes da chegada do jovem. Fora encontrado caído no jardim central certo dia e socorrido, e desde então jamais pisara fora do mosteiro nem recebera visita alguma.

Todos sugeriram que o homem se tornasse missionário. Isso porque ele era uma pessoa desprovida de palavras. Não se sabia se o motivo era físico ou se decorrente de alguma questão na sua educação, mas, seja como for, o homem nunca proferiu uma única palavra nem escreveu uma única letra até o fim da vida. No momento em que foi encontrado caído, próximo à fonte do jardim interno, ele já havia consumado a ascese do silêncio.

Apesar de recusar o trabalho de missionário, o homem dedicava-se com seriedade a qualquer tarefa sem reclamar, recebendo assim um quarto e a permissão para viver no mosteiro. Ele, eventualmente, começou a demonstrar um conhecimento notável sobre peixes. Usando de diversos artifícios e melhorando os anzóis, ele capturava peixes de todo o tipo no rio que corria no jardim dos fundos. Foi assim que os missionários viram pela primeira vez que aquele rio escondia frutos tão abundantes.

O homem se expressava através dos peixes em vez de usar palavras. Medir a temperatura da água, analisar o seu volume, descobrir o local onde os peixes desovavam eram proposições filosóficas, e o exato instante em que erguia com ambas as mãos o peixe fisgado era a expressão dos seus sentimentos.

Não havia como descobrir onde ou como o homem adquirira tal habilidade. Assim como ninguém podia dizer qual caminho levara cada um dos missionários até o mosteiro.

Por fim, o homem construíra um tanque para a criação de peixes e fora bem-sucedido em criar trutas ali. Vendidas para os restaurantes da cidade, elas tornaram-se uma fonte de renda importante. Ele passava a maior parte dos dias junto ao tanque dedicando-se à pesquisa e ao aprimoramento da qualidade das trutas. Até que, na manhã do dia anterior, fora encontrado morto na beira do rio. Cuspira sangue vindo do estômago e que bloqueara a sua garganta, fazendo-o sufocar.

Era raro ter tantas informações sobre o falecido na coleta de uma recordação. Também era a primeira vez que eu participava de um enterro sem ser questionado por ninguém. Geralmente a imagem do morto era mais vaga do que a do seu objeto de recordação. Mas nesse caso era diferente. Podíamos ouvir o som da terra sendo jogada e ver o caixão desaparecer pouco a pouco diante dos nossos olhos. Eu podia imaginar as suas mãos, que já haviam encerrado a sua função, dormindo eternamente sobre o peito, impregnadas pelo odor de peixe.

Quando percebi, a menina estava chorando. Sem fazer barulho, sem abaixar a cabeça, ela continuava olhando fixamente para o caixão enquanto as lágrimas caíam por causa daquele homem desconhecido. Tentei entender o motivo pelo qual ela chorava, mas logo desisti. Não havia um motivo. Assim como a geotermia emanava do fundo da terra revolta, assim como a água se agitava em um redemoinho quando uma truta passava nadando no fundo do rio, as lágrimas simplesmente escorriam.

O vento soprava cada vez mais forte. Era um vento seco que atravessava a pele. A poeira do chão se erguia e as barras das vestes dos missionários se agitavam. Avistei ao longe os bisões-dos-rochedos-brancos. Eles não pastavam nem se moviam. Estavam parados, a cabeça levantada olhando em nossa direção. Pareciam claramente estar observando se o enterro iria terminar. Estavam no meio da troca de pelagem para o inverno, sua feiura acentuada pelas bolas de pelo marrom que ainda não haviam terminado de cair e que se penduravam aqui e ali sobre os seus corpos. Essa feiura tornava o enterro ainda mais melancólico. Quando soprava um vento forte vindo do pântano, o som que ecoava pelos céus dava a impressão de que os bisões se lamentavam.

Segurei a mão da menina. O caixão já desaparecera quase que por completo.

O único objeto pessoal que o homem deixou foi uma pequena bolsa de tecido que cabia na palma da mão. Disseram que ele sempre a trazia amarrada na cintura, desde o dia em que tombara no mosteiro. Era feita de um tecido rústico de cânhamo cru e fechada por um fio. Desamarrei-o e derramei o conteúdo sobre a mesa.

Dentro dela havia um pente, uma colher, um anzol e uma bola de gude. Isso era tudo. Aparência, comida, trabalho e memória. Era o menor museu possível representando a vida daquele homem.

Guardei o conteúdo, amarrei novamente o fio e disse:

— Vou levar isto.

O jovem aprendiz de missionário assentiu.

— É uma recordação excelente — disse a menina, envolvendo a bolsa com as mãos.

Meu corpo continuava frio, as pontas dos dedos adormecidas. O quarto do homem tinha apenas uma pequena janela para a iluminação e era tão estreito que nós três mal cabíamos em pé. O colchão e o cobertor já haviam sido guardados. Depois que levássemos a sua recordação, não restaria nenhum vestígio do homem que estivera ali, exceto pelo tanque de peixes.

— Não tinha percebido que a montanha era um cemitério — comentei.

— E ainda por cima daquele tamanho... — acrescentou a menina.

— É o cemitério dos bisões do rochedo também.

O jovem, que eu não encontrava havia algum tempo, tinha o rosto mais definido, e a pele de bisão, que antes parecia grande demais, agora se ajustava bem ao seu corpo.

— Vocês os enterram do mesmo jeito que aos humanos?

— Não há necessidade de diferenciar.

— Vocês dão muito valor a eles, não?

— Mas tiram a sua pele.

— Sim.

— Quando precisam de uma pele nova, vocês matam um bisão?

— Não. Quando chega o inverno eles morrem sozinhos.

O jovem estava claramente falando menos. Antes de dizer algo ele sempre fazia uma pausa, como se hesitasse, e a sua voz baixa deixava o ouvinte apreensivo, perguntando-se quando é que ela desapareceria por completo para dentro do silêncio absoluto.

— Então os missionários repousam junto com os bisões — disse a menina, de cabeça baixa, levantando os olhos para o jovem.

Percebi que ela também sentia a mesma apreensão.

— Eles são os únicos que podem compartilhar o silêncio conosco de maneira igual.

O jovem moveu a barra da sua veste. O odor animal nos envolveu.

Eu não sentia vontade alguma de seguir direto para o quarto. Tanto eu quanto a menina estávamos exaustos e deveríamos nos aquecer logo, mas por algum motivo os nossos nervos exaltados não se acalmavam. O vento gelado do cemitério, a melancolia do enterro, a sensação do novo objeto de recordação em nossas mãos, tudo isso se misturava e pesava no fundo do peito.

Depois de deixar as bicicletas na entrada, caminhamos ao longo do riacho por algum tempo e acabamos seguindo para dentro do bosque. Pensando bem, apesar de o bosque estar no meu campo de visão durante todo o tempo em que eu estava na mansão, aquela era a primeira vez em que eu pisava nele.

Era um bosque muito mais denso do que parecia quando visto de fora. As árvores que perdem as folhas no inverno já estavam bastante desfolhadas, mas seus galhos compridos sobrepunham-se, encobrindo o céu e criando a ilusão de se estar enclausurado em algum lugar extremamente distante. Algumas sorveiras e videiras selvagens exibiam os seus frutos coloridos enquanto esquilos subiam nos troncos balançando a cauda volumosa, embora isso não fosse o suficiente para desfazer aquela ilusão.

— Ele está falando muito pouco...

A menina carregava a recordação com cuidado.

— Será? — respondi, evasivo.

Não havia um caminho definido. Meus pés afundavam nas folhas secas e muitas sementes pontiagudas enroscavam-se nas meias da menina.

— Mesmo quando tem alguma coisa pra dizer, ele pisca os olhos devagar, com a boca fechada, e nada mais.

— Mas ele respondeu direito às nossas perguntas.

— É. Mas tem algo estranho. Ele parece meio medroso, inseguro com cada uma das palavras que pronuncia, como alguém que aprendeu a falar há pouco.

— Tem medo de não poder mais conversar com ele?

— Não sei bem, porque não consigo imaginar como vai ser o silêncio que ele vai criar.

A menina tropeçou em uma raiz de árvore e quase caiu. Abracei rapidamente os seus ombros. Ela segurou mais firme o fio da recordação do morto.

— Tenho inveja dos bisões-dos-rochedos-brancos. São os únicos seres vivos que compartilham desse silêncio...

O vento também soprava dentro do bosque. Agitava os galhos, destruía os ninhos dos pássaros, agitava os cabelos da menina. Para suportá-lo, precisávamos ficar bem próximos um do outro.

— É aquele — apontou a menina.

Era o carvalho mais ao norte do bosque, e o mais velho.

Demos uma volta ao redor da árvore até encontrar uma grande galha de insetos e juntos enfiamos as mãos dentro dela. Passamos algum tempo imóveis, com os dedos sobrepostos dentro da cavidade escura e úmida, tentando decifrar o significado escondido ali.

A menina tinha os olhos cerrados para se proteger do vento. Seus cílios ainda pareciam estar molhados. Chegava a parecer que as lágrimas ainda estavam acumuladas na cavidade da sua cicatriz.

Teias de aranha envolviam os nossos dedos.

13

A reforma do estábulo terminou. Caiu uma geada violenta naquele dia.

É claro que apenas a estrutura do museu estava pronta e que os inúmeros preparativos menores necessários para inaugurá-lo começariam agora. Mas, de qualquer maneira, era uma sorte que as obras tivessem terminado antes que o verdadeiro inverno chegasse. Eu estava temeroso, porque se a neve se acumulasse seria difícil realizar os trabalhos mais pesados.

Olhando de fora, nada mudara na aparência do estábulo. O poço usado pelos cavalos continuava igual e apenas os pedaços danificados da parede externa haviam sido restaurados. A placa sobre a porta era a única indicação de que aquilo não era mais um simples estábulo.

Dentro, as ferramentas e o entulho já haviam sido retirados. Com a maior parte das divisórias derrubadas, o interior tornou-se espaçoso e a sensação de umidade desaparecera. A iluminação e a ventilação estavam impecáveis. Era como se o ar putrefato, acumulado sobre o chão ao longo de muitos anos, tivesse sido varrido por completo. Olhando o espaço que se abria diante de mim, a recepção separada por uma divisória, a rota de visitação que seguia até o fundo do prédio, eu podia me ver, junto com a menina, fixando as vitrines e guardando cada um dos objetos de recordação.

Naquela noite celebramos no galpão da casa dos fundos, só eu e o jardineiro. A celebração não foi nada de mais, apenas bebemos juntos para compartilhar de alguma forma a alegria de terminar uma etapa do trabalho.

— No começo eu não achava que ia dar certo transformar aquilo em um museu — disse o jardineiro que, entusiasmado, já estava falante antes de beber. — Eu nunca tinha feito uma obra deste tamanho e, pra começo de conversa, não sabia bem como era um museu. Até hoje, o máximo que fiz foi ampliar o closet da senhora ou aterrar o lago para fazer uma estufa...

— Mas tudo correu às maravilhas! Graças a você.

— Não, imagina. Só fiz o que você me disse pra fazer, doutor.

Abrimos um uísque mais caro do que o normal e fizemos um brinde. O galpão, com o fogareiro aceso, estava aconchegante, e o queijo e o presunto que a criada gentilmente preparara, frescos e saborosos.

— Pra falar a verdade, teve uma hora em que fiquei preocupado, achando que a senhora tinha metido na cabeça uma ideia absurda. Porque antes de você, várias pessoas fugiram no meio do caminho. Teve gente que passou mal por causa do jeito venenoso dela e gente que ficou com medo quando viu as recordações. Teve também um trapaceiro que só estava interessado no dinheiro... Enfim, foi um negócio terrível.

— Eu não tenho nenhuma capacidade especial. Só agi de acordo com os protocolos da museologia e fui tomando as providências necessárias.

— Mas isso é que é importante, sabe? As pessoas não têm a perseverança necessária pra fazer esses serviços simples na ordem certa. Ainda mais enfiados nesta vila sem graça, onde não há nada para fazer.

— É que eu gosto de museus, mesmo. Seja qual for a natureza deles ou o conteúdo que será exibido.

— Desconfio que eu também vou aprender a gostar. Não é do meu feitio, mas fico até orgulhoso quando penso que participei da construção do único museu da vila. Nunca tinha pensado que um jardineiro poderia ser de alguma utilidade para as recordações dos mortos.

— Quando as vitrines estiverem prontas, com todas as peças expostas, e na recepção tiver um maço novinho de ingressos, vai ser mais bonito ainda, você vai ver.

— Deve ser, né... Quero ver logo.

Depois de elogiarmos o trabalho um do outro até cansarmos, falamos sobre assuntos triviais. O jardineiro contou a sua história de amor com a criada até o casamento, eu falei do mundo que via pelo microscópio. Ele discutiu a relação entre o paisagismo e a arte, eu elaborei um plano de renovação do time da associação de avicultores.

O fogareiro continuava funcionando bem. Eu não me incomodava se as minhas mãos trêmulas derrubavam água ou se migalhas de torrada caíam dentro do copo. Com a cabeça apoiada no encosto da cadeira, um pé sobre o canto da mesa, bebi à vontade. Não havia motivo para me preocupar, nem necessidade de fazer cerimônia.

As janelas, embaçadas pelo vapor, estavam totalmente pintadas de preto. Lá fora parecia ter esfriado ainda mais. Mas só de pensar que para além daquela escuridão estava o Museu do Silêncio, eu sentia o peito livre e radiante. A certeza de que eu superara uma batalha difícil espalhava-se pelos meus órgãos juntamente com o álcool.

Era como se tudo ao meu redor estivesse celebrando comigo. O brilho da lâmina de cada um dos canivetes sobre a parede me aplaudia.

— Já sei! Vou afiar o seu canivete. Já está na hora de dar um trato nele.

O jardineiro afastou o copo, esfregou as mãos e dispôs sobre a mesa uma tina com água e uma pedra de afiar.

— Não é perigoso, embriagado?

— Poxa, não me subestime... Pra mim, mexer com uma faca é o mesmo que mexer os meus próprios dedos. Faço facas há tanto tempo que, quando me dei conta, já estava assim. Pelo contrário, é até melhor quando já bebi um pouco e estou mais relaxado. Então, me deixa ver. Está com ela aí?

— Estou. Tenho-a sempre comigo.

Tirei o canivete do bolso da calça.

— Ah, olha como ela está ficando bonita com a pátina do uso!

O jardineiro exclamou com a voz saudosa, recebendo o canivete com ambas as mãos. Acariciou o entalhe de prata e a decoração de marfim e abriu a lâmina como quem toca em alguém querido.

— O que você já cortou com ela? — perguntou enquanto examinava a faca sob a lâmpada.

— Várias coisas. Fora aquela vez em que a usei pra quebrar a tranca da gaveta, uso pra descascar laranjas, cortar pequenos galhos pro fogo, escamar peixes... Esse tipo de coisa.

— Entendi. Meu maior prazer é imaginar as facas que eu fiz sendo úteis de alguma forma.

O jardineiro correu o indicador desde o cabo até as costas da lâmina bem devagar, como se quisesse aproveitar essa sensação pelo máximo de tempo possível. Vendo o canivete nas suas mãos, percebi que ele fora feito para se encaixar nos seus dedos. Tinha um ar muito mais relaxado ali do que quando eu o segurava.

— Fico feliz por você usá-lo com carinho.

Ele molhou a pedra de afiar e escorregou a lâmina sobre ela, produzindo um som agudo, bonito. Fechei os olhos e, escutando esse som que brotava das mãos do jardineiro, bebi mais um copo de uísque.

Acompanhei o jardineiro até o seu quarto e, quando eu estava chegando em casa, dois homens surgiram subitamente da sombra em frente à entrada. Eu me desequilibrei e me escorei na porta. Caminhara apenas alguns metros desde o galpão, mas estava sem fôlego.

— O que houve? — disse um dos homens.

Estava escuro demais para ver o seu rosto, mas percebi logo que era um dos detetives do outro dia.

— Só estou um pouco bêbado.

Eu achava que a minha cabeça estava funcionando bem, mas a minha voz soou arrastada.

— E então, o que me diz? Conseguiu lembrar alguma coisa sobre aquele assunto?

Os dois estavam parados no meu caminho. A luz fraca que escapava do quarto do jardineiro iluminava os seus perfis.

— Que assunto? — respondi propositalmente seco.

— Pensamos que talvez o senhor tivesse descoberto alguma coisa ao reler o seu diário de trabalho, sabe? Enfim, sobre a noite do dia 3 de agosto e...

— E os dias 30 e 13, não é?

Virei a cara, pousando a mão sobre a maçaneta.

De imediato os dois se aproximaram mais de mim.

— Exatamente. O senhor lembra bem — disse ele com um tom de voz muito tranquilo, o que me deixava ainda mais irritado.

— Vocês estavam parados aqui em um lugar desses, no meio da noite, só pra repetir a mesma pergunta? Quanta dedicação...

— Pois então, nós também gostaríamos de resolver isso logo e ir embora.
— O senhor já esteve no parque florestal?
— Estive sim. Fui assistir a uma partida de beisebol. Mas isso não foi em agosto. Foi na primavera.
— E no apartamento 104 B, no prédio atrás do jardim botânico?
— Apartamento?

Depois de repetir a pergunta, engoli a seco e tentei controlar a minha confusão. Pressentia que qualquer pequeno descuido poderia me colocar em uma situação irreversível. Por mais que eu tentasse agir com cuidado, minha respiração escapava agitada, recendendo a álcool. A embriaguez ainda corria nos meus braços e nas minhas pernas, e eu não conseguiria permanecer de pé se não estivesse apoiado na porta.

— Não sei que lugar é esse — respondi.
— Veja o rosto desta senhorita.

Um deles tirou do bolso uma fotografia e a iluminou com uma lanterna.

— E desta senhorita aqui também.

O outro sacou mais uma foto.

— Você as reconhece?

Eram fotografias instantâneas sem nada de especial. Retratavam jovens mulheres. Se você olhasse rapidamente e fechasse os olhos, no instante seguinte já teria se esquecido daqueles rostos comuns.

— Não.

Fazia muito frio do lado de fora. Senti um arrepio e os meus dentes começaram a bater. O calor íntimo e reconfortante que envolvia o galpão até havia pouco desaparecera por completo, levando junto de si o sentimento de plenitude e felicidade que eu compartilhara com o jardineiro. Olhei na direção do museu em busca de socorro, mas a escuridão no caminho não me deixava enxergar nada.

— O senhor já esteve no escritório de assistência social? Quando se mudou para a vila, teve que ir lá para alguns procedimentos, não teve?

— E no Instituto de Intercâmbio Cultural? Está fazendo alguma aula lá?

— A recepcionista disse que já viu o senhor.

Neguei com a cabeça. De repente senti uma náusea insuportável.

— Com licença.

Afastei o homem com um empurrão e vomitei.

— Tudo bem?

Um dos homens afagou as minhas costas enquanto o outro guardava as fotos e a lanterna no bolso. Eu não disse mais nada.

— Bom, voltaremos outro dia. Melhoras.

Dizendo isso, eles finalmente foram embora.

Chegou o dia do Festival do Pranto. É um festival para lamentar o fim do outono e pedir que o inverno que chega seja ameno. Era um dia frio, com uma garoa que ia e vinha. Eu e a menina fomos encontrar o aprendiz de missionário no pântano para assistirmos juntos ao festival.

Quem estava lá, no entanto, não era o jovem, mas um velho missionário de cabelos brancos, magro e alto. Trajava uma pele de bisão desgastada e encardida, apropriada a um velho. Eu e a menina tivemos um mau pressentimento.

— O que houve com o jovem de sempre? — experimentei perguntar.

Mas, como eu esperava, não houve resposta. Em vez disso, ele nos convidou com um aceno de mão para subir no barco. De qualquer forma, decidimos ir até o mosteiro.

O pântano estava ainda mais frio do que quando visitáramos o mosteiro pouco antes para coletar a recordação, e a sua cor verde-escura estava mais intensa. As libélulas de pintas pretas haviam desaparecido, as plantas aquáticas estavam desbotadas e folhas caídas acumulavam-se nas margens, apodrecendo. O velho conduzia o barco com menos força do que o jovem e desequilibrava-se com frequência ao tentar desviar dos galhos.

— Por mais que você não possa falar, deve entender o que a gente fala, não é?

A menina espiou o rosto do velho missionário. Ele continuou a remar. Talvez tenha acenado de leve, ou, talvez, apenas segurado melhor o remo para aumentar a velocidade do barco.

— Nós queremos falar com o jovem que costuma conduzir este barco. Onde ele está hoje? Gostaríamos de convidá-lo para o festival. Sei que você não pode falar, é claro. Então poderia apenas apontar mais ou menos a direção certa, como a capela, o jardim interno, a biblioteca?

O barco atracou. Desembarcamos na margem enlameada. A menina observava atentamente cada gesto do velho, esperando que ele respondesse. Porém, sem fazer nenhum sinal, sem nem mesmo um olhar, ele apenas deu meia-volta com o barco e virou as costas. Os ecos da voz da menina, sem alcançar coisa alguma, aprofundavam o nosso desânimo.

Sem alternativa, caminhamos pelo mosteiro procurando o jovem. A atmosfera que envolvia o mosteiro não mudava com a passagem das estações. O silêncio continuava intacto, sem perder nenhuma partícula.

Cruzamos com vários missionários, mas não fizemos nenhum progresso. O jeito de um dos missionários até me animou a criar coragem e a perguntar mais uma vez, mas no fim achei que estava imaginando coisas e desisti. Quando ia perguntar, minha voz ricocheteou em uma grossa barreira de silêncio e acabei desistindo.

O jovem não estava nos bancos do claustro, nem na biblioteca, nem no depósito de gelo. O campanário molhado pela chuva parecia mais alto, com o topo envolto pela névoa. Não devia haver mais nenhuma planta crescendo, mas os bisões seguiam enfiando os focinhos nas frestas da rocha em busca de alimento.

Quando nos aproximamos do tanque de peixes, percebi que havia algo estranho. Ele ainda fazia parte daquele mundo de silêncio, mas a sensação de vida e os sinais de cuidado humano de antes haviam desaparecido. Em vez disso, brotava dali um cheiro insuportável de carniça.

No viveiro separado por uma cerca a água estava estagnada, e, entre as enormes algas que cobriam toda a superfície, boiavam muitos peixes mortos. Eram belas trutas, bem nutridas. Suas bocas estavam entreabertas, em estado de agonia, e as nadadeiras enroscadas nas algas, mas as barrigas prateadas tinham um brilho lustroso mesmo sob as nuvens densas. Dessa cor prateada emanava um odor intenso.

A menina cobriu a boca e retrocedeu. Aquele era um lugar muito mais apropriado para a morte do que o cemitério na montanha. Eu não conseguia deixar de pensar naquele cheiro como o odor do homem morto, que deixara de recordação uma pequena bolsa de cânhamo.

— Vem, vamos embora — falei enquanto conduzia a menina.

Descemos até o pântano, pegamos o barco com o mesmo velho missionário e voltamos para a vila.

***

A avenida que leva até a praça central estava decorada com flores secas, castanhas e ovos esculpidos. Barracas enfileiravam-se vendendo todo o tipo de coisas, e nos alto-falantes da prefeitura soava uma música alegre. As pessoas se aglomeravam ao redor dos artistas de rua e crianças gritavam entusiasmadas.

Entretanto, a atmosfera me parecia um pouco triste e eu não conseguia ficar verdadeiramente animado. Caminhava olhando para os meus pés e com as mãos no bolso, acompanhando apenas a presença da menina que se mantinha grudada em mim para não nos perdermos. Será que era a visita dos detetives que ainda me preocupava? Ou talvez fosse por causa do clima chuvoso, ou simplesmente por causa desse nome, "Festival do Pranto"?

Antes de mais nada compramos balas de menta para esquecer o cheiro dos peixes, depois tomamos chocolate quente. Ao ver alguma loja que a interessasse, a menina parava e examinava os produtos, mas não comprou nada exceto um *pot-pourri* de presente para a velha. Ela estava claramente decepcionada por não ter encontrado o jovem.

— Eu te dou de presente, não precisa fazer cerimônia.

— Tudo bem. Me ensinaram que não se deve gastar com bobagens nos festivais. Mamãe não gosta desses eventos — disse a menina lambendo o chocolate dos lábios.

— Por quê?

— Diz que é apertado e sujo, tem gente demais, enfim, ela fica nervosa ao ver todo mundo reunido e se divertindo.

— Acho que eu entendo. É que a sua mãe é uma especialista nas recordações dos mortos. Para lidar com os mortos é preciso estar sempre sozinho.

A praça central, fechada para a circulação de carros, estava ainda mais agitada. A névoa continuava cobrindo tudo, a chuva ia e vinha, mas ninguém usava guarda-chuvas, apenas chapéus de pele e cachecóis. A menina puxara o capuz do seu casaco cobrindo até a testa e as maçãs do rosto. Mesmo assim o cabelo que escapava para fora do gorro já estava molhado.

A névoa que ondulava junto à cordilheira misturava-se às nuvens no topo, formando um véu ainda mais denso. O vento que soprava das montanhas era tão frio que a chuva poderia transformar-se em neve a qualquer momento.

Um trenzinho levava crianças sobre o trilho disposto ao redor da fonte, um sino soou na barraca da rifa, onde alguém deve ter ganhado o primeiro prêmio, e na barraca de tiro ao alvo as pessoas faziam fila. Ninguém se preocupava com o frio. Os únicos com o pescoço voltado para cima, a olhar as montanhas, éramos eu e a menina.

— Pode ir jogar alguma coisa, se quiser! — eu disse, querendo que a menina se divertisse pelo menos um pouco.

— Não sou criança — respondeu ela, mal-humorada.

— Afinal, por que é que chamam isso de "Festival do Pranto"?

Escapamos da multidão e nos encostamos numa mureta.

— Porque é um festival pra lamentar, chorando, a chegada do inverno.

— O inverno é tão horrível assim?

— É... Acho que não tem muita gente que goste dele. Você percebeu quando a gente catalogou as recordações, não percebeu? Setenta por cento das pessoas morre no inverno. Por que será? Claro que o frio tem um efeito sobre o corpo, mas talvez tenha algum outro motivo. Nem os médicos, nem os historiadores, nem os videntes conseguem responder isso com clareza.

— Mas as pessoas não parecem estar se lamentando muito...

— Quando começar o desfile você vai entender rapidinho. Os moradores fazem uma fila e caminham por toda a vila chorando. Quer dizer, na verdade eles fingem que choram, né? A princesa das lágrimas escolhida para aquele ano vai na frente, agitando um galho de espinheiro e chorando do jeito mais exagerado, sofrido e triste possível. Eles acreditam que assim o inverno vai ficar amedrontado e não vai se aproximar.

A menina arrumou o capuz, cobrindo mais o rosto. Não ver a sua cicatriz de estrela me deixava surpreendentemente aflito. Como se eu tivesse perdido de vista um sinal que ela emitia somente para mim.

— Hoje em dia não deve dar pra imaginar, mas dizem que a mamãe já foi escolhida como princesa das lágrimas!

— Qual é o critério? Beleza mesmo?

— Se você pensar que tem um sentido de oferenda, pode ser ofensivo usar alguém feio... Mas a condição mais importante é conseguir chorar muito. Afinal de contas, é a princesa das lágrimas.

— Não consigo imaginar a sua mãe chorando.

— Nem eu. Hoje em dia parece que todo o líquido do seu corpo já evaporou, não parece? Agora todas as emoções dela se manifestam como raiva.

Enquanto falava, volta e meia ela levantava o rosto e seguia com os olhos as pessoas que passavam. Ainda estava procurando o aprendiz de missionário.

A decoração elaborada já estava toda molhada e flácida. O casaco de lã de qualidade superior que eu mandara fazer, em obediência à velha, envolvia o meu corpo confortavelmente, mas os sapatos que eu calçava desde que chegara à vila estavam molhados de chuva e pesados. Já não restava vestígio do calor do chocolate quente que eu bebera havia pouco.

— Será que os missionários do silêncio podem chorar? — murmurou a menina enquanto arrumava o cachecol.

Sem saber se era uma pergunta ou se ela estava falando sozinha, continuei calado.

— Será que é permitido ou têm que pagar penitência no depósito de gelo?

Pouco a pouco as gotas de chuva engrossavam e os círculos que elas formavam ao cair sobre a água da fonte ficavam mais claros. A menina segurou o meu braço.

— Talvez não tenha problema, se eles não fizerem nenhum som — respondi.

— Mas os bisões-dos-rochedos-brancos não choram. Eles nem têm lágrimas.

— Hum...

Só pude soltar um suspiro, que não servia como resposta.

— Ah, chegaram!

Na direção para onde a menina voltara o rosto surgiu um desfile vindo da avenida. Ao mesmo tempo, a música dos alto-falantes cessou, o trenzinho parou de andar, a agitação se acalmou. A multidão afastou-se naturalmente para os lados abrindo caminho. Nesse momento percebi que o pôr do sol chegara junto com o desfile. O perfil da menina quase sumia na penumbra.

O desfile era mais silencioso do que eu esperava. Eu podia ouvir o choro, sem dúvida, mas ele era calmo se comparado com a animação que havia antes. Não havia música alguma ditando o ritmo e os personagens não tinham fantasias chamativas, nem mesmo a princesa das lágrimas. Os únicos acessórios eram galhos de espinheiro.

Eu não conseguia ver o seu rosto de longe, mas a princesa das lágrimas parecia ter mais ou menos a mesma idade da menina, vestia uma capa preta e trazia nas mãos um galho de espinheiro um pouco maior do que os galhos das outras pessoas, e com muitas ramificações. Dois homens fortes acompanhavam-na de ambos os lados carregando tochas, talvez representando os seus guardas. Atrás deles seguia uma grande variedade de pessoas sem nenhuma organização clara exceto por estarem divididas em duas filas. Havia mulheres de meia-idade tão gordas que andavam arrastando os pés e crianças pequenas que mal tinham saído das fraldas. Havia velhos caminhando abraçados aos seus gatos e havia belos jovens.

O desfile seguia a passos lentos. A princesa das lágrimas chegou à fonte, que parecia ser o destino final, e começou a contorná-la. Todo o restante do desfile entrou na praça atrás dela. Os espectadores fugiram para o terraço do café e para as calçadas, mas todos se empurravam tentando ver o desfile o mais de perto possível. Eu passei o braço sobre os ombros da menina.

Por fim, o desfile formou um grande círculo. Todos choravam, cada um no seu estilo. Alguns tinham a cabeça baixa e soluçavam sacudindo os ombros, outros erguiam o rosto para o céu e gritavam brandindo os seus galhos de espinheiro com a audácia de um protagonista de tragédia clássica. Angústia, dor, medo, solidão, havia lágrimas de todos os tipos. Mas não havia nenhum contato entre elas. Não se via ninguém com o rosto enterrado no peito de outra pessoa ou de mãos-dadas. Cada um estava fechado em sua tristeza particular.

A noite aproximava-se rapidamente. A iluminação pública fora apagada e apenas as duas tochas brilhavam na praça. A menina estava imóvel dentro dos meus braços.

Talvez fosse impressão minha, mas parecia que, conforme o ambiente escurecia, aumentava o volume dos ruídos de tristeza produzido pelo desfile. É claro que aquela era a primeira vez que eu ouvia uma quantidade assim de pessoas chorando ao mesmo tempo. Cada uma das vozes chorava, sem dúvida, mas, quando todas elas se misturavam, soavam como o rugir do mar que se revolve nas profundezas do oceano. Por cima disso, acumulavam-se o som dos seus passos, dos galhos de espinheiro batendo contra o chão e a respiração dos espectadores, criando um matiz ainda mais complexo.

Faíscas voavam cada vez que os guarda-costas da princesa agitavam as tochas. Ela cobriu o rosto com a capa e chorou ainda mais alto. Em seguida um homem no meio da fila fincou o galho de espinheiro no próprio pé, e a mulher logo atrás dele desfez o penteado desgrenhando os cabelos. Alguém contorcia as mãos, outro arranhava o próprio peito.

Não era só impressão. De fato, o rugido do mar ficava cada vez mais alto. A roda girava incessante, produzindo um redemoinho de pranto cada vez mais sólido, que não dava mostras de parar.

— Ah! — exclamou a menina, retesando o corpo de repente. — Ali...

Com as mãos entorpecidas pelo frio, ela não conseguiu apontar direito.

— Tenho certeza!

No instante seguinte ela já havia se esgueirado para longe dos meus braços, abrindo caminho pela multidão.

Tentei segurá-la, apressado, mas já era tarde demais. Não tive tempo sequer de perguntar o motivo.

— Aonde você vai?

Corri no seu encalço, trombando com a multidão e ouvindo xingamentos. A menina parou diante do círculo que seguia rodando e pareceu hesitar por um momento, mas logo se recompôs e tentou passar por entre as pessoas que choravam. Na direção em que ela corria estava um missionário do silêncio. Era o jovem aprendiz.

Por que será que eu não percebera antes? Ele devia estar ali desde antes de o desfile chegar...

O jovem tinha as mãos juntas diante do corpo, os pés levemente afastados e o olhar pousado sobre o chão de pedra. Estava no mesmo lugar onde o missionário morrera na explosão, parado na mesma posição. Ele não chorava. Sua pele de bisão, que parecia tão nova quando eu o conheci, agora estava tão enlameada que não guardava nenhum vestígio daquela juventude.

O jovem estava exatamente no centro da roda. Era como um eixo ao redor do qual ela girava. Enfim alcancei a menina.

— É perigoso, vamos voltar um pouco!

— Não, eu tenho que ir.

O desfile do Festival do Pranto era muito mais assustador de perto do que de longe. Todos tinham o rosto molhado de chuva e lágrimas, e os seus hálitos brancos preenchiam o ar.

Era um círculo de pranto perfeito. Uma forma contínua e completa sem nenhuma falha.

A menina tentou se enfiar entre as pessoas, foi empurrada de volta e se desequilibrou. Eu a amparei, avaliei com os olhos o ritmo da fila e entrei à força em uma pequena brecha. Achava que iríamos atravessar a roda e chegar até o missionário em apenas alguns passos, porém aquela grossa camada de pranto não nos permitiu passar e nos fez recuar. A menina caiu sentada e me derrubou junto. Caímos sobre uma poça d'água e a menina deixou escapar um gemido. Eu podia sentir os espectadores apontando em nossa direção e cochichando. Enquanto tudo isso acontecia, o desfile jamais perdeu o ritmo.

Quando tentei erguê-la, alguém acertou o espinheiro em suas costas, depois pisaram na minha mão e chutaram as minhas costelas. Não consegui protestar, não tanto pela dor, mas porque fui vencido pelo vigor dessas pessoas, e só me restava encolher o corpo, caído sobre a menina. Meu casaco e minhas luvas estavam cobertos de lama. Nem uma única pessoa nos dirigiu a voz, demonstrou alguma preocupação ou tentou desviar-se de nós. Todos os olhos estavam totalmente empenhados em produzir as lágrimas e nem sequer nos viam.

A princesa das lágrimas sacudiu a capa, levantou bem alto o seu galho de espinheiro e baixou-o sobre a menina. Quem gritou foi a própria princesa, um grito apropriado para declarar a tristeza do povo. O espinheiro se partiu, a ponta rolou pelo chão. Lágrimas, saliva, remela, granizo, ranho, fagulhas, caspa, lama, todo o tipo de coisas caía sobre nós.

O aprendiz de missionário continuava lá, imóvel. Sem fazer menção de se aproximar de nós, sem voltar um único olhar em nossa direção, ele continuava suportando aquela massa de silêncio. Parecia um volume pesado demais, cruel para um jovem imaturo. Mesmo através da pele de bisão eu era capaz de perceber que os seus braços estavam dormentes e as suas pernas tão cansadas que tinham perdido toda a sensibilidade.

Já não conseguíamos mais nos erguer dali, nem chamar o jovem, nem sequer chorar. O corpo da menina era quente e tinha um perfume agradável. O círculo da tristeza continuava rodando sem hesitar.

14

Apesar de tantas preces e lamentações, a chegada do inverno foi inevitável. Todos já sabiam que o outono, com a sua abundância de frutos, partira e não voltaria mais. A cor das montanhas, o correr dos riachos, a sombra projetada pela torre do relógio da prefeitura, o badalar do sino do mosteiro... Absolutamente tudo estava sob o controle do inverno.

No dia seguinte ao festival a menina ficou o dia todo de cama, com as amídalas inchadas, enquanto fui até o bosque com o jardineiro pegar lenha para os fogareiros. A criada lavou os nossos casacos, cachecóis e luvas sujos de lama.

Entreguei-me ao trabalho, focado em terminar o museu. A velha enfraquecia dia após dia, o problema com os detetives continuava não resolvido e ainda não chegara nenhuma correspondência do meu irmão. Entretanto, eu me esforçava para não pensar em nada exceto trabalho. Por mais difícil que fosse, o procedimento de documentação dos objetos com a velha sempre me dava satisfação e, enquanto eu contava os parafusos de fixação das vitrines ou testava os interruptores da iluminação, sentia-me seguro dentro do refúgio que era o museu.

A menina, em certo sentido, lidava com a realidade da mesma maneira que eu. Ela jamais mencionou os acontecimentos do dia do festival. Também nunca pediu a minha opinião sobre a ascese do silêncio do jovem. Assim que as suas amídalas sararam, ela desceu novamente ao subsolo, sentou-se ereta diante da mesa e concentrou-se em passar as entrevistas a limpo. Se eu a convidasse para fazer um intervalo, ela respondia sem erguer a cabeça:

— Quero escrever mais um pouco — e continuava a trabalhar.

O estado da velha, por outro lado, era grave. Por mais pesados que fossem os seus insultos contra mim, eles não conseguiam camuflar a decadência do seu vigor. Pelo contrário, quanto mais potentes eram as suas palavras, mais evidente ficava a situação miserável do seu corpo.

A quantidade de comida que ela ingeria caiu de forma drástica e a velha comia quase que exclusivamente apenas sopas e gelatinas, deixando a criada em dificuldades. Seu rosto encolheu ainda mais e ela já não conseguia caminhar sem ajuda. A maior parte da calefação da mansão não funcionava, de modo que a velha enfrentava o frio vestindo, sobrepostas, todas as roupas que possuía. Além do chapéu de pele, sua marca registrada, calçava três camadas de meias, vestia ceroulas e uma saia transpassada e um avental, um cardigã sobre um suéter sobre um colete sobre a blusa, e estolas, luvas, xales, protetores de orelhas... Protegia-se enrolando umas sobre as outras todas as vestimentas imagináveis. Quando eu a via andando pelo corredor, apoiada na menina, era como se uma pilha de trapos caminhasse em minha direção. Por entre uma pequena fresta dessa pilha, apenas um par de olhos espiava. Eu chegava a pensar que os seus passos incertos não se deviam à fraqueza do seu corpo, mas ao peso de tantos tecidos.

Àquela altura, nos cômodos onde faríamos a documentação, era colocado um divã. A velha narrava as histórias dos objetos deitada. Apenas a direção do seu olhar mudara, mas ela ainda conseguia manter a correspondência com os objetos, e o fato de estar deitada relaxava a tensão da sua voz, permitindo que a minha escrita e a sua fala se aproximassem de maneira mais íntima.

Certo dia, à tarde, nevou. Era a primeira neve que eu via desde que chegara à vila. Não parecia que ela iria se acumular, pois se deixava levar pelo vento sem resistência e derretia logo que chegava ao chão, mas, ainda assim, era neve.

No dia seguinte chegaram as vitrines de exibição. Eu e o jardineiro abrimos as caixas na frente do poço e carregamos os vidros para dentro do museu com todo o cuidado para não riscá-los.

— Elas são bem fortes, hein? — disse o jardineiro.

— É que são muito importantes, pois protegem a coleção. São como guardas imponentes e também camas tranquilas.

— Puxa... Incrível. Eu não sabia que seriam tantos formatos e tamanhos diferentes! Achava que era um negócio mais simples.

— Não adianta só botar tudo enfileirado. Só pela forma como ela é disposta, o sentido de uma coleção pode mudar tanto que nem parece a mesma. O planejamento do layout, baseado na psicologia da percepção visual, e levando em consideração não só o conteúdo da coleção, mas também a combinação de vários aspectos como o design, a cor e os destaques das vitrines, é uma oportunidade para o museólogo demonstrar a sua sensibilidade.

— Entendi... Mas, sabe, fico muito emocionado vendo o museu tomando forma finalmente. Olhando agora, ninguém iria acreditar que um dia isto aqui esteve cheio de cavalos amarrados.

Parado próximo à porta, o jardineiro olhava ao redor atentamente.

— Quando as recordações estiverem todas aqui, vai ficar mais diferente ainda — eu disse.

Depois de abrir todas as caixas, dividimos o trabalho e fomos montando as vitrines, checando as suas posições na planta. Fixávamos no chão aquelas em forma de caixa e pendurávamos na parede as do tipo prateleira.

Nos museus onde eu trabalhara até então, esse tipo de serviço era feito pelos funcionários responsáveis pelas instalações, e eu apenas supervisionava o processo. Descobri naquele momento, pela primeira vez, como era divertido aquele trabalho de carregar as vitrines e ir prendendo os parafusos com a chave de fenda. Vi a mim mesmo, mais uma vez, trabalhando para servir a coleção. Até o jardineiro, que nunca pisara em um museu e naturalmente não aprendera sobre o espírito da museologia, apertava cada parafuso com gestos afetuosos. Vendo o seu rosto, lembrei-me de um dos princípios da museologia sobre o qual não pensava havia muito: "Um museu não é algo natural. Ele é construído pelos homens."

Com as vitrines instaladas, criou-se uma ordem naquele espaço até então indefinido. Todas as linhas retas, cubos, curvas e esferas estavam dispostos de forma equilibrada, conforme eu desenhara na planta.

Já termináramos de instalar todas as vitrines quando, inesperadamente, a velha, trazida pela criada e pela menina, veio ver como andavam as coisas.

— Não é ruim a senhora sair neste frio? — perguntei, pegando na mão da velha para ajudá-la a subir o degrau da entrada.

— Queria que o frio fosse uma desculpa pra eu ficar longe e você poder fazer um servicinho mais ou menos, é? Nada disso!

A voz da velha estava abafada por uma quantidade extra de roupas.

— Puxa, fiquei um tempo sem vir aqui e agora já está quase pronto! — disse a criada.

— Está totalmente diferente! — completou a menina.

— Ainda não podemos relaxar até os objetos estarem todos expostos.

Demos uma volta pelo museu enquanto eu o apresentava a elas. Graças ao passo lento da velha, pude explicar até os mínimos detalhes. O jardineiro nos seguia a postos para oferecer ajuda a qualquer momento.

— Logo em frente à entrada estará exposta a tesoura de poda do bisavô do jardineiro, nesta vitrine. Apesar de pequena, ela é decorada com uma moldura especial. Como esta é a recordação que deu início a todo este museu, creio que ela tem direito a um tratamento especial, não é mesmo? Pretendo colocar um texto explicativo, bem conciso, em uma plaquinha mais ou menos aqui ao lado da vitrine. Não estou pensando em usar painéis explicativos nas paredes. Acredito que as informações que os visitantes querem sobre os objetos são muito simples. O nome do proprietário, a data de falecimento e a causa da morte. Só isso já é suficiente. Painéis cheios de textos longos não seriam apropriados para a atmosfera daqui, e correm o risco de atrapalhar a apreciação das peças...

... O percurso de visitação começa pela ala esquerda, depois entra no corredor do fundo, vai para a ala da direita e volta para cá. A coleção será dividida em cinco blocos por períodos de aproximadamenté vinte anos. Dentro de cada bloco pretendo fazer uma organização mais livre, sem me prender à ordem temporal. Isso porque o fato de dois objetos terem sido coletados no mesmo ano não faz com que eles tenham algum tipo de influência um sobre o outro. As recordações são todas isoladas...

... Esses espaços ao lado da parede, que vocês podem ver em vários lugares, serão usados para expor os objetos grandes que não cabem nas vitrines. Devido à definição de objeto de recordação pela qual nos guiamos e ao método de coleta, a maioria das peças é de um tamanho que se pode carregar. Nos casos em que a recordação escolhida é algo muito grande e difícil de carregar, coletamos algo pequeno que consiga simbolizar essa grandeza. Entretanto, toda coleção tem exceções. Vou colocar pequenas cercas aqui. Assim, mesmo sem nenhuma cobertura protetora, a chance de eles serem danificados pelos visitantes é baixa. Nenhum museólogo quer pensar que os visitantes de um museu que ele construiu serão grosseiros...

Eu não preparara nada de antemão, mas falava com facilidade, exatamente como se eu estivesse lendo em voz alta um panfleto que abordasse todos os aspectos do museu. Fiquei surpreso ao perceber quanto eu amava o Museu do Silêncio. Enquanto eu falava, novos pontos de vista surgiam um após o outro, cruzavam-se e proliferavam, explorando um território cada vez maior. As palavras borbulhavam sem cessar e transbordavam sozinhas da minha boca, mesmo que eu não pensasse em nada. Eu podia relaxar e simplesmente escutar a minha própria voz que se espalhava por todo o museu com uma reverberação digna de uma sala de concertos.

A menina, o jardineiro e a criada assentiam impressionados sempre que eu falava alguma frase de impacto. Seguiam com o olhar atento quando eu apontava para alguma coisa, e quando eu parava para tomar fôlego, esperavam ansiosos pela continuação.

A velha... A velha continuava a mesma. Ficava examinando coisas que uma pessoa normal sequer notaria — o fundo do cinzeiro da área de descanso, as tábuas internas no balcão da recepção, o interior da gaveta da mesinha do telefone. Cutucava tudo com a bengala, bufando sempre em tom de reprovação. Às vezes interrompia a minha explicação com acessos de tosse que pareciam forçados.

Eu, no entanto, entendia muito bem. Minha relação com a velha, cultivada durante as entrevistas de documentação, ensinara-me isso. O fato é que ela estava tendo dificuldade para expressar o seu sentimento de gratidão. Brandia a sua bengala a esmo porque nem ela mesma sabia como é que deveria agir. A prova disso é que, quando ela se desequilibrou e apoiou em uma vitrine, limpou as suas digitais no vidro com a manga do cardigã, cuidando para que eu não percebesse.

A luz que entrava pela janela era refratada de forma a não danificar os objetos, conforme eu planejara. As paredes tinham sido limpas com afinco e recuperaram a cor suave dos tijolos originais. Diante de mim estavam reunidas todas as pessoas que trabalharam comigo, olhando-me com respeito.

Entramos no corredor que levava ao quinto bloco, e eu me preparava para discorrer sobre os aspectos considerados no planejamento da circulação interna e os seus resultados, quando uma voz soou na porta de repente.

— O senhor está aqui, doutor?

Todos tiraram os olhos de mim e se voltaram em direção à voz.

— Está, não está?

Dois homens entraram. Ignoraram a rota de visitação e vieram diretamente em nossa direção.

— Sinto muito por incomodá-lo durante o trabalho! — disse um deles com um sorriso afetado. — Não vamos tomar muito do seu tempo. É sobre aquele mesmo assunto de sempre.

Eles não voltaram sequer um olhar em direção à velha ou aos outros. Nem mesmo um aceno de cabeça. Sua mira estava focada em mim.

Dentro da minha cabeça a explicação sobre o plano de circulação original, sobre a revisão e o plano final já estava preparada, porém nenhuma daquelas palavras que surgiam com tanta facilidade passou pela minha garganta. Minha voz, que até havia pouco ecoava por todo o museu, desvaneceu rapidamente no fundo dos tímpanos.

— Será que os outros senhores poderiam nos dar licença, por gentileza? Pode haver algum inconveniente.

— Não — respondi, finalmente conseguindo abrir a boca. — Não há nada de inconveniente.

Eu estava furioso por serem eles os primeiros visitantes do museu. Era como se pisoteassem o nosso dedicado esforço. Eu queria que os primeiros visitantes fossem boas pessoas da vila, que viessem atraídas pelos objetos de recordação.

Todos estavam desorientados diante desse desenrolar inesperado dos acontecimentos. Até mesmo a velha parecia não saber como lidar com a situação e remexia nas roupas empapuçadas sobre o quadril.

— Está bem, então vamos prosseguir assim mesmo.

— E então? Já está na hora de o senhor se lembrar de alguma coisa, não está?

— Dias 3, 30 e 13 de agosto.

— O parque florestal e o apartamento 104 B.

— O escritório de assistência social e o Instituto de Intercâmbio Cultural.

— E estas duas fotos.

A respiração dos dois era incrivelmente sincronizada. E, apesar disso, havia um tipo de dissonância que causava desconforto.

Todos continuavam parados no corredor. A menina e a criada concentravam-se apenas em amparar a velha, e o jardineiro parecia tentar me perguntar em silêncio como ele poderia ajudar nessa situação desagradável, mas ao mesmo tempo não conseguia conter a curiosidade sobre as fotos que o detetive mostrava.

— Por que estão me perseguindo?

O interior do museu estava esfriando rapidamente à medida que o sol baixava. Eu sabia que seria inútil perguntar isso, mas não fui forte o suficiente para permanecer calado.

Meus dentes começaram a bater de frio. Estava preocupado com o que deveria fazer caso passasse mal novamente, como naquela noite em que estava embriagado. Muito mais preocupado com isso do que com o motivo pelo qual eles me perseguiam.

— Se ficar calado não estará fazendo nenhum favor para si mesmo.

— Sim, eu gostaria muito de poder responder. Mas não sei de nada.

— Parece que o senhor ainda não percebeu a gravidade da situação em que se encontra.

— E nem quero perceber. Essas datas, esses lugares, as fotos, nada disso tem a ver comigo. De verdade. Acreditem em mim.

— Testemunhas viram o senhor tanto no parque florestal quanto no Instituto de Intercâmbio Cultural.

— Há também uma pessoa que viu o senhor na rua do jardim botânico, tarde da noite, no dia 13 de agosto. Essa pessoa, mais especificamente, trombou com o senhor e caiu no chão enquanto o senhor fugia correndo.

— Como os senhores sabem, eu sou um museólogo. Andar pela vila para coletar os itens da coleção é parte do meu trabalho.

— Então o senhor admite que invadiu o apartamento 104 B.

Um deles agarrou o meu ombro e o outro bafejou na minha cara com o hálito fedendo a cigarro.

Minha irritação era tamanha que eu não conseguia respirar direito. Por que uns sujeitos grossos como esses têm que vir invadir o museu? Então eles têm o direito de espalhar o seu hálito sujo e estragar esse universo sagrado, novinho em folha? Se eles nem sequer foram convidados! Se nem sequer compraram ingressos!

O suor escorria das minhas axilas apesar do frio insuportável, minhas têmporas pulsavam e doíam. Tenho que respirar o mais calmamente possível, disse a mim mesmo, mas a minha garganta apertada não deixava o ar passar direito.

— Não fiz nada que eu seja obrigado a declarar pra vocês — disse em voz baixa, desviando o olhar. Mas isso não serviu para me acalmar. Meu coração batia cada vez mais rápido. — Só estamos tentando construir um museu com objetos de recordação. Não estamos causando danos nem mágoa a ninguém.

— Pouco me importa essa história de objetos de recordação — disse um deles com um ar de tédio infinito.

— Não ofenda as recordações!

Eu empurrei a mão que estava sobre o meu ombro. O jardineiro e a criada mantinham a cabeça baixa como se alguém estivesse brigando com eles. A menina estava pálida e a velha fechara os olhos fingindo dormir.

De repente reparei que, atrás da menina, embaixo de uma vitrine, havia uma caixa de madeira da qual eu não me lembrava. Ela surgira no meu campo de visão discretamente, sem motivo nem aviso. Eu tinha certeza de ter aberto, junto com o jardineiro, todas as caixas que recebemos. Enquanto eu encarava os detetives essa caixa esquecida recusava-se a sumir da minha vista e me deixava cada vez mais exasperado, como se eu tivesse recebido uma reclamação sobre um serviço que considerava pronto.

— Escutem aqui. O tipo de gente que não entende o verdadeiro significado dos objetos não tem o direito de entrar aqui. Estávamos em um momento de grande alegria vendo este espaço completamente pronto para abrigar a coleção. Não nos atrapalhem. Pra começo de conversa, nós somos vítimas! Na verdade, o que vocês deviam fazer é nos proteger, e não me recordo de ter feito absolutamente nada pra ser ameaçado dessa forma — continuei falando, pois não havia outra maneira de disfarçar a minha raiva. — Esta mansão era o próximo alvo do criminoso. E não é só isso! Quando o chafariz da praça explodiu, essa menina sofreu ferimentos graves. Olhem só pra isso, essa cicatriz no rosto dela!

Apontei para a menina, que virou o rosto e escondeu a cicatriz. Eu percebi na hora que fizera uma coisa terrível e me arrependi, mas não havia como voltar atrás. A caixa de madeira continuava lá.

— Os senhores investigaram bem esse criminoso? Estamos falando de um sujeito que sorri satisfeito depois de armar uma bomba-relógio! Não é pouca coisa. Talvez ele guarde algum ressentimento em relação a um morador desta casa. Inclusive, talvez ele estivesse esperando que eu e a menina fôssemos para a praça. Quem arma bombas não se importa de matar pessoas também.

Atirei longe a planta baixa que tinha nas mãos. Minhas mãos já estavam totalmente insensíveis de tão frias. Durante todo o tempo a presença da caixa de madeira crescia, obstruindo minha visão e me dando vertigens.

De repente eu entendi. Recriminei-me por ter me deixado levar pela conversa dos detetives e perdido tanto tempo.

— Fujam! — gritei. — É uma bomba! Foi armada aqui no museu!

Empurrei para longe os detetives e tentei proteger a menina antes de qualquer coisa. Ouvi a planta rasgar sob os meus pés.

— Vamos, saiam todos! Rápido. Tem uma bomba aqui!

A menina estava atordoada e sequer notara a caixa de madeira. Olhava para mim como quem olha para alguém desconhecido e distante. Os detetives tentaram me conter dizendo coisas sem sentido. Um puxou os meus braços para trás e o outro me segurou pelas axilas, cruzando as mãos atrás da minha cabeça. Enquanto eu me contorcia, alguma coisa caiu do bolso da calça.

— Este canivete é seu? — gritou um dos homens no meu ouvido depois de recolher o que caíra.

— Isso não importa! Me larga, não me atrapalhem — disse, resistindo e retorcendo os braços. — Se não sairmos logo, ela vai explodir!

— Ah, é mesmo?

O homem agarrou o meu cabelo e virou o meu rosto à força na direção da faca.

Eu não tinha olhos para o canivete nem para mais nada. O que eu via eram os sapatos. As botas de trabalho desgastadas do jardineiro, os sapatos de pano da criada espiando por debaixo do avental, as botas de amarrar da menina, os sapatos de couro da velha, pequenos demais. Ninguém dava ouvidos ao que eu dizia. Todos os pés continuavam imóveis, sem nenhuma intenção de fugir.

Com a minha cabeça pressionada sob a chave de braço do homem, lembrei-me daquele domingo em que fomos comprar o ovo decorado. O som da explosão que deixara a menina debaixo de um mar de cacos e, depois, o silêncio opressivo que cobrira os meus tímpanos. Revi o cadáver do missionário do silêncio caído diante do chafariz. Tentei gritar novamente, mas tudo o que escapou da minha boca foram soluços entrecortados.

— Calma, doutor — ouvi a voz do jardineiro dizer. — Está tudo bem. Não precisa se preocupar.

Ele me arrancou das mãos dos detetives e afagou as minhas costas. De repente tudo estava quieto de novo. Só a minha respiração estava conturbada e aflita. O jardineiro tirou uma ferramenta do cinto e abriu a caixa.

— Olha, são parafusos extras.

Ele mostrou alguns na palma da mão. Eram parafusos bonitos, cobertos de óleo.

— O culpado pela explosão já foi preso. Ele não vai armar nenhuma bomba nova — disse um dos detetives. — É seu o canivete, não é?

Ele abriu a lâmina e a examinou próxima ao rosto.

— Parece cortar maravilhosamente bem.

A antiga sala de bilhar era equipada com uma lareira suntuosa que, obviamente, precisou de muitos reparos para voltar a funcionar. Depois que o jardineiro e um limpador de chaminés passaram três dias inteiros limpando grandes quantidades de fuligem, ela finalmente retomou a sua função original. Graças a isso eu podia trabalhar até tarde da noite sem me incomodar com o frio.

A simples presença do fogo parecia transformar o escritório. O som das fagulhas intensificava a quietude do ambiente, o oscilar das chamas dava uma sensação de tranquilidade.

— Ainda não terminou? Que dedicação!

O jardineiro apareceu na sala.

— É, bem...

Interrompi o trabalho e o convidei para sentar.

— Pode continuar, por favor. Não quero atrapalhar. Só queria saber como estavam as coisas.

— Está funcionando muito bem, graças a vocês — respondi, e olhei para a lareira.

— Não é isso... Quero dizer, como você está... — murmurou ele, retorcendo as luvas de couro que tirara.

— Ah... — suspirei, enrolando o canto do documento que estava escrevendo. — Desculpe por ter causado tanta preocupação.

— Imagina, você não tem por que se desculpar. Eu é que estou sendo intrometido.

— Fico muito feliz com a sua gentileza, de verdade.

— Não é nada de mais...

Ficamos calados por algum tempo. O jardineiro estava encostado à porta mexendo na maçaneta por falta do que fazer. Eu continuava mexendo no canto do papel.

— Não sei por quê, mas sempre que eles aparecem eu fico esquisito.

— É normal. Qualquer um ficaria maluco. Essa é a técnica deles. Deixam a pessoa desconfortável, confusa, para forçá-la a entrar na dança deles.

— Mas acho que eles estão mesmo desconfiando de mim, não estão?

— Estão só investigando um pouco. Devem ter ido até o museu porque queriam entender o que é a coleta dos objetos de recordação. É a primeira vez que aparece um assassino em série na vila, então eles estão empenhados farejando por todo canto. Quem é que acharia você suspeito?

A pilha de lenha ruiu e as chamas mudaram de forma. No canto da mesa, as entrevistas que a menina passara a limpo naquele dia estavam empilhadas cuidadosamente.

— Falando nisso... — continuou o jardineiro. — Aquele canivete...

— Ah, é mesmo. Também precisava me desculpar por isso. Sinto muito que tenha terminado assim.

— Eles o levaram embora mesmo?

— Levaram. Tentei resistir, mas...

— Logo mais eles devolvem, quando descobrirem que não tem nada a ver com o caso. Mas pensei que pra você é ruim ficar sem ele, não é? Então trouxe outro.

Ele me ofereceu um canivete novinho.

— Ah, não posso aceitar algo valioso assim...

— Quero que você use, sem cerimônia. Precisa de um pra quando for coletar os objetos. Se acontecer alguma coisa, pode te ajudar. Como já falei várias vezes, minha maior felicidade é ver as minhas obras sendo úteis. Você pode me devolver este quando recuperar o outro.

Aceitei o canivete e agradeci. Era do mesmo formato que aquele levado pelos detetives. Da decoração do cabo até o desenho da lâmina e a forma como ele se encaixava na mão, tudo era igual.

— Não consigo diferenciar os dois! — exclamei, testando o movimento da lâmina.

— É claro — respondeu o jardineiro, orgulhoso. — Mesmo sem usar máquinas, consigo refazer as linhas exatamente da mesma forma. É que guardo nos dedos a sensação precisa de quando fiz cada um deles. Mas então você ainda não vai voltar pra casa?

— Gostaria de voltar com você e tomar alguma coisa, mas ainda quero terminar uns serviços, então vou continuar mais um pouco.

— Tá bom. Não vá se cansar demais. Bem, até amanhã.

Ele fechou o zíper do casaco até o pescoço e saiu com um aceno de mão. Guardei o canivete no bolso e voltei ao trabalho.

Foi naquela noite que surgiu a terceira vítima. Era vendedora em uma loja de louças, no fim de uma ruela que saía da rua comercial coberta.

Não havia nenhuma característica que diferisse muito dos outros dois casos. Era uma moça metódica, que chegava ao trabalho às dez horas, abria a loja, espanava as prateleiras e, quando um cliente escolhia alguma peça, embrulhava-a cuidadosamente, primeiro enrolando em papel-jornal e depois cobrindo com espuma. A criada, que passava diante do estabelecimento quando ia fazer compras, disse que sempre a via pela vitrine polindo de forma meticulosa as peças que não tinham sido vendidas.

Ela encerrara o expediente às sete horas como de costume e não se sabe bem o que houve, com o seu cadáver sendo encontrado esfaqueado no depósito de uma granja, na direção oposta de onde morava. Nem é preciso dizer que os seus mamilos haviam sido cortados.

15

Aquela foi a primeira vez que saí para coletar uma recordação e voltei de mãos vazias. Mesmo nos casos mais difíceis eu sempre voltara trazendo algum tipo de recordação, nem que fosse um único pedaço de mato seco, mas desta vez não consegui.

A velha ficou absolutamente furiosa. Tão furiosa que eu tive medo de que ela fosse cair dura ali mesmo, morta de raiva. Ela disse que eu era um incompetente, que não se lembrava de ter deixado o museu nas mãos de um sujeito desses, bateu os pés e, por fim, tentou me acertar com a bengala, até ser contida pela criada.

— Mas é que os detetives estavam atrás de mim — argumentei com timidez.

— E o que é que tem? Vai me dizer que eles chegaram na sua frente e levaram o objeto?

— Não, não é isso...

— Eles estavam te seguindo, só isso. Não é motivo pra ter medo.

— Se eu fosse pra loja, pra casa dela ou pra granja, pra qualquer lugar que tivesse a ver com a moça, iriam suspeitar ainda mais de mim. Então, depois de rodar algum tempo de bicicleta, não tive outra alternativa a não ser voltar pra casa. Será que o jardineiro ou a criada não poderiam ir no meu lugar?

— Não fale asneiras! — disse a velha, e se desequilibrou com o ímpeto da própria voz. — Quer renunciar a essa função, que é a mais significativa, a mais nobre de todas? Hunf, mas que idiota! Você não tem nenhum orgulho do seu trabalho? O que é que têm os detetives? Não me interessa se alguém suspeita de você ou não. Faça-me o favor de não prejudicar o meu museu para proteger a si mesmo. Escuta aqui. Quando alguém morre, você pega um objeto de recordação. Isso não tem exceção, não importa quão sem graça era a pessoa ou quão difícil de chegar é o lugar onde o objeto está escondido. E quem faz a coleta é você. Tem que ser você. Não pode escapar dessa função de jeito nenhum.

A velha ergueu a bengala e apontou-a para a minha cara. A criada apressou-se para segurar o seu braço, temendo que ela fosse tentar me acertar novamente. Mas a bengala parou quase roçando nos meus cílios.

Sem escapatória, voltei de bicicleta até a vila e, mesmo assim, passei algum tempo apenas correndo ao vento, sem criar coragem. Pensei que talvez os detetives desistissem enquanto eu fazia isso, mas não tive tanta sorte. Havia sempre um deles no meu encalço, de carro nas avenidas maiores, de moto nas ruas estreitas. Não vi os dois de sempre, mas não havia dúvidas de que eles me observavam com o mesmo objetivo.

Entretanto, voltar sem nenhum objeto e ser desprezado pela velha parecia muito pior do que ser considerado suspeito pelos detetives. Recuperar a confiança da velha era a minha maior prioridade.

Fiz a volta e segui em direção à loja de louças onde a mulher trabalhava. Ficava em uma ruela escura e úmida, onde parecia improvável que alguém fosse para comprar louças. O interior era gelado por causa do frio que emanava das peças de cerâmica. Os homens me observavam das sombras dos postes, por trás das latas de lixo.

Como dissera a criada, todos os produtos das prateleiras tinham um brilho agradável. Não havia um único grão de poeira, nem no encaixe das alças das canecas, nem no côncavo das colheres.

Procurei a peça que daria mais trabalho para embrulhar, pensando que assim teria maiores chances de encontrar a recordação. Os homens não entraram na loja, mas não perdiam de vista nenhum movimento meu.

— Vou levar este, por favor.

Escolhi uma chaleira larga e pesada. A mulher no balcão, talvez a dona da loja ou uma nova funcionária contratada às pressas, mal-humorada e pálida, pôs-se a embrulhar a chaleira sem dizer nenhuma palavra. Por sorte, além do serviço tomar muito tempo, ela não parecia nem um pouco interessada em mim, que estava ali como cliente.

Reuni toda a minha coragem. Agarrei o trapo que estava ao lado do caixa e guardei-o no bolso. Foi um segundo, o mesmo movimento que eu fizera tantas vezes em coletas anteriores. Tinha certeza de que aquele era o pano que a mulher assassinada usava dia após dia para polir as louças. Mas não sabia se conseguira enganar os olhos dos homens.

— Volte sempre — disse a mulher, me entregando uma sacola de papel.

— Obrigado — respondi.

Uma ponta da recordação espiava para fora do meu bolso. O trapo estava impregnado da mão da mulher e de todo o tipo de sujeira que deve grudar nas louças. Não saberia dizer de que cor era. Não tinha nenhuma estampa ou enfeite, era um pedaço de pano já sem utilidade alguma que provavelmente teria sido jogado no lixo por aquela mulher mal-humorada se eu tivesse me demorado mais um pouco. Lembrei-me das palavras da velha — *mesmo a vida mais modesta deixa alguma recordação.*

Subi na bicicleta e, quando ia virar a esquina da ruela, dois homens entraram na minha frente. Antes mesmo de ver os seus rostos eu soube de imediato que eram os dois sujeitos de sempre. Talvez interagir comigo fosse uma função específica daqueles dois.

— Estamos comparando a lâmina do canivete com os ferimentos das vítimas — disse um deles.

— Parece que não é um produto padronizado, comprado, não é mesmo? — acrescentou o outro.

— Portanto produz um corte específico.

— Surgiu uma nova vítima.

— É de fato muito trágico.

— Você já conseguiu um canivete novo?

Dizendo isso, foram embora.

Pedalei com toda a força até a mansão. Os ventos da estação sopravam violentamente e, por mais que eu me esforçasse, não conseguia ganhar velocidade. Em frente ao portão de ferro fundido, na entrada da propriedade, um vento mais forte me envolveu, o pneu prendeu no cascalho e quase fui ao chão. Parei a bicicleta, chequei se a recordação estava a salvo no meu bolso e joguei o embrulho com a chaleira no chão. Ela se partiu sem resistência.

— Quantos faltam? — perguntou a velha.

— Dos objetos de recordação? — indaguei enquanto guardava o material usado na entrevista de documentação.

— Cretino. É óbvio! Por acaso tem alguma outra coisa que eu queira saber de você?

Comparada à sua fúria no caso da moça da loja, a irritação da velha era até bonitinha.

— Certo. Creio que faltem pouco mais de sessenta. Está tudo em ordem. Nesse ritmo, devemos terminar na metade do inverno.

— Mas você é tonto demais, não é possível! Sou eu quem decide se está tudo em ordem ou não.

A velha empurrou para o lugar a dentadura desencaixada. Me aprumei enquanto esperava o seu veredito, mas como ela não parecesse querer dizê-lo tão cedo, retomei a arrumação.

O cômodo escolhido naquele dia era o hall de entrada, o local menos apropriado da casa para fazer as entrevistas num dia frio como aquele. O chão de pedra era gelado, o pé-direito alto e um vento constante entrava não sei por qual fresta. O aquecedor elétrico que a criada instalara para nós ajudava muito pouco. Além disso, por não ser um espaço fechado, mas conectado à escada e aos corredores, a velha certamente precisaria de uma concentração intensa para conseguir estabelecer a comunicação com o objeto.

Conferi o número do objeto no livro tombo, registrei que a sua documentação já fora feita e guardei o lápis e a borracha no estojo. Do lado de fora da porta de entrada a segunda neve daquele inverno caía intermitentemente.

— A propósito... — indaguei. — Como devo fazer em relação à documentação das narrativas dos objetos que eu mesmo coletei?

Era quase impossível decifrar as mudanças no rosto da velha por causa das rugas, mas mesmo assim não havia dúvidas de que nesse momento ela tinha uma expressão de choque.

— Não entendi a pergunta.

— Bem, gostaria de saber quem vai narrar as histórias dos objetos mais recentes, os que eu coletei desde que cheguei à vila...

— Você — disse a velha, impaciente.

— Mas nunca falei com os donos desses objetos, nem conheço a cara deles! Não tenho uma única informação a respeito para oferecer.

— "Mas eu"... Tudo o que eu falo, você vem com essa. "Mas eu"... Acha que se fizer um draminha assim eu vou te dispensar, acha? Para com isso. Me dá urticária — disse ela, fingindo coçar o furúnculo na testa. Até ele, que durante o verão estava inchado e vermelho, encolhera e ressecara à medida que as forças da velha decaíam. — Não posso acreditar que você acha que tudo o que eu estou fazendo aqui é dar informações. Pra que é que eu estou aqui secando a garganta e brigando com o catarro dia após dia? Parece que todo esse tempo que compartilhei com você foi pro lixo.

— Sinto muito, peço desculpas. O que eu queria dizer era o oposto disso. Era que talvez a senhora seja a única pessoa realmente qualificada pra narrar a verdade sobre os objetos de recordação dos mortos.

— Presta atenção — disse a velha, baixando o tom de voz. — A única pessoa que pode falar sobre um objeto é quem o coletou. Conhecer ou não o dono não faz diferença. Quando chegar a hora, você também vai conseguir.

Dizendo isso, a velha virou de lado e afundou a cabeça na almofada. Ela fazia isso com frequência ultimamente — em um segundo estava falando com grande eloquência e, em seguida, calava-se e começava a pestanejar.

— Está bem, entendi — disse eu.

Não houve resposta.

Esses momentos indefinidos depois do trabalho de documentação não me eram desagradáveis. Era um tempo necessário para nós dois relaxarmos. Eu poderia ajudá-la a voltar logo para o quarto, mas ela não parecia querer isso.

Por maior que fosse o frio, ela queria ficar mais um pouco enrolada no cobertor sobre o divã. Então eu também pousava a sacola com o objeto aos meus pés e ficava divagando, relembrando a história que acabara de anotar.

A velha ficava ainda menor deitada no divã. Os joelhos, quadris, cotovelos, dedos, todas as articulações do seu corpo estavam dobradas. Torcendo-se cada uma para um lado, em protuberâncias e reentrâncias, elas se uniam em uma silhueta que guardava apenas vagamente a forma de um ser humano. Era estranho pensar que no interior daquele pequeno corpo havia todo o necessário para a existência de uma pessoa.

— A senhora tem que comer, mesmo que não queira. A criada está se esforçando ao máximo.

Eu ficava confuso quando estávamos sozinhos, sem saber se deveria dizer alguma coisa ou ficar em silêncio. Mas eu sempre acabava falando, mesmo sabendo que, ainda que ela respondesse, seria apenas algum xingamento, zombaria ou comentário sarcástico.

— Se lembrar de alguma coisa que quer comer, me diga, por favor, e eu vou comprar.

A neve engrossava pouco a pouco. O bosque que aparecia na janela ia se cobrindo de branco.

— Precisa fazer um esforço. Se a senhora pensar bem, certamente vai se lembrar de alguma coisa.

Com o rosto enterrado na almofada, a velha não se movera mais. Sua garganta chiava a cada expiração. A pontinha dos seus dedos espiava sob o cobertor. Dedos frágeis, como se já tivessem se esquecido completamente do passado em que coletaram tantos objetos.

— Tem algo que eu gostaria de perguntar faz tempo — continuei falando, agora pensando que até preferiria que ela estivesse dormindo. — É sobre o seu passado...

A menina, a criada e o jardineiro deviam estar em alguma parte da mansão, mas não havia nenhum indício da presença deles. Nossas únicas testemunhas eram um mancebo, um cabide de chapéus e um banco para visitas que restavam ali abandonados, sem receber ninguém havia um tempo vertiginosamente longo.

— Por exemplo, se os seus pais eram afetuosos, que tipo de criança a senhora foi, o que gostava de estudar... Ou então, quando foi o seu primeiro amor? A senhora se casou? Por que é que adotou a menina?... Esse tipo de história boba...

Curvei as costas, esfreguei as mãos enrijecidas de frio e escondi-as sob o suéter. A neve que se acumulava na pequena janela da porta logo derretia e escorria como orvalho. O corrimão da varanda devia estar rachando, pois eu o ouvia ranger com um som desagradável.

— Quer que eu te conte do passado, é isso?

Quando me dei conta, a velha erguera a cabeça e me encarava com os olhos bem abertos.

— Ah, não... Desculpe incomodar o seu descanso — respondi, atrapalhado, ao ser pego de surpresa.

— Pergunta um negócio e depois diz "Ah, não"? Que história é essa?

A velha empurrou os cabelos brancos para dentro do chapéu, soltou o fecho da saia transpassada e acertou a barra. Porém, para um observador desatento, poderia parecer apenas que ela remexia o traseiro no divã segurando a vontade de ir ao banheiro.

— Mas que monólogo inconveniente. Achou que estava falando com um cadáver, é?

— Imagine! — neguei, aflito.

— Esqueci tudo.

Seu tom de voz decepcionado, como o de quem tivesse

se esforçado muito para lembrar-se de algo, sem sucesso, me deixou ainda mais aflito.

— Eu também tive pais, claro. Devo ter tido um primeiro amor. Talvez eu tenha até me casado. Mas se você esquecer tudo é a mesma coisa como se nada tivesse acontecido. Quando dei por mim, estava aqui. E ainda estou. Essa é a minha única certeza. E a única coisa que preenche esse espaço são os objetos dos mortos. É o suficiente.

A velha desviou os olhos de mim e tossiu. Na direção do seu olhar havia apenas um cesto de guarda-chuvas vazio e coberto de poeira. Afaguei as suas costas.

Passos soaram no alto da escada.

— Olha, a criada veio buscá-la. Venha, vamos voltar para o quarto — sugeri.

... Quantas cartas será que já te enviei? Perdi a conta. Acho que eu nunca tinha escrito tanto para você.

No final do verão estava tudo certo para eu tirar férias e visitá-los, mas surgiu um trabalho urgente e a viagem foi cancelada. Foi uma pena. Depois disso, peguei uma gripe muito forte e fiquei de cama por algum tempo, e tenho a impressão de que o outono passou sem que eu percebesse. Agora já é inverno aqui.

O bebê já deve estar com mais de quatro meses, não é? Não faço ideia de como é um bebê de quatro meses. Será que ele só fica parado dentro do berço ou será que já começou a agitar as perninhas, praticando para ficar em pé? Será que fica satisfeito apenas com o peito ou leva à boca tudo o que vê pela frente, deixando babado tudo ao redor? Me parece absurdo que, apesar de eu mesmo já ter sido um bebê, não me lembre de absolutamente nada.

Fico muito triste ao pensar na minha cunhada. Sempre achei que a única forma de retribuir tudo o que ela já fez por mim seria cobrir o meu sobrinho de mimos, e sofro muito por não ter conseguido fazer isso até agora. Chega a parecer uma traição.

Ultimamente não tenho usado o microscópio, pois ando muito atarefado recuperando o atraso de quando fiquei doente. O museu finalmente está pronto para abrigar a coleção. Estamos quase lá. Quando terminar os preparativos para o transporte das peças e as coisas se acalmarem um pouco, pretendo desmontar o microscópio e limpá-lo com toda a calma.

Contudo, o que vai acontecer depois que o museu ficar pronto continua indefinido. No contrato não havia nada sobre o gerenciamento ou a manutenção do museu. Preciso esclarecer logo o que é que a minha cliente espera de mim.

De qualquer forma, irei visitá-los em breve, sem falta. O que eu realmente desejo é deixar a administração a cargo de outra pessoa e me afastar depois que estiver tudo pronto. Há uma pessoa em quem posso confiar para isso.

Não é que eu não goste desta vila, longe disso, mas sinto que a minha estadia já se estendeu demais. À medida que o museu vai ficando pronto, a minha situação por aqui se complica pouco a pouco. O frio é cada vez pior, minha cliente está definhando, um jovem amigo foi viajar para longe... Mas não precisa se preocupar. Está tudo bem. No fim, tudo vai dar certo. É só aguentar mais um pouco que o museu ficará pronto e eu poderei ir embora da vila. Só preciso aguentar mais um pouquinho.

Espero a sua resposta. Espero do fundo do coração. Mande um abraço para a minha cunhada e o bebê.

***

Quando subi na bicicleta para ir postar a carta, vi que a luz do galpão estava acesa. Encostei a bicicleta ao lado do jardim ornamental e espiei pela fresta da porta.

O jardineiro estava afiando uma faca. Apesar de a tarde ainda estar clara, as luzes estavam todas acesas e havia também um abajur sobre a mesa. Ele parecia estar fazendo algum serviço bastante difícil.

O som da lâmina raspando sobre a pedra transformava aquele galpão tão familiar em um ambiente gelado. Não havia resquícios da intimidade que costumava preenchê-lo enquanto bebíamos.

O jardineiro escorregava a lâmina sobre a pedra com movimentos regulares, porém sempre mudando sutilmente o ângulo. Não empregava nenhuma força excessiva, no entanto o som perfurava o ar, afiado. Parecia ficar mais agudo a cada passagem da lâmina sobre a pedra, e não encontrei uma oportunidade de dizer algo.

Ele estava afiando um canivete igual ao que me dera. Mesmo dentro das suas mãos grandes eu podia ver o enfeite de prata e marfim. Toquei o bolso de trás da calça inconscientemente. A faca que ele me emprestara havia alguns dias estava ali. Eu ainda não a usara nenhuma vez.

— O que foi, doutor? — disse o jardineiro. — Não fique parado aí, entre.

Ele gesticulou me convidando, ainda com a faca na mão. A água pingou da lâmina.

— Queria acertar com você algumas coisas sobre o transporte da coleção — eu disse.

— Ah, é? Desculpa, mas pode esperar um pouco? Quero só terminar essa aqui. Não dá pra parar no meio.

— Claro, fique à vontade. Não é nada urgente, de qualquer jeito...

Ele recomeçou a afiar antes que eu terminasse de falar.
— Eles devolveram a faca?
— Ainda não.
— Mas que absurdo.
— É, realmente...
Continuava tudo ali sobre a mesa desde a última vez em que bebemos juntos — as garrafas espalhadas, o pote de gelo, os copos, o papel amassado do queijo. Pareceu-me que o número de obras expostas na parede aumentara. Aquele era o único pedaço do galpão cuidadosamente arrumado.
— É igual à que você me deu, não é? — eu disse, enquanto olhava a pedra de amolar.
— Sim. Esse é o meu formato preferido — respondeu, fazendo uma pausa por um momento.
— Quantas facas iguais você tem?
— Já te disse antes, não disse? Consigo fazer quantas forem, iguaizinhas. Está com aquela que te emprestei outro dia?
— Estou.
Entreguei a faca como ele pediu e o jardineiro sobrepôs as duas e as examinou à luz. As duas lâminas encaixavam-se perfeitamente, sem um único milímetro de diferença.
— Impressionante, não é?
As lâminas brilhavam frias sob a luz elétrica. Uma frieza tão forte que parecia capaz de cortar qualquer coisa. Concordei sem conseguir desviar o olhar.
— O canivete que te dei de presente era do tipo que mais amo.
Ele sorriu. Eu quis sorrir de volta, mas os meus lábios apenas estremeceram debilmente.
— Bom, você gostaria de falar sobre o transporte?
— Não, tudo bem, não precisa ser agora. Desculpe incomodar — respondi, cauteloso.

— Por mim não tem problema.

— Ah, vamos deixar pra falar com calma outro dia. Não tem pressa nenhuma. Inclusive eu estava indo postar uma carta no correio agora.

— Uma carta? Se quiser eu posto pra você amanhã, quando for ao mercado! Se sair agora, já vai estar escuro na hora de voltar. Pode deixar aí em cima.

Ele apontou para a mesa.

Fiquei confuso por um instante. A ideia de deixar a carta ali e voltar para casa me deixava apreensivo. Não sabia por quê, mas sentia que abandonar sobre aquela mesa a carta que eu acabara de escrever para o meu irmão seria um ato mais definitivo do que eu mesmo poderia imaginar.

— Muito obrigado.

Porém, não consegui me opor à gentileza do jardineiro.

— Até amanhã.

Dizendo isso, saí de lá e voltei para casa. A luz do galpão continuou acesa por muito tempo naquela noite.

16

Era o começo da tarde de um raro dia bonito, mas parecia crepúsculo na sala de acervo onde o sol não chegava. Mesmo agora, depois de construirmos as estantes, fixarmos os armários e guardarmos cada peça no lugar determinado, ainda restava ali a atmosfera da antiga lavanderia. As torneiras estavam enferrujadas e não saía mais água, mas os azulejos dos tanques, ainda brancos, pareciam até guardar o cheiro do sabão, e os varais atravessados pelo teto continuavam lá, pois seria trabalhoso retirá-los. A menina pendurava neles os pincéis usados para espanar os objetos.

Nós dois dividimos as funções e preparávamos a coleção para transportá-la até o museu. Guardávamos os objetos em caixas de papelão, separados de acordo com cada um dos blocos, checando as suas posições na planta.

Era uma atividade que só dava trabalho, sem nenhuma graça. Fui lembrado, mais uma vez, de como não havia qualquer unidade no formato das peças do Museu do Silêncio. Nunca tivera essa experiência em outros museus. Por mais que eu me esforçasse para ser eficiente e colocar o maior número possível de objetos na mesma caixa, as peças de diversos formatos — esferas, cilindros, cubos, cordas, líquidos, pós... — impunham-se, egoístas, e não entravam em nenhum acordo entre si, desperdiçando o espaço.

A única coisa que as prendia no lugar era o título de recordação dos mortos. Esse título era fino como o cordão que une as pérolas em um colar, mas forte o suficiente para superar as diferenças entre as peças e reinar absoluto sobre o museu.

Pegávamos cada uma das peças, escolhíamos o material mais apropriado para protegê-las e as embrulhávamos com o maior rigor possível. Eu já sabia analisar suas expressões. No caso dos objetos cuja documentação escrita já fora feita, também conseguia lembrar das suas histórias em linhas gerais.

— Vamos levar tudo o que está aqui?

A menina vestia uma calça bege grossa, um cardigã de angorá e tinha os cabelos presos em duas tranças. Devia ter feito as tranças sozinha, pois vários fios escapavam por entre os gomos.

— Vamos, é claro! Em um museu normal não é possível exibir todas as peças, mas o nosso caso é especial, porque aqui todas as peças têm o mesmo valor.

— O número de objetos vai continuar crescendo cada vez mais. Não acha que vai chegar uma hora em que não será mais possível expor todos lá? Estou ficando preocupada...

— É, mas não tem como impedir o crescimento da coleção. Essa é a sina dos museus.

— Assim como não dá pra diminuir a quantidade de pessoas que morrem, não é?

— Pois é. É o destino, não precisa se preocupar. Dá pra aumentar as vitrines, reformar o prédio, há várias soluções, mas, pela minha experiência, independentemente dessas questões físicas, sempre surge algum lugar apropriado para aquela peça. Os museus são muito mais generosos do que a gente pensa.

— Então tudo bem — disse a menina, profundamente aliviada.

O espaço entre as estantes era estreito e tínhamos que trabalhar sentados diretamente no chão. Mesmo com o aquecedor elétrico ligado no máximo, o piso de azulejos continuava gelado. Pelo jeito, o meu planejamento fora otimista demais, pois em uma tarde inteira de trabalho não termináramos nem um bloco.

Mas vendo a menina dedicando-se intensamente aos objetos, sentia-me satisfeito e esquecia o frio. Primeiro ela passava o dedo indicador pelo mapa de distribuição das peças e confirmava o número de registro do objeto que devia embalar. Depois disso, erguia os olhos para as prateleiras, encontrava o original e trazia-o para o chão. Nesse passo ela sempre usava as duas mãos, não importando quão leve ou pequena fosse a peça com que lidava. Não fui eu quem a ensinou a fazer isso, ela parecia conhecer desde que nasceu as regras mais importantes da museologia. Então ela embalava o objeto, às vezes com algodão, às vezes com molduras de madeira, e pedia a minha aprovação.

— Está bom assim?

Seus olhos me fitavam, levemente apreensivos.

— Está sim.

Repetimos a mesma conversa incontáveis vezes, tanto no escritório quanto no acervo. Era apenas um dos muitos serviços necessários para a construção de um museu, mas em algum momento comecei a enxergá-la como um tipo de sinal secreto que apenas nós dois compreendíamos. Eu chegava a sentir que, nesses momentos, compartilhávamos uma emoção que não poderia ser expressa por palavras.

— Mesmo que seja uma distância curta, temos que embalar direitinho, não é? — disse a menina ao terminar de guardar a caixa de maquiagem registrada sob o número B-092.

— O comum é que a sala de acervo e o museu sejam mais próximos. Aqui é difícil, ainda que ambos estejam dentro do mesmo terreno, é preciso sair da casa principal, contornar o quintal e passar pelo riacho, pelo jardim ornamental e pela casa dos fundos. Precisamos embrulhar com cuidado para que, o que quer que aconteça no caminho, os objetos não sejam danificados. Seja qual for a distância, o transporte da coleção é uma atividade estressante para o museólogo. O que dá mais medo é que alguma coisa se extravie, pois aí não tem mais volta.

— Você já perdeu alguma coisa?

— Não gosto muito de lembrar, mas já perdi, sim.

Cobri um abajur de mesa com algodão e plástico, embrulhei um cavalo de madeira em um cobertor e guardei um enfeite de cabelo feito de âmbar dentro de um saquinho de tecido.

— Era uma rocha rara chamada "Cabelos de Pedra". Ela foi criada quando um vulcão entrou em erupção e a lava explodiu como uma névoa, depois esfriou e endureceu imediatamente. Parecia que uma cabeleira ondulante tinha crescido na rocha, fio por fio. Quando estávamos mudando as peças de lugar para uma exposição temporária, essa rocha sumiu. Ninguém cometeu nenhum engano, nenhum ladrão entrou no museu, mas quando percebemos, ela tinha sumido.

— Não encontraram?

— Procuramos em toda a parte, mas em vão. Costuma ser assim quando alguma coisa se extravia. Mesmo que uma multidão esteja ao lado, uma fenda se abre no tempo e ninguém consegue impedir que aquilo caia lá dentro.

— Talvez algum museólogo muito competente tenha coletado ela para expor no museu original, onde ela deveria estar.

— Original?

— É. Em algum lugar que a gente não conhece existe um museu que exibe a coleção de coisas que desapareceram deste mundo.

— Ele certamente é um museólogo melhor do que eu.

— Que nada. Você também é especial. Afinal, foi o único museólogo escolhido no mundo todo pra construir o Museu do Silêncio — disse ela levantando o dedo indicador para reforçar o "único".

Pensei sobre esse museu, situado em algum lugar que eu desconheço. Talvez ele também esteja, discreto, em um canto do mundo esquecido por todos, como o Museu do Silêncio.

— Você voltou a ver o jovem missionário desde o Festival do Pranto?

Fiz a pergunta que me incomodava havia muito tempo.

Ela recolheu o indicador e assentiu com a cabeça.

— Fui até o mosteiro encontrá-lo. Pensei que, sem o desfile do festival no caminho, talvez pudesse conversar com ele como antes.

Sua voz ia decantando no ar estagnado da sala.

— Ele estava sentado em um banco no claustro. Então também me sentei ao seu lado e fiquei parada por algum tempo. As flores do jardim interno estavam todas secas e a água da fonte, coberta de gelo.

— Ele entrou mesmo pra ascese do silêncio — eu disse, olhando para a fita que prendia a sua trança.

— É. O silêncio completo. Às vezes a gente se olhava, dava as mãos, separava de novo. Só isso. O que mais eu podia fazer? Nem tem como combinar de se encontrar de novo — disse, e balançou de leve a cabeça. — Ele só se desfez das palavras, mas parece que foi embora pra algum lugar bem longe.

— Mas ele não vai embora do mosteiro. Sempre vai permanecer lá.

— Ainda que sentados no mesmo banco, era como se tivesse uma cortina transparente entre a gente. Você estende a mão o máximo que pode, mas a cortina só cede e a sua mão nunca chega até ele. Ele abandonou o corpo, se exilou em algum lugar muito distante das palavras. Não vai mais voltar.

Suspirei, sem saber o que responder.

A menina chorava de cabeça baixa. Suas mãos, que até pouco antes trabalhavam para os objetos, estavam largadas sobre o colo. Ela apenas deixava a cabeça pender em meio ao silêncio, não emitia som nenhum, não mostrava as suas lágrimas, mas eu sabia que ela chorava. Os objetos a observavam, discretos, sem querer incomodar. Sua tristeza durou muito tempo.

— Desculpa — eu disse, sem me aguentar mais. Eu fora tomado pela impressão de que a menina chorava por minha causa. — Faz tempo que eu queria me desculpar e não consegui dizer nada.

A menina levantou o rosto. Estávamos tão próximos, mas o seu perfil estava escondido pela sombra dos objetos. Só os laços enfeitando os seus cabelos apareciam claramente, graciosos.

— Naquele dia em que os detetives vieram, fiquei muito confuso e acabei falando do seu machucado...

— Não me incomodei com isso. De verdade.

Sua voz estava chorosa e entrecortada.

— Eu não tinha intenção de te envolver. Muito menos de falar alguma coisa sobre a sua cicatriz... Só fiquei com muito medo, medo de que a bomba explodisse e ferisse você e o museu...

— Você não fez nada de errado. Eu entendi.

Pousei a minha mão sobre a da menina. Pensei que talvez o jovem missionário tivesse feito o mesmo no banco do mosteiro. Continuei assim até a tristeza passar.

Os detetives não apareceram mais depois daquilo. Porém, se uma sombra estranha atravessava o meu campo de visão, fosse durante o trabalho ou enquanto eu andasse de bicicleta pela vila, eu sempre me assustava, o coração disparado.

O fato de que eles iriam comparar a faca com o corte das vítimas não saía da minha cabeça. E, junto com isso, me vinha à mente a imagem do jardineiro afiando uma faca igual à minha, e o meu coração acelerava ainda mais.

Eu escutava atentamente a minha pulsação e tentava me acalmar. Impedia a mim mesmo de pensar sobre os assassinatos, buscando, em vez disso, a imagem da velha, da menina, do jardineiro e da criada, todos trabalhando para o museu. Os laços criados entre nós aliviavam um pouco a minha ansiedade.

Bem como dissera a velha, a quantidade de pessoas falecidas aumentava conforme o frio se agravava. Muitos deles eram velhos. Partiam solitários, tendo chegado ao fim de uma vida longa, depois de assistir à partida dos seus cônjuges e da maioria dos seus amigos.

Todos os funerais eram semelhantes. Tinham a mesma decoração, as pessoas deixadas para trás soluçavam o mesmo choro.

No entanto, os objetos de recordação eram incrivelmente variados. Alguns eram grosseiros, outros minúsculos ou misteriosos. Os locais de coleta também variavam muito. Havia casos em que eu tropeçava sem querer naquilo que buscava e casos em que era preciso empregar uma grande energia, trabalhando em conjunto com a menina. Usei a nova faca três vezes: para arrombar a porta de uma cozinha, para rasgar o fundo de uma mala e para cortar a fiação de um alarme.

Era uma manhã particularmente gelada. As montanhas estavam cobertas de neve, a névoa nunca chegava a se dissipar nos seus cumes e no bosque as árvores desfolhadas estendiam os galhos aos céus como se estivessem congeladas. O sol matinal, encoberto pelas nuvens, não chegava até o solo, e o vento soprava sem parar, mudando com frequência de direção.

Só para ir até a casa principal, era preciso, além do casaco de sempre, cachecol, luvas, botas e protetores de orelha cobrindo cada parte do corpo. Sem isso era impossível suportar o frio. Já não restava mais nenhum dos pássaros migratórios, embora no galho de uma faia um tordo cantasse. Um canto rouco, que só aumentava o desânimo. Em meio aos arbustos apenas a madressilva mostrava uma bela folhagem verde. O gelo estalava sob os meus pés a cada passo.

Em um canto do jardim ornamental o jardineiro fazia uma fogueira.

— Bom dia!

— Olá — disse ele, acenando. — Está saindo cedo!

— Quero dar uma passada no acervo antes de providenciar a documentação.

— Trabalhando duro, como sempre. Fico admirado.

— Imagine. Só estou fazendo o que é preciso fazer.

Estendi as mãos para o fogo. Nele ardiam folhas caídas, bulbos secos e mato. Produziam muita fumaça e pouco calor. O jardineiro cutucou o fogo com um pedaço de pau, espalhando faíscas e fazendo subir uma fumaça branca. Nós dois tossimos, sufocados.

— Vai levar os blocos em ordem, conforme terminá-los?
— É o que pretendo.
— Falta pouco!
— Sim.
— Tente não se cansar muito. Pode me pedir o que quiser, fique à vontade. O primeiro inverno é pesado, mesmo para uma pessoa jovem.
— Muito obrigado.

As flores estavam todas secas, mas na horta ainda restavam vários tipos de ervas, que resistiam até mesmo à geada. A estufa, com quase todos os vidros trincados, já não cumpria mais o seu papel original. O caminho de cascalho que levava à casa principal serpenteava suavemente até ser engolido pela névoa. O pouco que eu enxergava do lado norte da casa ainda parecia estar adormecido, todas as venezianas fechadas. Se eu ficasse em silêncio, podia ouvir o som do vento, que se revolvia no fundo no bosque e ecoava pelo chão até os meus pés.

— Preciso alimentar o fogo.

O jardineiro tirou do bolso do casaco um pedaço de papel e lançou-o na fogueira. Em um instante ergueram-se labaredas de cor laranja. Ele lançou mais um pedaço. Era branco, retangular.

Em seguida tirou do bolso do casaco uma pequena caixa de um tamanho que cabia nas mãos, embrulhada em papel craft. Quando ela pegou fogo, as chamas ganharam força, e um calor agradável chegou até mim.

O fogo consumiu o papel craft, a caixa, até alcançar o conteúdo. Era um ovo decorado. O veludo, a espuma e o algodão que o envolviam transformaram-se em cinzas em um átimo, e o ovo foi perdendo a sua coloração creme.

O jardineiro cutucou o fogo novamente. Faíscas voaram e o ovo decorado saiu rolando no chão. Eu quase gritei.

A casca recortada se abriu e o anjo espiou de dentro dela. Iluminado pelas chamas, seu rosto cabisbaixo parecia ruborizar, tímido.

— Não adianta escrever, dá sempre na mesma — disse o jardineiro, lançando ao fogo a terceira carta, e a quarta.

— As cartas! As cartas que enviei ao meu irmão...

Estendi as mãos para tentar tirá-las do fogo, mas já era tarde. Os envelopes, com carimbos de "Destinatário Desconhecido" em vermelho, pegaram fogo em um segundo.

— Eu também acho triste, sabe.

Ele passou o braço sobre os meus ombros. Seu braço era denso e pesado, me deixou sem ar.

— Afinal, é o seu único irmão. É claro que você queria pelo menos poder escrever pra ele. Mas não tem jeito. Escuta... É que você veio parar em um lugar muito, muito mais longe do que imagina, doutor. E pra fazer um museu de objetos de recordação dos mortos, ainda por cima. Você entende, não é?

Não respondi. Não conseguia sequer distinguir se estava com frio ou com calor. Apenas o som das cartas queimando e as cores das chamas alcançavam os meus sentidos.

— Não é que o seu irmão tenha desaparecido. Você tem um irmão, sem dúvida. Só que... É a mesma coisa que tentar enviar uma carta pra alguém que está dentro da nossa memória. Não vai ter resposta. Por mais que vocês estejam conectados dentro do peito, a distância é infinitamente grande.

Afastei o braço do jardineiro do meu ombro. Ele suspirou e, como se mesmo assim precisasse continuar encostando em mim, pousou a mão devagar sobre as minhas costas.

— Entendo que você esteja bravo. Me desculpe por não ter dito nada sobre as cartas devolvidas. Pretendia falar alguma hora, mas nunca conseguia... Me perdoe.

Eu sentia o contorno ossudo da sua mão forte mesmo por cima do casaco.

— Talvez você fique um pouco perdido no começo, mas logo vai se acostumar. Eu garanto. Já não dá mais pra voltar atrás. Tem coisas que até ontem eram dolorosas e um dia a gente percebe que já não são nada de mais. É assim, sabe? É só olhar pra mim, pra senhora e pra senhorita. Já faz muito tempo que a gente vem se virando aqui, nesta vila, nesta mansão. Mesmo resmungando baixinho. Ninguém nem pensa sobre voltar pra algum lugar diferente deste. Não se preocupe. Tudo bem, vai dar tudo certo, tá?

Ele afagou as minhas costas mais uma vez e empurrou o ovo de volta para o fogo com um pedaço de pau. Uma chama bonita se ergueu.

Desci a escada dos fundos para o porão, caminhei até o fim do corredor escuro, destranquei a porta do acervo. No chão estavam espalhadas tesouras, pedaços de fita adesiva e restos de barbante, tal como eu deixara na véspera. A maior parte das estantes do bloco um estava vazia e as caixas de papelão acumulavam-se em um canto.

É uma sala de acervo tão viva e cheia de expectativas, pensei. Assim é a sala de acervo ideal: todas as peças marcadas pelo toque humano, nem um único objeto esquecido ou empoeirado, uma desordem inversamente proporcional à organização das salas de exibição.

Caminhei sem pressa por entre as estantes. Eu ainda tinha muito tempo até começar a entrevista de documentação. Já não conseguia mais me lembrar o que eu pretendia fazer ali. Talvez eu quisesse deixar alguma coisa preparada para o trabalho de embalar as peças, que faria com a menina durante a tarde. Mas não devia ser nada importante. Mesmo que o planejamento estivesse ruim, a menina certamente iria se virar bem.

As cortinas das janelas estavam fechadas e nem o vento, nem a luz do exterior entravam ali. Apenas o frio não podia ser contido e penetrava através das paredes. Tirei as luvas e guardei-as no bolso do casaco. Um floco de cinza flutuou até o chão.

Fui passando os olhos pelos objetos de recordação, um por um. O som dos meus próprios passos parecia vir de algum lugar muito longe. Os objetos tinham uma aparência saudável graças ao cuidado atencioso da menina. Ver as etiquetas presas a cada um deles, com os seus números exatos escritos naquela caligrafia meticulosa, tranquilizava um pouco o meu coração. Eu ficava orgulhoso ao ver que as restaurações que fizera se adaptavam bem às suas formas originais. Às vezes, em um impulso, tirava um objeto da prateleira, encostava-o no meu rosto, sentia o seu cheiro, virava-o de ponta-cabeça para acariciar a sua base. Observava-o sob diversos ângulos pensando qual seria a melhor posição para colocá-lo na vitrine. Todos esperavam serenamente o dia de serem expostos no museu. Aqui dentro nada traía a minha confiança.

No entanto, no fundo das minhas pálpebras, a fogueira não parava nunca de queimar. Por mais que eu piscasse, era em vão. O jardineiro atirava mais e mais cartas na fogueira e, por último, jogava no meio dela o ovo decorado.

... Talvez não sejam as cartas queimando, mas o meu próprio irmão...

Sempre que eu parava e os meus passos silenciavam, uma voz sussurrava assim no meu ouvido. Era como se a mão do meu irmão, que eu sentia sobre o meu ombro sempre que olhava pelo microscópio, estivesse ardendo em chamas.

Assustado, afasto o rosto das lentes, olho para trás e, sobre o meu ombro, repousa uma pilha de cinzas ainda morna.

Porém, o mais assustador é que não era a voz do jardineiro que sussurrava isso, mas a minha. Sacudi a cabeça, pressionei o cenho, pedi socorro aos objetos. Sua fidelidade era a única aliada com a qual eu podia contar.

As estantes passavam gradualmente para épocas mais recentes. Na parte mais distante, para além da bancada que devia ter sido usada para passar roupas, estavam os objetos coletados por mim. Chegando ali, a distância entre nós era ainda menor. Até o ar emanado pela coleção muda, dependendo de quem a coletou. O bisturi usado nas cirurgias de redução de orelha, o primeiro que coletei; a pele de bisão do missionário morto na explosão; o olho de vidro do velho; a folha de teste de digitação da vidente. Eu os ergo, aperto junto ao peito por um momento e devolvo para a estante. Não sei dizer por que faço isso, apenas toco os objetos obedecendo aos desejos do meu corpo.

De repente detenho um gesto, tomado por um desconforto intenso. Algo está perturbando a ordem, algo violento, deformado. Percebo que os meus dedos chegam a doer de tão gelados.

Ali deveriam estar o mato arrancado no parque florestal, a toalha de centro rasgada e o trapo usado para polir louças. Porém, o que havia diante dos meus olhos eram três tubos de ensaio que eu nunca vira antes. Por via das dúvidas, procurei atrás da estante, embaixo da bancada, mas os três objetos não estavam em lugar nenhum. Respirei fundo e conferi mais uma vez. Nada mudara. Apenas naquela parte os objetos tinham sido trocados.

Peguei um dos tubos de ensaio. Era totalmente comum, como aqueles que o meu irmão usava no laboratório de ciências. Meus dedos estavam dormentes e quanto mais eu tentava ser cuidadoso, mais eles tremiam. O tubo estava fechado com uma rolha e tinha a etiqueta com o número de registro presa com um arame, mas a caligrafia não era a da menina. Era mais incerta e desajeitada. Percebi na hora que era a letra do jardineiro.

No fundo de um líquido que parecia ser álcool 100% boiavam dois fragmentos. Eles se aproximavam um do outro como se se encorajassem, como se estivessem envergonhados por terem sido descobertos. O corte era preciso, com pequenas manchas de sangue e camadas de gordura, e a superfície das protuberâncias ovaladas era recortada por rugas finas. Inclinei o tubo e ergui-o à altura dos olhos. Os fragmentos boiavam, chocando-se. Algo fino, uma pequena veia ou um pedaço de pele rasgada, pendia de um dos cortes e agitava-se como um flagelo.

Eram mamilos. Eram os mamilos das três mulheres assassinadas.

Voltei até a estante dos objetos mais antigos e procurei o DIU da prostituta assassinada no hotel. Ele deveria estar no bloco que eu ia embalar hoje. O tremor das minhas mãos estava cada vez pior, meus lábios estavam secos, a língua encolhida no fundo da boca. Sim, o DIU fora trocado por um tubo de ensaio. A rolha começara a apodrecer, o vidro estava fosco, o álcool já evaporara até a metade. Era um espécime mais antigo do que os outros três, mas não havia dúvida. Como prova de que estiveram guardados por muito tempo, os mamilos estavam atrofiados e com uma aparência ainda mais lastimável.

O brilho das facas cobrindo a parede do galpão veio-me à mente. As facas feitas pelo pai e pelo avô do jardineiro estavam expostas dentro de uma moldura especial. Devolvi o tubo de ensaio à prateleira. Os mamilos afundaram devagar até a base. Os objetos de recordação que eu deveria ter coletado tinham sido recuperados, sem que eu percebesse.

17

Subi as escadas correndo, ignorei a criada a quem vi de relance preparando o café da manhã na cozinha, e me atirei pela porta dos fundos sem olhar para trás. A névoa matinal começava a se dissipar, mas nuvens cobriam todo o céu como de costume. E se o jardineiro ainda estiver na fogueira? Isso era o que mais me preocupava. Não conseguia decidir se seria melhor me fazer de desentendido ou se eu deveria interrogá-lo sobre os objetos. Enquanto eu corria através do quintal, esfregava as mãos para afastar a sensação dos tubos de ensaio. Meus dedos continuavam rígidos e dormentes.

 A fogueira já estava apagada, restando apenas uma fuligem preta no chão, sem vestígios das cartas ou do ovo decorado, nem sinal do jardineiro. Aumentei a velocidade em direção à minha casa, pisoteando os arbustos de alecrim e desviando dos frutos algodoados do salgueiro. No meio do caminho tropecei na torneira do irrigador e caí, ralando a palma da mão.

 Sentei-me na cama e esperei até que a minha respiração se acalmasse. Se examinarem as facas feitas pelo pai ou pelo avô, alguma delas deve corresponder ao corte nos mamilos da prostituta. E os três mamilos novos certamente encaixam com perfeição na lâmina do canivete que o jardineiro me deu de presente. Havia muito para pensar, mas a minha cabeça estava congelada até o âmago e eu só ficava cada vez mais confuso. A barra da minha calça estava enlameada e o meu casaco, cheio de espinhos, folhas secas e galhos.

Tirei a mala do guarda-roupa e guardei os meus pertences. As mudas de roupa, o material para escrita, o kit de barbear, o livro *Museologia* e, por fim, o microscópio e *O diário de Anne Frank*. Isso era tudo. Quando ia fechar o zíper, me lembrei de tirar o ovo decorado da janela e guardei-o embrulhado em uma camisa.

Eu não via ninguém do lado de fora da janela. O sol da manhã apareceu por um segundo entre as nuvens levadas pelo vento e fez reluzir a terra úmida de orvalho. Por mais que eu aguçasse os ouvidos, tudo estava quieto do outro lado da parede. Eu precisava partir antes que a criada viesse trazer o café da manhã.

Prendi a mala no bagageiro da bicicleta, subi no selim e me voltei apenas uma vez para olhar o museu. Ele continuava lá. Sem se abalar com o frio, nem com o vento, nem com a minha traição, ele se erguia ali como sempre estivera, havia muito tempo.

Eu só lamentava pela menina. Meu peito doía ao imaginar a sua expressão decepcionada quando descobrisse que eu abandonara as recordações dos mortos. Imaginei como seria bom se eu pudesse pousar a minha mão sobre a sua como eu fizera na sala de acervo.

Segurei com força o guidão e pedalei o mais rápido que consegui.

Era a primeira vez que eu vinha à estação desde que chegara à vila. Eu não havia percebido naquele dia, pois a menina logo me levara para o carro, mas aquela era uma construção pequena, sem bilheteria, e com apenas uma cerca de madeira fazendo as vezes de catraca. Parei a bicicleta, soltei a mala e olhei ao redor na sala de espera. O chão de cimento estava trincado, o teto cheio de teias de aranha. O fogareiro a lenha instalado no centro estava gelado e não tinha nenhum vestígio de ter sido usado recentemente. A tabela de horários na parede estava desbotada e não era mais possível ler os números.

Passei pela catraca e me sentei no banco da plataforma. Era um banco firme, pintado de azul-claro.

Não havia mais ninguém esperando o ônibus, nem um funcionário. No começo, qualquer pequeno movimento me fazia olhar em volta pensando que o jardineiro viera atrás de mim, mas eventualmente percebi que era uma preocupação inútil. Eu podia olhar à vontade e não veria nada além das costas de um gato selvagem fugindo ou os galhos de uma árvore da rua agitando-se ao vento. Eu estava sozinho.

Os trilhos se estendiam até onde a vista alcançava. Atrás da plataforma do lado oposto havia um pequeno barranco e para além dele espalhava-se um bosque de pinheiros. O marrom das agulhas secas dos pinheiros cobria toda a superfície do barranco. Às vezes um carro entrava na rotatória, mas apenas a contornava e seguia rumo a algum lugar.

Tirei o protetor de orelhas e me concentrei tentando escutar o som do trem sobre os trilhos ou de uma sirene da estação, qualquer coisa que indicasse que o trem estava chegando. Curvei as costas e coloquei a mala sobre os joelhos para tentar amenizar o frio ao menos um pouco.

À medida que o sol subia, as nuvens ficavam mais espessas. Estava chegando a hora de começar a documentação. Será que a velha estaria brandindo a bengala, cansada de me esperar, descontando na criada e na menina? Ou talvez esperando calada, deitada no divã, o rosto enterrado na almofada, pronta para começar a narrar assim que um objeto for colocado sobre a mesa?

Começou a nevar. Logo percebi que era diferente daquela neve fina que havia caído algumas vezes. Ela cobriu o céu em um instante com os seus flocos volumosos, e caía em linha reta até o chão, onde não derretia. Logo o vento cessou, todos os sons foram engolidos pela neve. Por mais que eu atentasse os ouvidos para além do trilho, tudo o que chegava até mim era o leve ruído do atrito entre os flocos de neve, que tornava o silêncio ainda mais profundo.

Olhei para o céu e respirei sobre as mãos. Minhas luvas ainda guardavam o cheiro da fogueira. Ver as cartas do meu irmão queimando e encontrar os mamilos na sala de acervo pareciam acontecimentos muito distantes.

A face de pedra do barranco, o telhado da escada que conectava as plataformas, os galhos dos pinheiros, as vigas, o trilho... A neve envolvia o contorno de tudo diante dos meus olhos. Eu não tinha nenhum recurso para conter o seu ímpeto. Não havia nada que eu pudesse fazer, exceto abraçar a minha mala.

Dentro do bosque um pássaro bateu as asas e agitou os galhos. Depois que ele voou, a neve era a única coisa que se movia na paisagem. Ela se acumulava por igual sobre tudo, desde a agulha do pinheiro mais fina até a menor reentrância no barranco. O trilho já desaparecera.

Pensei no museu. Imaginei que a neve devia combinar bem com a sua figura sólida. Ela também devia estar se acumulando sobre a placa feita pela velha.

Tudo ao redor estava perfeitamente branco. Não havia mais nada para cobrir e, no entanto, a neve continuava caindo. O trem não vinha.

Levantei-me. A neve que cobria o meu corpo escorregou para o chão. Sobre a plataforma imaculada restaram apenas as minhas pegadas.

***

A bicicleta já não tinha nenhuma utilidade. Atravessei a rotatória e caminhei pela estrada sem saber para onde ela levava. Por ora, a única certeza que eu tinha era a de querer ir para algum lugar longe dali. Para isso, era preciso continuar caminhando, por mais terrível que fosse a neve.

Eu não conseguia me equilibrar direito por causa das articulações enrijecidas. A mala estava muito mais pesada do que quando eu saíra do quarto pela manhã. No meio de uma ladeira, pisei em falso e caí. Percebi que a minha luva estava molhada, tirei-a para examinar e vi que a palma da minha mão, que eu machucara de manhã, ainda estava sangrando. Era um vermelho tão bonito que eu me surpreendi. Esfreguei neve sobre o machucado para esterilizá-lo, e não doeu nem um pouco.

Não havia quase ninguém na rua. As cortinas das casas estavam fechadas, o barbeiro, o centro comunitário, a floricultura, a creche, tudo estava quieto. As pessoas com quem eu cruzava de quando em quando tinham sempre o rosto encoberto pelo capuz e seguiam em frente sem sequer reparar em mim.

Quando chegava a uma bifurcação, eu sempre seguia para o norte. Só vislumbrava, com dificuldade, o local de cada próximo passo. Era impossível enxergar aonde eu estava indo. A neve que caía sobre os meus cílios não derretia, mas congelava ali mesmo, tornando difícil manter os olhos abertos.

Continuei caminhando sem descanso e, quando parei pela primeira vez, estava na margem do pântano. Compreendi que, embora a minha cabeça não estivesse funcionando, alguma parte da minha consciência estava me levando até o mosteiro. Se eu queria fugir para um lugar distante, o mosteiro era o único destino. Assim como o jovem aprendiz partira em silêncio para longe da menina na noite do Festival do Pranto, tendo chegado até aqui talvez eu também encontrasse um caminho para bem longe dali.

    Somente o verde-escuro do pântano escapara à neve, mantendo a sua cor. Não vi nenhum missionário, apenas o bote de sempre preso a um vidoeiro-branco na margem. Soltei a corda e remei para dentro do pântano. O interior do barco também estava branco. A neve que caía sobre a água parecia ser engolida sem derreter e afundar assim mesmo até o leito. Vez ou outra um chiado soava quando eu movia o remo e uma sensação estranha alcançava as minhas mãos. Era a superfície da água que começava a congelar.

    Geralmente seria impossível se perder naquele caminho, tão marcado pelos pés de inúmeros missionários, que subia a montanha até o jardim do mosteiro. Mas a neve que caía transformara completamente a paisagem. Fui subindo guiado pelo campanário, que aparecia vagamente em meio ao céu, buscando saliências para pisar a cada passo. A rocha sedimentar estava oculta sob a neve, e nos galhos frágeis das árvores sem nome que cresciam dispersas não restava uma única folha seca.

    O contorno da neve que acabara de cair era tão delicado que eu hesitava em pisá-la. Olhando para trás, minhas pegadas eram feias e caóticas.

    Eu achava que já caminhara bastante desde que descera do barco, mas o campanário não estava ficando mais próximo. A neve penetrava em meus pulmões a cada respiração. A mala escorregou das minhas mãos e eu a agarrei, aflito. Pensei que talvez o ovo decorado que a menina comprara para mim já estivesse quebrado.

    Olhei de relance para o lado e me deparei com um vulto enorme, diferente dos rochedos e das árvores, apoiado sobre a montanha em um ângulo inusitado. Aproximei-me e limpei a neve. Era o cadáver de um bisão-dos-rochedos-brancos, um velho macho.

Pela mistura de marrom e branco dos pelos que restavam sobre as suas costas, sem dúvida ele morrera no começo do outono. Na região do ventre, a pele e os órgãos estavam se desfazendo, deixando os ossos à mostra. A pele das costas até as patas traseiras pendia um pouco, rasgada em pedaços como um pano de chão. Suas costelas eram finas, incompatíveis com o corpo enorme. A cabeça também já era quase osso e o chifre se desprendeu com um leve toque. Os olhos eram dois buracos negros que fitavam algum ponto no céu.

Recuei dois ou três passos e tentei me segurar em um galho, mas ele se partiu sem resistência. A neve já se acumulava novamente sobre o cadáver.

Olhando em volta, vi que havia bisões mortos por toda a parte. Alguns tinham a cabeça presa entre duas rochas, outros estavam inclinados, com as patas dianteiras dobradas. Havia filhotes pequenos e cadáveres que pareciam ter dado o último suspiro instantes atrás.

Para onde quer que eu fosse, eles não saíam do meu campo de visão. Nenhum deles se desfizera, todos mantinham intacta a sua forma de bisão, como se o choque da morte fosse terrível demais e os tivesse aprisionado naquele espaço do qual não conseguiam libertar-se. Presos nessa forma, eles me cercavam e prendiam.

Continuei tentando subir. Tinha certeza de que, se ao menos conseguisse ultrapassar aquele cemitério, logo veria o claustro do mosteiro.

De repente escutei alguém me chamando. Em meio à neve que engolia todos os sons, uma voz chegou trêmula aos meus ouvidos.

— Doutor! Doutor!

Enxerguei alguém atrás de um bisão particularmente grande. Agarrei a cauda do bisão e pisei sobre a sua cabeça para olhar na direção de quem me chamava.

— Aqui, doutor! Isso, segure a minha mão.

— O que você está fazendo aqui?

Precisei reunir todas as minhas forças para conseguir dizer isso.

— Procurando por você, é claro! Corri a vila toda.

Os cílios da menina, o lóbulo da sua orelha, seus lábios, tudo estava congelado. A neve se juntara na sua cicatriz formando um brilhante cristal de gelo. Despenquei em seus braços. Ela tinha um perfume saudoso. Eu estava tentando fugir da mansão e, no entanto, me sentia agora como se tivesse encontrado finalmente a pessoa por quem ansiava.

— Ai, não, está sangrando! — disse a menina, tirando a minha luva e limpando o machucado com um lenço. — Precisamos cuidar disso logo.

— O jardineiro... Escuta, o jardineiro... As recordações no acervo...

— Não precisa dizer nada. Antes de qualquer coisa, você precisa voltar pra casa, tomar um chá quente e aquecer o corpo.

— Eu estava tentando ir pra perto do meu irmão... Ia escondido, sem contar pra ninguém, ia largar tudo, até as recordações dos mortos...

— Sim, eu entendo. Ninguém está bravo, não se preocupe. Mamãe está esperando com tudo preparado pra começar a documentação.

— O jardineiro... Ele fez uma coisa terrível com um dos canivetes que forjou. E ele também mexeu nos objetos do acervo...

— Não há motivo nenhum pra ter medo do jardineiro. Pense em tudo o que ele já fez pelo museu até hoje. Sem ele, o museu nunca ficaria pronto. Se qualquer um de nós estiver faltando, não dá certo. Já não temos outro lugar pra ir. Vem, vamos voltar. Para o Museu do Silêncio.

Pressionei o rosto contra o peito da menina. Enquanto ela falava, eu começara a chorar sem perceber. Não sei se era tristeza por não poder encontrar o meu irmão, ou medo ao me lembrar dos mamilos das mulheres mortas, ou alegria porque a menina, apenas ela em todo o mundo, me abraçava. As lágrimas brotavam sozinhas.

O sino começou a tocar. Seu eco atravessou o ar, a vibração estremecendo os cadáveres, estremecendo eu e a menina.

18

O ferimento na minha mão, mais profundo do que eu pensava, inflamou muito e demorou a sarar. A mão enfaixada era inconveniente para transportar os objetos e também para fazer a documentação, mas o trabalho prosseguiu sem dificuldades graças ao apoio de todos. Apesar de ser eu mesmo o responsável por aquele machucado, tanto a menina e a criada quanto o jardineiro pareciam sinceramente compadecidos. A velha, obedecendo aos ensinamentos do almanaque, mandou a criada misturar musgo, gordura de javali, baba de caramujo e mais algumas coisas e me fez uma compressa, passando essa mistura em um pedaço de couro.

Devolvi os meus pertences aos lugares originais. As roupas no armário, o microscópio sobre a mesa, *O diário de Anne Frank* no criado-mudo. Por sorte, o ovo decorado não se quebrara. Pendurei-o na moldura da janela e o anjo apareceu, iluminado pelo brilho da neve. Coloquei a mala molhada para secar sobre a cerca do fogareiro.

A neve que caiu naquele dia permaneceu, sem derreter. Quando a neve recolhida sobre os beirais, à beira das estradas rurais ou nos cantos da praça começou a ficar escura e suja, nevou novamente. O sol quase nunca aparecia e era preciso manter o fogareiro aceso o dia inteiro. Na hora do café da manhã a cozinha ainda estava na penumbra, e quando eu encerrava o trabalho e saía da mansão, o quintal já estava envolto pelo breu.

À medida que o inverno se aprofundava, o tempo parecia passar mais devagar. Menos carros circulavam, o chafariz da praça parou, os terraços dos cafés foram fechados. Talvez por não conseguir adivinhar as horas usando como referência a luminosidade, eu me sentia mergulhado em uma poça estagnada do tempo da qual não podia sair. Todos na vila, sem deixar escapar um só lamento, esperavam resignados que o inverno partisse.

Meu cotidiano retomou sem contratempos o ritmo anterior. Ninguém me censurou nem se decepcionou comigo. A única exceção eram os dois detetives. Desde o dia da nevasca eles me seguiam o tempo todo. Mas mesmo eles não atravessavam impertinentes o meu caminho nem me ameaçavam como antes. Pelo jeito, estavam me observando de longe em busca de novos materiais com os quais me ameaçar. Às vezes eu chegava a pensar que eles não estavam me seguindo como suspeito, mas que, pelo contrário, estavam me vigiando para garantir que eu não fugiria outra vez do museu.

De qualquer forma eu precisava de tempo para respirar fundo e pensar com calma. Lancei-me na cama, tirei as ataduras e observei a ferida na palma da mão. A memória de andar perdido pela montanha parecia ser apenas um sonho e, ao mesmo tempo, parecia me perseguir, viva, trazendo consigo o frio e a dor. Na mesa de cabeceira estava o pijama lavado e dobrado cuidadosamente pela criada. Lá fora fazia um frio congelante, mas no fogareiro dentro do quarto a lenha cortada pelo jardineiro, abundante, ardia em chamas alaranjadas. No calendário na parede os X marcados a caneta vermelha enfileiravam-se elegantes, comprovando que o trabalho progredia conforme o planejado.

Baixei os olhos novamente para a palma da mão. Então me levantei da cama, peguei *O diário de Anne Frank* na cabeceira, desci até a cozinha e apanhei, com a outra mão, o microscópio.

Já era tarde da noite, mas saí em direção ao escritório na casa principal. A neve cessara e a lua crescente aparecia indistinta no céu. Eu caminhava com cuidado para não danificar aquelas recordações preciosas.

Primeiro folheei o livro tombo, determinei dois números de registro e etiquetei os objetos. Depois de preencher os itens necessários — data de entrada, título, forma de recebimento, etc. — medi-os detalhadamente, tirei fotos, chequei marcas e danos e escrevi as instruções de reparo e a forma de conservação. Em seguida dispus os dois objetos de recordação na estante da sala de acervo. Sem falar nada, dentro do peito, me despedi da minha mãe e do meu irmão.

No dia seguinte começamos a transportar a coleção para o museu. O jardineiro ficou responsável por trazer as caixas da sala de acervo enquanto menina e a criada desembalavam tudo. A minha função era o último passo: dispor as peças dentro das vitrines.

O tempo, ruim como sempre, atrapalhava o serviço, mas ninguém reclamou. Estávamos tão animados com essa empreitada que trabalhávamos com o coração batendo forte, dedicando toda a nossa energia ao museu. O jardineiro contava piadas, mesmo com a reprovação da criada, fazendo rir a mim e à menina, e depois que terminou os trabalhos mais pesados, ainda inspecionou o sistema elétrico e queimou os restos de materiais e o lixo no quintal. A menina conferia os objetos muitas vezes, preocupada que algo se extraviasse, e limpava as vitrines com um limpador de vidros. Na hora do almoço a criada nos trouxe café quente e uma cesta cheia de comida. Sentamos nos sofás da área de descanso e comemos juntos.

Nosso único pesar era que a velha estava de cama, com febre. Era triste não tê-la por perto batendo as dentaduras, espalhando os perdigotos, distribuindo os seus impropérios, deboches e pragas. Ela estava consciente e respirando bem, mas por causa da febre o seu apetite diminuíra e as suas forças definhavam sensivelmente. Mesmo assim ela não deixava de fazer a documentação de um objeto por dia. Ela estava ciente de que agora a sua única responsabilidade era narrar as histórias dos objetos. Guardava as suas forças apenas para esse papel, o mais importante que lhe fora conferido, e passava quase todo o restante do tempo na cama.

Todos os objetos, sem exceção, tinham um único ângulo apropriado para ser exibido. Até uma simples agulha ou uma bola de gude tinham um lado que deveria ficar exposto à luz e outros que deveriam estar voltados para a sombra e nunca mais receber os olhares de ninguém. Avaliar corretamente quais eram esses lados dependia da competência do museólogo.

Com luvas brancas, a mão ainda enfaixada, eu pegava os objetos que a menina me entregava e identificava esse ângulo em um segundo. Não havia por que hesitar, eram todas peças que eu já manuseara inúmeras vezes ao catalogar, esterilizar e restaurar a coleção.

As vitrines iam sendo preenchidas pouco a pouco. Obedecendo a uma bela ordem, aquele universo começava a tomar forma. Eu distribuía cada um dos objetos nos seus lugares precisos. Não permitia o mínimo desvio, afinal eles permaneceriam para sempre naquela posição. Jamais seriam emprestados para outro museu nem seriam retirados temporariamente para pesquisas.

Quando recebi o tubo com os mamilos, por coincidência todas as pessoas estavam por perto. Todos viram quando as minhas mãos pararam segurando o tubo de ensaio. Por um momento achei que algo mudara no ar da sala, mas pode ter sido apenas impressão minha. Agitei o tubo para arrumar os mamilos de forma que ambos estivessem plenamente visíveis e fixei-o entre dois alfinetes já preparados para isso. Imediatamente os mamilos incorporaram-se aos outros itens da exposição, exibindo atrás do vidro a sua presença orgulhosa. Provavam que eram, sem dúvida nenhuma, os verdadeiros objetos de recordação. Todos retomaram as suas atividades.

Já estávamos no entardecer do quarto dia quando os objetos mais novos, *O diário de Anne Frank* e o microscópio, foram dispostos. As setas de percurso, as luzes indicando as saídas de emergência, os cinzeiros, os ingressos, todos os preparativos estavam prontos, o chão encerado — finalmente o museu estava completo.

— Bem, acho que assim está bom — eu disse, enquanto observava o conjunto da porta de entrada.

— Será que não estamos esquecendo nada? — perguntou a menina.

— Não, está tudo certo — respondi.

— Puxa, terminamos — murmurou aliviada a criada, ainda segurando o esfregão.

— Depois de pronto nem parece tão difícil...

O agradável cansaço físico dava uma sensação de tranquilidade. Não se ouviu nenhuma fanfarra. Nenhuma pomba voou. Apenas a neve caía.

O jardineiro chegou da casa principal trazendo a velha nas costas. Fortemente protegida contra o frio, ela parecia um amontoado de tecidos grudado nas costas dele.

— Veja, senhora. Este é o Museu do Silêncio.
Algo se moveu em meio aos panos.
— Consegue ver, mamãe?
A menina afastou a beirada de um cobertor, descobrindo o rosto da velha.

Levei um susto: os olhos da velha sempre foram tão negros assim? Mais profundos do que a escuridão do inverno, pareciam sugar tudo o que se refletia neles, embora a sua superfície permanecesse imóvel, sem o menor tremor. Era como se apenas os seus olhos estivessem vivos em meio àquele corpo deteriorado.

O jardineiro deu uma volta pelo museu levando a velha nas costas, e nós os seguimos. Ninguém abriu a boca. Apenas a respiração difícil da velha escapava entrecortada. As janelas tingiram-se com a luz do poente, delineando a forma escura dos flocos de neve que caíam. O som do vento não nos alcançava. O bosque, ao longe, estava congelado, e além dele já se escondia a noite.

Aquela era uma peregrinação para lamentar os mortos. A respiração rouca da velha parecia ecoar como uma elegia em sua homenagem.

— A menina me disse, certa vez, que se você contar um segredo para um missionário do silêncio, ele nunca vai ser descoberto.

O jovem estava parado diante do chafariz na praça central. O mesmo lugar onde sempre faziam a pregação.

— Faz tempo que não nos vemos. Como vai?

Sem saber se um aperto de mão seria permitido ou se eu deveria dar um tapinha em seu ombro, deixei-me ficar com as mãos nos bolsos.

— Já não é mais um aprendiz, não é? Virou um belo missionário.

O jovem tinha uma barba rala e as suas orelhas, aparecendo em meio ao cabelo que caía até os ombros, já eram tão robustas que não passariam pelos buracos na parede.

— Estou voltando da coleta de um objeto. Um agricultor de sessenta anos, que caiu do telhado enquanto limpava a neve, quebrou o pescoço... Ao fazer esse trabalho fica claro pra mim que existem mesmo muitas maneiras de morrer neste mundo... Será que você sabe que o museu já abriu? Gostaria que você aparecesse algum dia, se quiser. É o Museu do Silêncio, então acho que um missionário não quebraria nenhum mandamento indo lá, não é? A menina também ficaria feliz! Pra falar a verdade, desde que abrimos ainda não veio nenhum visitante. Apesar de os objetos continuarem se multiplicando todos os dias, a coleção enriquecendo... Bom, não tem jeito. Eu já previa isso, desde o começo. Nem todo bom museu tem hordas de visitantes se empurrando pra entrar. O fato de que a coleção está preservada lá é o mais importante. Estamos plenamente cientes disso, então não ficamos decepcionados se passamos o dia todo sentados na recepção e não aparece um visitante sequer. Apenas agradecemos pelo fato de os objetos de recordação terem sobrevivido intactos por mais um dia.

Todos os transeuntes passavam pela praça com as costas encurvadas cuidando para não escorregar no gelo. Parara de nevar, mas a temperatura caíra ainda mais e cada expiração condensava imediatamente e subia pelo ar. A neve estava amontoada no chafariz desligado, soterrando os leões até o pescoço.

O jovem estava descalço. Onde ele pisou, o gelo afundara no formato dos seus pés. A neve congelara cada um dos pelos da pele de bisão-dos-rochedos-brancos, irradiando um brilho gélido mesmo sob a luz fraca do dia.

— Ah, sim, ia falar sobre o segredo. Não estou acostumado, então não sei por onde deveria começar. Me perdoe se eu disser alguma coisa inapropriada.

O jovem olhava-me nos olhos, mas não havia ali expressão alguma. Tudo o que eu conseguia sentir eram as minhas palavras sendo engolidas pela nascente do silêncio que o envolvia. Ele tinha as mãos cruzadas diante do corpo e não movia um único dedo, mesmo que o vento bagunçasse os seus cabelos ou revolvesse a barra da sua veste. Suas faces estavam vermelhas e rachadas pelo frio, as unhas turvas, sem o menor rubor de sangue, os pés inchados por causa das queimaduras de frio. Essa imobilidade absoluta intensificava a pureza do seu silêncio. E, apesar disso, eu tinha certeza de que não estava sendo rejeitado por ele. O jovem me oferecia, gentilmente, o silêncio de que eu precisava. Em parte temeroso, em parte me agarrando à ideia de escapar do sofrimento que era guardar aquele segredo, mergulhei a mão na fonte.

— Foi o jardineiro quem assassinou as três moças. Não tenho dúvida. E não só isso, mas quem matou aquela prostituta no hotel, há cinquenta anos, foi o avô dele. Não, talvez tenha sido o seu pai. Tanto faz. O canivete usado no crime está enfeitando a parede do galpão até hoje. Reluzente, triunfante... Ele é um jardineiro extremamente competente. Não existem muitos jardineiros no mundo que poderiam servir de braço direito na construção de um museu. Ele consegue fazer quase qualquer coisa, do zero. Também é muito bom em reformas e restaurações, mexe um pouco no que já existe, faz mudanças que você nem imaginava, percebe em um instante onde estão os problemas. Nos seus canivetes estão reunidas todas essas capacidades. Pra ele, essa é a forma suprema de autoexpressão. Não que eu tenha perguntado pra confirmar, mas imagino que ele queria testar o corte das facas que forjou. Devia querer cortar algo que ninguém costuma cortar, algo belo, elegante. Sei que é um desejo imperdoável, claro. Estou totalmente ciente. E, ainda assim, estou aqui te contando esse segredo pra que ninguém mais fique sabendo. Apesar de eu mesmo estar sendo alvo de suspeitas absurdas, por ter ido em busca dos objetos de recordação das vítimas carregando o canivete feito pelo jardineiro, não penso em denunciá-lo à polícia. Até eu acho isso estranho... É tudo pelo museu. Cada um de nós cinco tem um papel a cumprir pra que o museu exista. Se faltasse uma única pessoa, a harmonia seria desfeita de forma irreparável. Na verdade foi a menina quem disse isso. Se o Museu do Silêncio fosse destruído, como poderíamos preservar as provas da existência física das pessoas da vila, hein? Perderíamos o equilíbrio, escorregaríamos pra fora das margens do mundo... E o fato de que nós estivemos aqui não permaneceria no coração de ninguém. Igual às ruínas que apodrecem enterradas em algum canto da terra, sem ser coletadas por ninguém, sem ser expostas em museu nenhum. Além das margens do mundo, tudo é negro e absurdamente profundo. O que cai lá nunca mais vem à tona... Mesmo eu, não é como se eu tivesse entendido isso desde o começo. Foi um processo doloroso aceitar que eu precisava guardar o microscópio do meu irmão no museu...

Levantei os olhos para o céu e observei o vento que soprava contra a cordilheira empurrando as nuvens. Então apertei melhor o cinto do casaco, ajeitei o protetor de orelhas e limpei a neve que grudara na barra da calça.

O jovem continuava diante de mim, na mesma posição. Na superfície da nascente não havia nenhum movimento, nenhuma ondulação, somente o silêncio brotava, abundante.

— Sei que não adianta nada dizer uma coisa dessas, mas cuide-se, hein?

Espanei o gelo preso na pele de bisão. O jovem não reagiu. Cristais brilhantes caíram de todo o seu corpo.

— Bom, vou indo. Está na hora de trocar de turno com a menina na recepção do museu.

Despedi-me com um aceno de mão e me afastei do missionário.

A velha morreu em uma manhã quando o sol brilhava sem uma nuvem sequer, praticamente o primeiro dia assim daquele inverno.

Passamos a noite inteira ao seu lado. A menina segurava a sua mão à cabeceira, a criada, sentada do lado oposto, afagava o seu cabelo, o jardineiro tocava os seus pés por cima do cobertor. E eu não fazia a menor ideia do que poderia fazer pela velha. Colocava lenha na lareira quando o fogo enfraquecia e quando, mesmo assim, a temperatura esfriou com o cair da noite, despi minha malha e coloquei-a sobre os ombros da menina. Fora isso, ficava sentado, entorpecido, em uma cadeira ao lado da cama.

Não ouvimos o diagnóstico de nenhum médico, mas sabíamos que o momento estava próximo. Uma semana antes, quando a velha terminou de narrar a história de todos os objetos que coletara, todos nós soubemos que era preciso nos preparar. No instante exato em que pousei o lápis, ao terminar a documentação do último objeto, a velha perdeu a consciência.

Sobre a mesa estavam abertos alguns livros usados para o estudo do almanaque e os seus óculos de leitura, apoiados com as hastes abertas como se ela tivesse acabado de se ausentar. Vários chapéus de pele pendiam de cabides na parede.

Ninguém disse nada. Bastava nos olharmos para compreendermos os sentimentos de cada um, não era necessário dizer nada para consolar uns aos outros. Pelo contrário: evitávamos turvar o silêncio com palavras excessivas. A quietude absoluta que preenchia a mansão nos abraçava gentilmente.

A respiração da velha foi ficando irregular. A cada inspiração um som indescritivelmente triste soava no fundo da sua garganta e as suas costelas se agitavam. Essa respiração curta continuava por algum tempo até que, de repente, ela abria a boca, agitava os músculos do pescoço e agonizava tentando aspirar o máximo de ar possível.

A morte não chegou de um só golpe, mas também não recuou. Às vezes parecia ser a morte quem temia a velha.

A criada colocou uma gaze úmida sobre a testa dela. O jardineiro pôs a mão sob as cobertas e afagou os seus pés. Vendo os seus gestos dedicados, pensei que eles certamente estavam sendo de alguma ajuda. A menina, sem nem mesmo piscar, não desviava os olhos da velha. Talvez acreditasse que se deixasse escapar algum sinal importante, o dano seria irreparável. Eu observava o rosto da menina. Na banqueta ao lado da cama estava apoiada a bengala que sustentara a velha fielmente até o fim. Sua alça, já modelada no formato dos seus dedos, tinha um brilho escuro.

A cor das nuvens refletida na cortina mudava pouco a pouco. A escuridão foi diminuindo, ganhando tons de azul ultramarino e, por fim, esse azul também começou a se dissolver. A neve e o vento cessaram.

A garganta da velha emitiu um som mais longo. Os olhos moveram-se sob as pálpebras, os lábios tremeram e ela soltou o seu último suspiro.

Os três afastaram as mãos do corpo da velha e baixaram os olhos em uma prece. Eu me levantei e abri as cortinas. Um raio de sol matinal, brilhando intensamente com o reflexo da neve, iluminou o seu rosto moribundo.

Escolhi o sótão, onde eu fizera a última entrevista de documentação com a velha, para narrar pela primeira vez a história de um objeto de recordação coletado por mim. Eu não sabia se conseguiria me comunicar facilmente com o objeto, e também estava preocupado se aquele era o lugar apropriado para começar. Mas a velha já não estava mais ali para ler o almanaque e tomar a decisão mais adequada.

Agora o almanaque estava guardado no museu. Foi difícil decidir qual deveria ser a recordação da velha. Por mais que fosse eu o especialista, me senti culpado por escolher sozinho. Certamente a menina, o jardineiro e a criada é que deveriam tomar essa decisão, não um novato como eu.

— Não, isso é trabalho seu, doutor — afirmara o jardineiro, determinado. — Não se preocupe. Sei que você vai pegar a coisa certa.

A menina e a criada concordaram.

Decidi guardar a bengala e o almanaque como recordações. Não havia no museu nenhum outro caso em que dois objetos tivessem sido escolhidos para uma única pessoa. Mas eu tinha certeza de que, no caso da velha, eu poderia fazê-lo. A bengala que sustentara o seu corpo e o almanaque que guiara o seu espírito. Nada poderia ser melhor do que isso como recordação dela.

Já estava tudo pronto no sótão.

— Está bom assim?

A menina dispôs o objeto sobre a mesa. Era o bisturi usado para as reduções de orelha.

— Está — respondi.

Ela abriu o caderno, pegou o lápis e esperou, concentrada, que as palavras brotassem da minha boca. Eu pressentia que nós dois formaríamos um bom time, assim como eu e a velha havíamos sido um par excelente.

Olhei para o objeto. Conhecia tudo nele, desde os dentes faltando no serrilhado até as manchas de sangue. Fechei os olhos para acalmar o meu coração.

Lembrei dos momentos passados com a velha neste mesmo cômodo.

— Aqui está. Este é o último — eu disse tirando um objeto da sacola. — Com este terminamos tudo, todos os objetos coletados pela senhora.

Na verdade eu não queria dizer isso. Senti uma saudade intensa da época em que os objetos pareciam ser infinitos.

— Ah, é?

Porém no tom da velha não havia nada de sentimental.

— Conseguimos chegar até aqui.

— Hunf. É óbvio.

A velha tentou bufar, sua especialidade, mas o ar apenas escoou, sem força. Ela tentou acrescentar alguma coisa, engasgou e tossiu com violência. Ergui o seu tronco e bati de leve nas suas costas.

— Não precisa se cansar demais. Podemos deixar pra amanhã...

Minhas mãos não encontravam resistência alguma, como se eu abraçasse o vazio.

— Seu cretino. Não tem mais amanhã. Hoje é o último. Não tem mais nada além de hoje. Quem encerrou o seu papel deve sair de cena. São os dizeres do almanaque. Pronto? Vamos começar.

Abri os olhos. A voz da velha ainda ressoava nos meus ouvidos. A menina esperava segurando o lápis. O bisturi continuava deitado imóvel no mesmo lugar.

Comecei a narrar a história das recordações dos mortos.

ESTE LIVRO FOI COMPOSTO EM ADOBE GARAMOND PRO
CORPO 12 POR 15 E IMPRESSO SOBRE PAPEL OFF-WHITE
AVENA 80 g/m² NAS OFICINAS DA MUNDIAL GRÁFICA,
SÃO PAULO – SP, EM MARÇO DE 2023